9교시 소원

9교시 소원

방과 후 낙서 활동

사라있네 작가 팀

김사라
차신환
이은주

소원의 벽 규칙

1. 벽에 직접 써야 한다.

2. 또박또박 써야 한다.

3. 원하는 것이 정확해야 한다.

4. 간절한 마음을 담아야 한다.

5. 떡볶이를 맛있게 먹어야 한다.

연애

제가 설명하겠습니다.
누구 잘못인지, 누구의 잘못이 아닌지,
제가... 압니다!

쌍방 과실

김사라

<목격자 J 군이 사건 현장을 발견함>

"날씨가 더럽게 좋다⋯." 교복을 대충 입은 남학생이 중얼거렸다.

운동장 한쪽에 있는 아주 큰 나무를 둘러싼 둥근 모양의 벤치에 앉은 그는 반짝이는 맑은 하늘을 바라보고, 아니⋯ 노려보고 있었다. 양손을 뒤로 짚고 상체를 비스듬히 젖혀 하늘을 올려다보는 자세였다. 지금 그는 방금 중얼거렸던 그 '날씨'와 완전히 상반된 상태였다. 하늘처럼 높지도, 바람처럼 상쾌하지도, 햇살처럼 따사롭지도 않았다. 따사로운 햇살은 그의 가슴팍에 있는 '전보통'이라는 이름의 명찰을 비춰 반짝거리게 했다. 반짝이는 명찰 역시, 흐리멍덩하고 안광이 없어 허무주의 그 자체인 그의 눈빛과 매우 상반되어 보였다.

아직 5월이지만 이제 곧 쪄 죽을 만큼 짜증 나게 더운 여름이 다가온다는 사실을, 하늘이 경고라도 하는 것 같단 생각을 하고 있는 그의 이름은 '전보통'이었다. 보통⋯ *왜 이름도 보통이야?* 사실 그는 전혀 '보통'의 남자가 아니었다. 전국 각지에서 모인 전교 1등들만

다니고 있는 최고 명문 기숙사 고등학교를 다니고 있었으니 말이다.
게다가 그는 이 학교에서도 전교 수위권 안에 드는 아주 우수한
학생이었다.

　"더워…." 보통이 한 번 더 중얼거리며, 옷장에 처박아 둔 얇은
면티마냥 한껏 구겨져 있는 종이를 들어 올려 부채질을 시작했다.
종이 안쪽의 '성적표'라는 글자와 '전보통'이라는 글자, 그리고
'3'이라는 숫자가 보이자 그는 순간적으로 미간을 세게 찌푸리며
종이를 뒤집어 글자들이 보이지 않게 만든 뒤 부채질을 이어
나갔다. 그렇게 하면 성적표에 있는 '전보통'과 '3'이라는 글자가
사라지기라도 할 것처럼 말이다. 그러나 그에게는 여전히 '성적표',
'전보통', '3'이라는 숫자가 언뜻언뜻 보였다. 부채질을 하고 있으니
당연한 일이었다.

　쉬는 시간의 끝을 알리는 종소리가 울렸고 보통은 부채질에
썼던 성적표를 다시 주머니에 집어넣었다. 고이 집어넣진 않았다.
옷장에 면티를 처박아 버리듯 구겨서 욱여넣었다.

　보통은 전교 3등이라는 게 죽을 만큼 싫었다. 이전까지는 한
번도 3등을 해 본 적이 없거니와, 그럴 만한 낌새가 보이면 그럴
만한 상황 근처에도 가지 않았으니 말이다. 어렸을 때부터 달리기를
꽤 잘했지만 학교에 있는 체대 준비생들이나 운동광들에게
이길 순 없었기 때문에 죽어도 계주에 나가지 않았으며, 음악에
재능이 있었지만 전공자들에게 밀릴 게 뻔했기 때문에 콩쿠르
같은 자리에도 절대 나가지 않았다. 하지만 공부를 잘하는 그의
인생은 자연스럽게 공부를 잘하는 학생들이 다니는 학교 입학으로
이어졌고, 결국 그는 자신만큼이나 날고 기는, 공부 잘하는
학생들을 여럿 마주쳐야 했다. 피할 수 없었지만 즐길 수도 없었던

그는 끝까지 발버둥 쳤으나… 돌아오는 건 늘 전교 3등이라는 성적표였다. *자퇴가 답이다.* 한때는 그렇게 생각하기도 했지만, 부모님의 입장에서는 전국적으로 내로라하는 학교에서 꾸준히 전교 3등을 유지하고 있는 자랑스러운 자식의 자퇴를 찬성할 리가 없었다.

"아니, 통합에서 전교 3등인데, 문과 가면 1등이라니까요?" 보통은 2학년으로 올라가며 문·이과 중 한쪽을 정해야 했을 때 이런 식으로 그의 부모를 설득하고자 했다. 변호사가 되고 싶기도 했고, 문과로 가면 원래 전교 1, 2등인 아이들과 떨어지게 되어서 1등을 되찾을 수 있다는 희망이 있었기 때문이다. 하지만 뇌 수술 전문 의사인 아버지와 심장 수술 전문 의사인 어머니의 권유, 혹은 강요대로 그는 이과를 선택해야 했고, 그렇게 그는 아홉 번째의 전교 3등 성적표를 받아야 했다.

드르륵 쾅, 하고 뒷문 열리는 소리가 나자 교실에 있던 학생들이 일제히 보통을 쳐다보았다. 이 학교의 '쉬는 시간'은 일반 학교의 '쉬는 시간'과 확연히 달랐다. 전교 1등 출신들만 모아 둔 학교이니 말이다. 그들은 화장실에 다녀올 때 외에는 쉬는 시간에도 자리에서 일어나지 않았다. 모두가 보통의 보통 같지 않은 등장에 지금까지 하고 있던 단어 외우기, 문제 풀이, 오답 노트 작성, 필기 정리 등에 방해를 받았는지, 그를 찌릿- 쳐다보았다. 하지만 반항심 가득한 보통의 얼굴에는 *어쩌라고,* 라는 짜증과 오만함만이 떠오를 뿐이었다. 몇몇은 고개를 절레절레하며, 몇몇은 조용히, 또 몇몇은 짜증 난다는 신음을 내뱉으며 다시 자신들이 하고 있던 단어 외우기, 문제 풀이, 오답 노트 작성, 필기 정리 등을 이어 갔다. 하지만 곧 지직거리는 소리가 교실 스피커에서 흘러나왔다. 아이들은 또 단어, 문제, 오답, 필기 어쩌고저쩌고를 중단당하자 불쾌하다는 표정을 지었다. 다들 각자의 스터디 그룹으로 이동하라는 방송이었다. *그놈의 스터디. 지겨워.* 보통은 터덜터덜 발걸음을 옮겼다.

아무리 전교 1등들이 모였다고 해도, 상대 평가라는 제도하에선 다시금 줄이 세워지기 마련이다. 이에 피해를 입은 학생은 보통뿐만이 아니었다. 사실 보통은 피해를 입었다고 하기엔 무리가 있었다. 한때는 전교 1등을 했었지만 전교 꼴찌에 가까운 성적표를 받으며 3년의 학교생활을 버텨 내야 하는 학생들이 있으니 말이다. 반면 보통은 전교 10등까지만 들어갈 수 있는 특별반에 속해 있었다. 그러니 피해를 입었다기보다는 잘해 내고 있다는 말이 맞을 것이다. *알 게 뭐야. 특별반은 개뿔.* 보통은 어차피 전교 1등 외에는 전혀 관심이 없었기 때문에 특별반 멤버들에 대한 관심도 역시나 없었다. 이런 반이 있는 것에도, 이런 시스템이 운영되는 것에도 관심이 없었다. 그의 머릿속에는 그저 어떻게 하면 전교 3등에서 탈출할 수 있을지에 대한 고민과 절망만 있을 뿐이었다. 특별반 교실로 들어갔을 때 마주해야 하는 전교 1등과 전교 2등의 얼굴 또한 달갑지 않았다. 때문에 보통은 드르륵 쾅, 하며 교실 문을 열고 들어가 의자를 드르륵 쾅, 하며 꺼내 자리에 털썩, 앉았다. 그러자 여기서도 각자 단어 외우기, 문제 풀이, 오답 노트 작성, 필기 정리를 하고 있던 10등 이내의 학생들 중 일부가 보통을 찌릿- 쳐다보았다. *어쩌라고?* 보통이 또 한 번 오만한 표정을 지으며 그들에게 한마디 하려는 순간, 다시금 스피커가 지직거리며 방송을 시작했다. 보통이 지난 2년 동안 여덟 번이나 똑같은 내용으로 들어야 했던 방송이었다. 그는 이제 눈물이 나올 것만 같았다. 눈물의 성분 중 90% 이상은

쌍방 과실

욕설일 것이고 나머지는 공허함일 것이다. *닥쳐. 말하지 마. 제발. 내 이름 부르지 마.*

"3학년 1반 천재희, 3학년 2반 김인재, 3학년 3반 전보통. 교장실로 오세요."

난 왜 반도 3반이야? 보통은 눈알을 굴리고 의자를 다시 한번 드르륵, 끌며 시끄럽게 자리에서 일어났다.

"아, 시끄러워. 조용히 좀 다녀." 한 여학생이 성마른 목소리로 짜증을 내었다. 아마도, 10등 안쪽에서 노는 이 학생들은 보통의 반에서 단어, 문제, 오답, 필기 어쩌고저쩌고를 중단당했던 학생들보다 더 예민한 듯싶었다.

"꼬우면 너도 전교 3등 안에 들든가?" 보통은 그녀가 민감하게 반응할 수밖에 없는 요소를 아주 콕 집어 정확하고 날카롭게 푹 찔렀다. *쟤, 전교 4등 아닌가?* 여학생은 억울함에 얼굴을 확 붉히며 고개를 홱 돌려 공부를 이어 갔고, 보통은 발을 쿵쿵 구르며 교실을 빠져나갔다. 그 뒤에 바로 전교 1등 천재희와 전교 2등 김인재가 보통을 따라 교실을 나섰다.

세 사람은 말없이 복도를 뚜벅뚜벅 걷고 있었다. 재희는 지금 이 순간에도 한 손에는 단어장을 들고, 한 손에는 샤프를 든 채로 중얼중얼 단어를 외우는 중이었다. 인재는 싱글벙글 웃는 표정으로 창밖에 내리쬐는 햇살을 구경하며 양손을 주머니에 찔러 넣고 가벼운 발걸음으로 걷고 있었다. 두 사람보다 살짝 앞서서 걷고 있던 보통은 창문에 비친 재희와 인재의 모습을 보고 허- 하고 코웃음을 쳤다. *저 새긴 뭐가 좋다고 저렇게 실실거려? 속도 좋네.* 인재 역시, 보통처럼 재희에게 매번 밀리는 비운의 전교 2등이었다. 하지만 인재는 늘 재희에게 축하의 말을 남기곤 했다. 지금처럼.

"또 전교 1등~ 축하한다." 인재가 웃으며 재희를 바라보았다.

"미친놈." 보통이 중얼거렸다. 재희와 인재는 이 말을 못 들은 듯했다.

"… 고마워." 재희가 그렇게 대답하곤 다시 단어를 외우기 시작했다. 재희가 단어장을 보기 위해 고개를 푹 숙이자 그녀의 길고 새까만 생머리가 흐느적거렸다.

교장 선생은 교장실에 있는 자신의 자리에 앉아 있었고 터질 것 같은 둥근 얼굴로 엄청난 포만감이 느껴지는 표정을 지으며 빙그레 웃고 있었다. 교장 선생의 3인 전용 훈화 말씀을 아홉 번째로 듣게 된 보통은 이제 모든 내용을 다 외울 지경이었다.

"우리 학교 인재들의 미래가 참 밝습니다. 하하하."

우리 학교 인재들의 미래가 참 밝습니다. 하하하.

"아차, 인재 학생은 이름도 인재지요! 하하하."

우리 재희 학생은 이름도 '천재'희고요. 하하하.

"우리 보통 학생은…."

이름은 '보통'이지만 전혀 보통의 학생이

"아니어서! 또 이렇게 매번…."

"천재와 인재를 따라 전교 3등을…." 보통은 자신이 속으로만 외웠어야 할 교장 선생의 대사를 입 밖으로 내뱉었다는 것을 깨달았다. "아." 그는 짧은 소리를 내며 교장 선생과, 재희, 인재를 차례대로 쳐다봤다. 보통은 특히 재희의 눈빛이 마음에 안 들었는데, 그의 체감상 '니가 그러면 그렇지.' 하는 경멸의 눈빛이 30%, '왜 저래.'라는 눈빛이 50%, 그리고 '니가 그러니까 전교 3등밖에 안

쌍방 과실

되는 거야.'라며 한심해하는 눈빛이 20% 정도 섞여 있었다.

교장 선생의 대사를 따라하게 된 것 때문인지, 또 전교 3등을
한 것 때문인지는 모르겠지만 보통은 이날 특별반 스터디를
땡땡이치기로 했다. 일반적인 고등학생이라면 '3년 내내 있는
스터디 수업을 한 번쯤 땡땡이치는 게 무슨 대수인가' 싶겠지만,
그가 다니는 학교가 명문 기숙사 고등학교인 만큼 땡땡이는 굉장히
심각한 일이었고, 학교에서 나름 반항적인 스타일로 인식되어 있는
보통조차 한 번도 저질러 본 적이 없을 정도로 희귀한 사건이었다.
굳이 비유하자면 학생이 신분증을 훔쳐 모텔로 밤늦게 기어들어
가 마약 밀거래를 하는 수준으로 여겨질 정도였으니…. *와, 내가
땡땡이라니.*

그럼에도 불구하고 그는 버스 출입구 계단에 텁, 하고 발을
올린 후, 삑- 소리가 나도록 교통 카드를 단말기에 댔다. 그리고
뚜벅뚜벅 걸어가 복도 쪽 자리에 털썩 앉았다. 초록색 버스가 아닌
빨간색 버스였다. 버스를 타고 40분 정도 가면 나오는 '또와분식'에
갈 참이었다. 그렇게나 엄청난 땡땡이를 쳐 놓고 가는 곳이 고작
분식집이라니, 굉장한 맛집일 것 같다는 느낌이 들겠지만 전혀
아니다. 또와분식은 사실 그럭저럭인 떡볶이를 팔고 주인장
할머니가 욕쟁이인 것으로 유명하며 심각한 수준의 고객 서비스를
자랑하는 분식집이다. 하지만 그곳엔 늘 손님이 끊이질 않았다. 그게
바로 보통이 빨간 버스씩이나 타고 40분씩이나 가기로 마음먹은
이유였다.

이런 미신에나 기대다니…. 보통은 그 분식집을 유명하게
만들어 준 '소원의 벽'에 소원을 적기로 했다. '전교 1등 하게 해

주세요.'라고. 떡볶이의 맛과 주인장의 인성은 이 떡볶이집의 메인 요소가 아니었다. 소원이 이루어지기만 한다면! 이런 미신에라도 희망을 걸고 기댈 수만 있다면! 맛없는 떡볶이를 먹고 제대로 탈이 나도, 주인장에게 평생 듣도 보도 못한 쌍욕을 얻어먹어도 괜찮다는 심정이었다. 3년 내내 전교 3등을 하는 것보다는 위장에 빵꾸가 나거나 귀에서 피가 흐르는 게 더 낫다는 말이었다. 이대로 가다간 고등학교 졸업 후 사람들의 기억 속에 '3년 내내 전교 3등만 하다 졸업한 바보 전보통'으로 남게 될지도 모른다. 소개팅 자리에 가서 상대방에게 "제가 전교 3등 출신입니다….'라고 죄스럽게 말해야 할지도 모른다. 훗날 자식이 운동회 달리기에서 1등으로 골인해서는 "아빠는 고등학교 때 몇 등이었어?"라고 질문했는데 그에 대답하지 못해 부모님이 참여해야 하는 레크리에이션이 시작되기도 전에 도망쳐 버려야 할지도 모른다. 그럴 순 없어! 그러니 무슨 수라도 써야 했다.

　하지만, 달리는 버스 안에서 해가 뉘엿뉘엿 지는 걸 보고 있자니 갑자기 허무함이 밀려왔다. 이래서 내가 전교 3등인 거야. 그는 시야를 가릴 정도로 높은 앞자리 의자 등받이를 무의미하게 노려보며 자괴감에 빠졌다. 내가 이러고 있는 시간에, 걔네는 문제를 몇 개씩이나 더 풀고 있겠지. 1분 1초가 귀한 고 3이, 산삼보다 귀하다는 고 3이, 빨간 버스를 타고 10분째 달리고 있다는 것에 회의감이 든 보통은 엉덩이를 가만히 두지 못하고 들썩거렸다. 지금이라도 내려? 그는 옆자리에 앉은 사람이 자신을 이상하게 쳐다보더니 창가 쪽으로 더욱 몸을 붙인 것에는 신경도 쓰지 않고 "으으." 하며 앓는 소리를 뱉어 내고 있었다. 그래, 아직 10분밖에 안 왔잖아. 지금이라도 돌아가자. 보통은 몸을 일으켜 복도로 나왔다.

하차 벨을 누르기 위해서였다. 그때… 징그러울 정도로 익숙한 긴 머리가 보통의 대각선 위치에 있는 자리에서 치렁치렁하게 늘어졌다.

보통은 이 상황이 무슨 상황인지 파악하기도 전에 본능적으로 교복 위에 입고 있던 후드 집업의 모자를 뒤집어쓰고 다시 자리에 앉았다. 날씨가 따뜻해지긴 했어도 일교차가 심해서 걸치고 왔던 후드 집업이었다. 그는 앞자리의 등받이를 마치 엄폐물처럼 취급하며 몸을 숨긴 뒤 아주 살짝 고개를 내밀어 새까맣고 번들거리는 생머리의 주인을 확인했다.

"저기, 창문 좀 닫아 주시죠." 재희 특유의 차가운 목소리가 들렸다. "바람이 너무 세서." 그녀는 창문으로 세차게 들어오는 바람 때문에 들고 있는 단어장 페이지가 펄럭이는 게 거슬리는 듯한 눈치였다. 길고 검은 생머리가 암막 커튼처럼 내려와 있는 모양새, 싸가지 없는 말투, 왼손엔 단어장을 오른손엔 샤프를 들고 복도 쪽 자리에 앉아 있는 저 여자는… *천재희가 맞아*. 보통은 믿을 수 없다는 표정을 지으며 손으로 얼굴을 쓸어내렸다.

그는 또와분식 같은 건 잊어버렸다. 대체 전교 1등이 이 시간에 특별반 스터디를 땡땡이치고 버스에 올라탄 이유가 뭘까 싶어서였다. *따라가야겠다*. 어쩌면 특급 과외를 받고 있을지도 모른다. 드라마에 나오는 '김주영 스앵님' 같은 사람에게 말이다. 아니면 오늘만 열리는 특급 입시 설명회에 참석하려는 건지도. 그것도 아니면 *시험 문제 유출?* 보통은 온갖 쓸데없는 상상을 하며 재희가 내리는 곳에 내리리라 다짐했다.

그러나 보통은 또와분식에 도착하게 되었다. *여길 오게 되다니*. 소원을 적겠다는 일념 때문에 재희를 따라가겠다는 충동을 버린 것은 절대 아니었다. 재희의 도착지가 또와분식이었기 때문에 여기에 다다른 것이었다. 버스에는 앞자리 등받이 같은 엄폐물이라도 있었지…. 같은 교복을 입고 후드 집업만 뒤집어쓴 채로 재희 뒤를 밟는 것은 위험한 짓이었다. 그래도 보통은 멈출 수 없었고, 조심히 그녀를 따라갔다. 다행히도 그녀는 귀에 노이즈 캔슬링 기능이 있는 이어폰을 꽂고 있는지, 보통의 미행을 눈치채지 못했다. 재희는 왼손에 단어장을 든 채로, 오른손에 든 스마트폰의 지도 앱을 보면서 또와분식을 향해 뚜벅뚜벅 빠르게 걸어갔다. 결국 그는 재희와 함께 또와분식 안으로 들어가게 되었다.

또와분식 내부에는 정말 소문대로 소원의 벽이 있었다. 그리고 벽에는 정말 빼곡하게 수많은 소원들이 적혀 있었다. 이 벽에 소원이 적히기 시작한 것은 유명 여배우의 낙서 때문이었다고 한다. 공성희인지, 김성희인지, 이 근처에 살던 그 여배우가 또와분식이 새로 생겼을 때 벽에 소원을 썼는데, 그게 이루어졌다는 것이다. 몇 개나 이루어졌으려나. 보통은 그렇게 생각하며 재희가 자리를 잡을 때까지 밍기적밍기적 기다렸다. 소원의 벽 앞에는 테이블이 따로 없었고, 그쪽으로 쉽게 접근할 수 없도록 빨간 띠가 금색 봉에 걸린 채로 설치되어 있었다. 미술관에서나 볼 수 있는 엄숙하고 제한적인 이 분위기 속에서 아이러니하게도 사람들은 떡볶이를 열심히 먹고 있었다. 재희가 소원의 벽에서 가장 가까운 자리에 앉자, 보통은 재희가 잘 보이면서도 재희의 눈에 잘 띄지 않을 자리를 찾아 앉았다.
　"뭐 처먹을 거야." 주인 할머니가 시크하게 메뉴판을 던졌다. 보통은 급하게 메뉴판의 떡볶이를 가리킨 뒤 검지손가락을

쌍방 과실

치켜세우는 제스처로 '1인분'임을 알렸다. 자신의 목소리가 들리면 위험하다 판단했기 때문이었다. "염병할 새끼가 싸가지 없게…." 할머니는 메뉴판을 들고 궁시렁거리며 재희 쪽으로 향했다. "넌 뭐 먹을 거야."

"떡볶이 1인분이랑, 소원의 벽이요." 재희가 할머니와 메뉴판은 쳐다보지도 않고 대답했다. 그녀의 눈은 소원의 벽 쪽을 향해 있었다. 탁하고 광기가 어려 있는 눈빛이었다.

"떡볶이 먹으면 펜 줄 거니까, 다 먹음 불러."

"꼭 다 먹어야 하나요?" 재희가 그제야 할머니를 올려다보았다. 하마터면 보통의 얼굴이 재희에게 보일 뻔했지만, 그는 할머니가 자신을 가리도록 재빨리 몸을 살짝 움직였다.

"떡 한 개만 처먹든가. 아무튼 주문만 1인분 하면 돼." 할머니는 그렇게 말한 뒤 다시 메뉴판을 들고 사라졌다.

떡볶이 한 접시가 보통의 테이블 위에 탁, 하고 놓이자 보통은 재빨리 고개를 돌려 재희를 살폈다. 혹시 자신을 봤을까 해서였다. 하지만 재희는 여전히 소원의 벽을 탁한 눈빛으로 응시하고 있었다. 할머니는 다른 접시 하나를 재희의 테이블로 들고 가선 탁, 하고 올려놓았다. 그리고 몸을 돌리는데….

"잠깐만요." 재희가 할머니의 소매를 붙잡았다. 할머니는 인상을 팍 찌푸리며 재희를 쳐다보았다. 그녀는 할머니의 소매를 인질처럼 붙잡은 채로 이쑤시개를 들어 떡볶이 하나를 쿡 찍더니 입에 쏙 넣은 다음 씹지도 않고 꿀꺽 삼켰다. "다 먹었어요. 잘 먹었습니다."

다 안 먹었잖아. 하나 먹었잖아. 뭔 미친년인가– 싶은 표정이

보통의 얼굴에도, 할머니의 얼굴에도 두둥실 떠올랐다. 하지만 할머니는 곧 앞치마에서 여러 개의 필기구를 꺼내 내밀었다. 매직, 네임 펜, 볼펜, 4B 연필 등 종류가 다양했다. "괜찮아요. 필요 없습니다." 재희는 그렇게 말하곤 의자를 드르륵 끌며 자리에서 천천히 일어나더니 가방 속에서 뭔가를 꺼냈다. *진짜 미친 애네.* 보통은 한편으로는 감탄을, 한편으로는 경악을 하며 그녀가 가방에서 꺼내는 것이 뭔지 보고 있었다. 어떤 문구가 적혀 있는 코팅된 종이와 양면테이프, 가위가 나왔다. 그녀는 뚜벅뚜벅 소원의 벽 쪽으로 걸어갔다. 할머니는 살다 살다 이런 또라이는 처음 본다는 눈빛으로 홀린 듯 금색 봉에 걸린 빨간 띠를 해제해 주었다. 재희는 할머니에게 감사의 표시로 가볍게 목례를 한 다음 차단되어 있던 구역 안으로 천천히 걸어 들어갔다. 가게 안의 모든 사람들이 재희를 주목하고 있었다. 보통은 이제 얼굴을 가리려는 노력도 하지 않고 입을 쩍 벌린 채 재희의 행동을 살폈다. 그녀는 양면테이프를 가위로 적당량 잘라 코팅된 종이 뒷면에 붙였다. 그러곤 테이프의 종이를 떼어 낸 뒤, 벽에 정성스럽게 천천히 꾸욱 코팅된 문구를 눌렀다. 재희의 행동을 보니 문구를 벽에 붙였다기보다는 간절한 마음이 벽에 잠기게끔 밀어 넣었다는 말이 어울렸다. 재희는 안전하게 잘 붙어 있는 문구를 잠시 쳐다보다가 씨익 미소 지었다. 만족감과 안심, 희망, 그리고 정신 나감이 담겨 있는 표정이었다.

"안녕히 계세요." 재희는 떡볶이값을 현금으로 지불하고는 가게를 나갔다. 재희가 나가자 가게 안의 사람들이 수군거리며 방금 벌어진 사태에 대한 이야기를 나눴다.

"코팅 종이를 붙여도 되는 거야?"

"효과가 있나?"

"더 잘 이루어지나 봐."

보통은 벌떡 일어나 소원의 벽 쪽으로 갔다. 그리고 재희가 붙인
종이에 무슨 내용이 있는지 읽다가… 푸하하 웃음을 터뜨렸다.
이거다.

'그 녀석을 좋아하지 않게 해 주세요.'

보통의 눈빛이 환희로 빛났다. 그리고 그는 터진 웃음을 좀처럼
멈추지 못한 채로 벽에 가까이 다가섰다. 할머니가 등짝을 때리며
시끄럽게 할 거면 썩 꺼지라고 했지만, 가게 안의 사람들이 미친놈
보듯이 쳐다봤지만 상관없었다. 보통은 마치 사랑스러운 애인을
바라보는 것처럼 그 문구를 미소 가득한 얼굴로 지그시 바라보다가,
정말 개운한 마음으로 가게를 나섰다.

그 녀석이 대체 누구냐, 천재희!

보통이 다시 빨간 버스를 40분가량 타고 기숙사로 돌아올
때까지… 보통의 머릿속에서는 그 문구가 떠나질 않았다. 이미
소원으로 가득 차서 이젠 뭘 어떻게 써도 가독성이 떨어질 것 같은
빼곡한 벽에 떡하니 붙어 당당하게 반짝이는 코팅된 문구가, 쉽게
잊힐 리 없었다.

이제 전교 3등에서 탈출하는 건 시간문제다. 보통은 그렇게
생각하며 자신의 기숙사 방 안으로 들어왔다. 그 누구보다 가벼운
발걸음으로.

"어디 갔다 왔어? 스터디에도 안 오고." 룸메이트인 인재가

보통을 반기며 물었다.

　"아, 어디 좀… 중요한 곳에." 보통은 새어 나오는 웃음을 겨우 참으며 대답했다. "오늘 나 말고도 또 누구 안 오지 않았어?" 결국 킬킬거리는 웃음이 흘러나왔지만 말이다.

　"아… 어. 재희가 안 왔어." 인재가 떨떠름한 표정으로 대답했다.

　"그래?" 보통이 씩 미소 지으며 대답했다.

<피해자 K 군은 사고가 날 수 있다는 것을 인지했으나, 피하지 못함>

인재는 교실에서 종이 한 장을 만지작거리고 있었다. 종이에는 그의 이름 석 자 '김인재'가 적혀 있었고, 다른 과목은 모두 만점이었지만 영어에서 단 한 문제를 틀린 탓에 2등이라는 숫자가 적혀 있었다. 그래도 인재의 기분은 좋았다. 재희가 인재에게 말을 걸었기 때문이었다.

"몇 등이야?" 뼛속까지 서늘해지는 차가운 목소리였지만, 인재는 그런 재희의 목소리가 좋았다.

"아, 2등이야."

"아." 재희는 대답이라고 하기도 애매한 대답을 하곤 인재의 옆에 앉았다. 두 사람은 특별반에서는 서로의 짝이었다. 전교 1등과 2등이라는 것이 그 이유였다.

또 *1등이겠지!* 인재는 재희가 이번에도 1등을 했을 거라 확신했다. 자신이 2등이라면 1등을 할 다른 사람은 자신의 룸메이트인 보통이나 늘 1등을 해 온 재희밖에 없는데, 교실 문을

드르륵 쾅, 하고 열며 요란하게 등장하는 보통을 보니 그는 1등이
아닌 듯했기 때문이었다. 이번에도 3등인가 보네. 그럼 자동적으로
재희가 1등이 되는 거다. 그래서 또 화가 났나 봐. 인재는 살짝
걱정을 담아 보통을 보았다. 씩씩거리며 들어오는 보통을 특별반
아이들이 쩨려보았지만, 그는 '어쩌라고!'라는 의미의 동태 눈깔로
모두를 둘러볼 뿐이었다. 정말 멋있는 친구야. 인재는 그런 보통을
보며 동경의 미소를 지었다.

"3학년 1반 천재희, 3학년 2반 김인재, 3학년 3반 전보통.
교장실로 오세요."

인재는 자신을 호명하는 방송을 듣고 자리에서 조용히
일어났다. 공부를 하고 있는 다른 아이들을 방해하고 싶지 않았기
때문이었다. 하지만 보통이 의자를 또 드르륵, 끌며 일어났기 때문에
인재의 노력은 허사가 되었다.

"아, 시끄러워. 조용히 좀 다녀." 재희의 룸메이트인 여학생이
말했다.

"꼬우면 너도 전교 3등 안에 들든가?"

인재는 보통의 저런 모습이 늘 부러웠다. 뭐… 싸가지 없다는 둥,
사회 부적응자라는 둥, 아웃사이더라는 둥 나쁜 평판을 잔뜩 듣는
보통이었지만, 오히려 인재의 눈에는 멋있어 보이기만 했다. 인재는
보통의 당당한 성격과 스스럼없는 행동 방식이 부러웠다. 카리스마
있어. 그래서 인재는 이번 학년에도 보통과 룸메이트가 되어서 매우
기뻤다.

말없이 뚜벅뚜벅 복도를 걷는데, 햇살이 따스하게 느껴졌다.
어쿠스틱 기타 반주에 실린 부드러운 러브 송이 귓가에 들리는 것

같았다. 슬쩍 미소 지으며 온화한 봄바람이 불어오는 창밖을 봤다. 학교의 자랑이자 마스코트인 아주 큰 느티나무가 푸르게 서 있는 모습이 인재의 마음을 평화롭게 만들어 주었다.

"또 전교 1등~ 축하한다." 인재는 웃으며 재희에게 말했다.

"… 고마워." 재희는 그렇게 대답하곤, 다시 고개를 돌려 단어를 외우기 시작했다. 밤하늘같이 까맣고 드레스처럼 풍성한 그녀의 긴 머리가 찰랑거렸고 좋은 향이 코끝을 에워쌌다. *샴푸?* 재희는 얼굴만큼이나 향이 예쁜 샴푸를 쓰는 게 분명했다. *으, 너무 변태 같네.* 그래도 입가에 떠오르는 미소를 숨길 수는 없었다.

재희, 보통과 함께 교장실에 다녀온 후 오후 수업을 들었다. 이윽고 수업을 마치는 종이 울렸다. '오늘 하루도 어제와 똑같이 흘러가는구나.' 수업이 끝나도 학교 밖으로 나갈 순 없다. 이곳은 기숙사형 학교이고, 정규 수업 시간이 끝나면 성적에 따라 각자의 반으로 이동해 또 다른 스터디 그룹 수업을 받아야 하기 때문이었다. 인재는 재희, 보통과 함께 '특별반'에 속해 있었고 이것이 부당하다 생각했다. *이렇게 급을 나누다니….* 상급반, 중급반, 하급반 친구들도 분명 각지에서 끝내주게 공부를 잘하던 친구들이었을 텐데. 인재가 보기에 이런 시스템은 학생들에게 상대적 박탈감을 주어 현재 위치에 고착되게 만들 뿐이었다. 그래도… 매일 오후부터 밤까지 재희와 한 교실에 있을 수 있다는 건 좋았다.

주말에… 영화를 보러 가자고 할까? 인재는 재희를 너무 좋아했지만 그들의 신분, 그러니까 자신들이 고3이라는 중대한 시기의 한가운데에 있다는 사실 때문에 많은 고민을 하고 있었다. 초반에는 좋아하는 마음을 참으려고 했다. 마음을 없애진

못하겠지만 참을 순 있을 거라 생각했다. 하지만 특별반 스터디 때마다 마주하게 되는 재희의 차가운 미소와 풍성한 머리숱과 반짝이는 머릿결, 은은하게 풍기는 샴푸 냄새, 고등학교생활 3년 동안 키가 훌쩍 커 버린 바람에 살짝 짧아진 치마 길이 등이 늘 인재를 괴롭혔다. *또 변태 같군.* 본인은 전혀 의도하지 않은 것 같지만, 재희는 유혹적이고 매혹적인 분위기를 너무나 진하게 뿜어 대고 있었다. 그래서 인재는 불안했다. 고 3이라는 이유만으로 자신의 마음을 억눌렀다가는 어떤 미친놈에게 재희를 빼앗길 수도 있다는 생각이 들었으니까. 재희는… 그냥 두기엔 너무 예뻤다!

영화 정도는… 주말에 다섯 시간 빼는 것 정도는… 괜찮을 거야. 정 안 되면 휴게실에서 보자고 할까? 인재는 머리를 이리저리 굴려 보고 있었다. 영화를 보러 시내까지 나갔다 오면 적어도 다섯 시간이 소요될 테니까, 차라리 맛있는 치킨을 시켜 먹으며 신형 태블릿 PC로 영화를 보는 게 더 나을 것 같단 생각이 들었다. 태블릿 PC는 영화관 스크린보다 훠어어얼씬 작으니까, 보다가 두 사람의 거리가 가까워질지도 모르는 일이었다. *헉, 근데 나…. 생각해 보니, 재희의 영화 취향을 모르고 있었다. 영화 볼 때 먹는 간식으로는 어떤 걸 선호하는지도! 이래서야, 원.* 고개를 절레절레 젓는 인재였다.

"김인재. 부모님 오셨다." 특별반 담당인 과학 선생이 찾아와 그렇게 전하자, 인재는 고개를 더욱 세게 절레절레 저으며 한숨 쉬었다. 과학 선생은 사각 금테 안경을 단정하게 끼고 다니는 촌스러운 남자였다. "얼른얼른 따라와." 인재는 천근만근 무거운 발걸음으로 선생을 따라 면담실로 향했다.

인재는 정치권의 유명한 인사 집안에서 태어난 현대판 귀족 가문의 외동아들이었다. 그러니 그는 공부를 잘할 수밖에 없었다.

쌍방 과실

아니, 잘해야만 했다. 모든 것이 인재의 생활과 앞날을 위해 설계되어 있었고 준비되어 있었으니까. 공부를 잘했지만, 인재는 하고 싶은 게 없었다. 그는 스스로가 소심하고 자기주장도 잘 펼치지 못하는 바보 같은 사람이라고 생각했다. 어쩌면 그래서 보통을 더욱 동경하고 부러워했을지도 모른다. 자신이 보통의 성격을 갖고 있었다면… 지금 이 차분하고도 지루하고 숨 막히는 분위기의 면담실에서 자신을 쳐다보고 있는 부모님의 저 표정을 볼 필요가 없었을지도 모른다.

"안 돼요!" 인재가 절박하게 소리쳤다. 인재의 부모님은 귀찮음, 분노, 짜증, 한심함이 섞인 표정으로 아들을 쳐다봤다. 그래도 인재는… 외칠 수밖에 없었다. "절대 안 돼요!"

"그럼 스터디에서 빠지고 개인 과외를 붙이시겠다는 말씀이시죠?" 과학 선생이 조심스럽게 물었다.

"아, 싫어요! 스터디 계속할 거예요!" 인재가 떼를 썼다.

"네. 그렇게 해 주세요." 인재의 어머니는 그의 말이 들리지 않는 듯한 표정으로 대답했다. 차분한 인상과 차분한 목소리였다. "3년 내내 2등이에요. 그것도 이 학교에 겨우 입학한 여자애 한 명 때문에."

"겨, 겨우 입학하진 않았습니다. 천재희 학생은 이 학교에 1등으로 들어왔는걸요…." 과학 선생이 기어들어 가는 목소리로 대답했다. 저 정도면 귀를 바싹 붙여도 잘 들리지 않을 것 같았다.

"그걸 말하는 게 아니지 않습니까." 인재의 아버지가 말했다. "돈도 없는 집안의 여자애가 장학금 받아서 들어온 걸 말하는 겁니다."

인재는 짜증이 났다. 정확히는 분노가 뱃속 깊은 곳에서부터

끓어올랐다는 표현이 맞을 것이다. *재희에 대해 저렇게 말하는 건 정말 참을 수가 없어.* 하지만 참아야 했다. 인재의 교복, 책, 필기구, 비싼 노트북, 그리고 재희와 영화를 보는 데 쓰일지도 모를 12.9인치 프로 모델의 태블릿 PC까지⋯ 모두 인재 부모님의 돈으로 산 것이었기 때문이다.

보통이었으면 바로 소릴 질렀겠지? 이런 상황에서는 뭐라고 외쳤을까. 인재는 머릿속으로 시뮬레이션을 돌려 보았다. *보통은 늘 하고 싶은 말을 과감하게 내뱉었다. 설령 자신이 잘못을 했더라도 아주 당당하게 말이다! 부러워만 하지 말고, 나도 지르자.* 몇 달 뒤면 성인이 된다. 언제까지고 이렇게 부모님한테 휘둘리면서 살 수는 없다!

"저! 스터디! 할! 거예요!" 단전에서부터 끌어올린 분노를 담아 크게 소리쳤다. 물론 끝부분의 '요'에서는 목소리가 살짝 떨렸지만 상관없었다. 심박수가 미친 듯이 치솟아서 이미 얼굴까지 시뻘게진 마당에⋯ 지를 건 질러야 했다. 이러다 손목에 차고 있는 스마트워치가 심박수 이상을 감지해 긴급 SOS 자동 전화를 걸 수도 있겠지만⋯ *재희와 떨어질 순 없어.* 그는 절박했다. "스터디에서 저 빼면, 이 학교 자퇴할 거예요!" 또 한 번 '요'에서 목소리를 바르르 떨며 소리친 다음, 인재는 면담실을 박차고 나가 문을 쾅 닫았. 아차, 너무 세게 닫았다. "이거 바람이에요!" 이번에 소리칠 때는 '요'에서 떨지 않았고, 인재는 터벅터벅 자신의 기숙사 방으로 돌아갔다. 특별반 수업이 시작되기까지는 아직 시간이 좀 남아 있으니 기숙사에 가서 차 한잔 마실 생각이었다.

방에 도착했는데도 심장이 벌렁거리고 떨렸다. 그는 마음을

진정시키기 위해 잠시 의자에 앉아 숨을 고른 뒤 전기 포트를 들어
올렸다. 따뜻한 차를 마시면 두뇌 회전이 활발해진다며 어머니가 사
준 50만 원짜리 고급 전기 포트였다. 차를 우려내기 적당한 온도로
물을 끓여 주는 기능을 켠 뒤, 서랍을 열어 티백 세트를 꺼냈다.
바닐라 향이 풍기는 이 티백들은 아버지가 예전에 외국 출장을
떠났을 때, 현지에서 직접 사 온 고오급 티백이었다. 끓고 있는 전기
포트의 물을 티백이 들어 있는 머그 컵에 졸졸 따랐다. 따뜻한 김이
확 올라오자 조금 진정되는 것 같았다. 인재는 다시 서랍을 열어
머그 워머를 꺼냈다. 겨울철 이외에는 잘 쓰지 않았던 제품이었다.
머그 컵 속의 내용물이 식지 않도록 계속 따뜻하게 데워 주는 이
유용한 녀석 역시 어머니와 아버지가 선물로 보내 준 것이었다. *내
인생에 내 건 없어.* 그렇게 생각하며 차를 한 모금 호로록 마시고
다시 컵을 머그 워머 위에 올려놓았다. 그러자, 재희를 처음 만났던
날이 떠올랐다.

　　"못생긴 애들 중에서는 제일 잘생겼어." 재희가 인재의 머그
워머에 시선을 고정한 채 심드렁하게 대답했던 그날이었다. 그때도
인재는 머그 워머로 컵을 데우고 있었고, 재희는 그게 대체 뭐냐고
물어봤었다. 덕분에 그들의 첫 대화가 성사된 것이었다.
　　"제, 제일 잘생겼다고!?" 인재가 살짝 놀라며 되물었다.
　　"'못생긴 애들 중에서'라고." 재희가 인상을 찌푸리며 말했다.
　　"아, 아…. 고마워." 인재가 살짝 웃으며 대답했다. 재희는 이
말에 대답하지 않았다.
　　처음엔 재희가 자신을 공격한 줄로만 알았다. 저 날은 인재가
인생에서 두 번째로 2등을 했던 날이었다. 중학생 시절까지 늘 전교

1등이었던 인재는 고등학생이 된 이후로 한 번도 1등을 한 적이 없었다. 그는 입학시험에서도, 중간고사에서도 1등을 빼앗겼다. 그리고 재희가 미모로 자신을 홀려 평생 전교 2등에 머무르게 하려는 비겁한 수작을 부린다 생각했다. 이렇게 예쁜 애가 나한테 무의미하게 잘생겼다고 할 리 없어. 출제자의 의도를 파악해. 냉정하게 생각해. 속아 넘어가지 마. 하지만 부질없는 경계심이었다. 이날부터 길게 찰랑거리는 검은 생머리와 한여름에도 에어컨이 필요 없을 정도로 한기를 몰고 오는 차가운 목소리, 상대의 마음을 갈기갈기 찢어 버릴 것 같은 쭉 찢어진 긴 눈이 인재의 머릿속에서 떠나질 않았기 때문이었다.

어차피 이 학교는 명문 기숙사 고등학교다. 전교 50등 안에만 들어도, 서성한은 물론이고 스카이도 쉽게 갈 수 있는 분위기다. 이제 더 이상 인재에게 1등이라는 숫자는 중요하지 않았다. 부모님이 원하는 대로 좋은 대학교에 가서 '어디 가도 꿀리기가 어려운 가방끈'이라는 타이틀만 획득하면 되기 때문이기도 했고, 그만큼 재희를 좋아해서 그렇기도 했다. *재희의 수작이라면… 백 번이라도 넘어갈 것 같아.* 재희가 1등 성적표를 받고 안도의 한숨을 쉬는 순간, 인재는 이렇게 생각하며 그녀를 쳐다보는 것을 좋아했다.

"머그 워머는 얼마 정도 해?" 재희는 한참 뒤에 이런 질문을 했었다.

"모르겠어. 선물 받은 거라서…. 뭐, 한… 2만 원 정도 하지 않을까?"

보통이한테 꼭 말해 줘야지. 인재는 보통의 3년 연속 룸메이트로서, 보통이 버릇처럼 말하는 "자퇴를 하든가

쌍방 과실

해야지."라는 문장에 영향을 받아 부모님에게 협박용으로 '자퇴'를 언급했다는 것을 자랑하고 싶어졌다. 그렇게 생각하니 마음이 조금 진정되는 것 같았다. 곧 있으면 스터디 수업이 시작될 예정이라, 그는 차를 마신 흔적을 정리하고 서둘러 다시 교실로 향했다. 재희를 만날 생각에, 보통에게 자랑을 할 생각에 발걸음은 어느덧 가벼워져 있었다. *참, 생일 선물로 머그 워머를 주면 좋아하려나….*

　"둘 다 어디 갔어?" 수학 선생이 날카로운 목소리로 물었다. 그녀는 과학 선생과 마찬가지로 특별반 담당이었는데(인재는 특별반에만 담당 선생이 두 명인 것도 마음에 들어 하지 않았다.) 마치 음성 변조 프로그램으로 목소리 톤을 세 단계쯤은 높인 것 같은 찢어지는 목소리를 가진 여자였다. 체구가 작은데도 불구하고 그녀의 목소리는 온 교실과 복도에 쩌렁쩌렁 울려 퍼졌다.

　"전 보통은 몰라요." 재희의 룸메이트인 여학생이 대답했다. 아까 보통에게 대놓고 전교 3등도 못했다는 날이 선 말을 들어야 했던 학생이었다. 그녀는 재희와 가장 가까운 여자 사람 친구이기도 했다. 이 학교의 기숙사는 대부분 4인실로 이루어져 있지만, 전교 수위권의 학생들은 특별히 2인실을 이용할 수 있었다. 인재가 보통과 단둘이 한방을 쓰는 이유가 그것이었다. 두 사람이 계속해서 룸메이트로 지낼 수 있었던 건 방이 성적순으로 배정되기 때문인데 재희의 친구 역시 마찬가지였다. 그녀는 3년 내내 전교 4등이었고, 지금까지 계속해서 쭉 전교 1등인 재희의 룸메이트였다.

　"재희는?" 수학 선생의 날카로운 목소리가 또 한 번 들렸다.

　"재희는 아파서 병원 간다 했어요." *뭐? 병원?! 어디 많이 아픈가? 스터디까지 빠질 정도로?*

이날, 인재는 스터디 수업에 도저히 집중을 할 수가 없었다. 부모님 때문에 특별반에서 나와 개인 과외를 받을 뻔했지만 보통을 떠올리며 맞섰다고 보통에게 자랑하지 못한 것도 아쉬웠고, 용감함이 돋보이는 이 영웅담을 재희가 공교롭게도 듣지 못하게 된 것 또한 아쉬웠다. 만약 재희가 영웅담을 들었다면 인재가 주말에 영화를 보자는 제안을 했을 때 분명 수락했을 것이다. 하지만 둘 다 특별반에 오지 않았다. 둘 다…. 인재는 고개를 세차게 흔들었다. 쓸데없는 생각이 들었기 때문이었다.

사실, 인재는 최근 들어 보통이 재희를 쳐다보고 있는 장면을 자주 목격했다. 물론 인재는 보통이 재희를 싫어해서 그런다고 생각했다. 보통 역시 자신이 다니던 중학교에서 전교 1등을 한 번도 놓친 적이 없는 학생이었고 재희에게 3년 내내 1등을 빼앗겼으니… 싫어할 수도 있다고 생각했다. 게다가, 저렇게 당당하고 멋진 보통이 저렇게 예쁜 재희를 좋아하지 않다니 다행이라고 생각하기도 했다. 아냐. 인재는 또 한 번 고개를 세차게 흔들었다.

모든 수업이 끝나고 드디어 기숙사에 돌아왔을 때에도, 보통은 방에 없었다. 인재는 혹시 모른다는 마음으로 재희의 룸메이트인 친구에게 연락을 해 보았다.

  – 재희 왔어. 한 10분 전에. 연락 왔다고 전해 줄까?
  – 아냐. 내가 물어본 거 비밀로 해 줘….
재희가 기숙사에 돌아왔다는 소식을 들은 인재는 일단은 걱정이 살짝 가라앉았다. 메시지 내용이 그리 심각해 보이지 않으니 재희의 증상은 가벼운 감기 몸살 정도일 것 같았다. 재희와 보통이 어딘가를 함께 다녀왔다면, 보통도 이 시간쯤에 들어왔을 것이다.

쌍방 과실

하지만 보통은 여전히 코빼기도 보이지 않았기에 인재는 안심했다. *그래, 그럴 리가 없지.* 얼른 보통이 돌아왔으면 좋겠단 생각이 들기 시작했다. 오늘 어딜 다녀온 건지 말해 줬으면 좋겠단 생각도. *분명 엄청난 모험을 했을 거야.* 오락실이나 PC방에 갔을지도 모른다. 아니면 그저 번화가를 거닐었을지도. 아니면 혼자 영화를 보러 갔거나… 아니면…. 헉! *소개팅?* 인재는 기대감에 한껏 부풀었다. *그 자리에서 뭘 했을까?* 보통의 신나는 모험담이 끝나면, 자신의 대담한 영웅담을 보통에게 들려줄 것이다. 부모님의 강압적인 요구에 얼마나 담대하게 맞섰는지! 얼마나 당당하게 자신의 의견을 표출했는지! 이게 다 '보통이라면 어떻게 했을까'라는 고민을 통해 얻게 된 자신감이었기에, 얼마나 그에게 고마운지! 이런 것들을 다 말할 참이었다.

"하이." 드디어 보통이 기숙사 방 안으로 들어왔을 땐 일단 너무 반가웠지만, 그의 입가에 흐뭇해하는 미소와 흥미롭다는 눈빛이 노골적으로 드러나 인재는 멈칫할 수밖에 없었다. "시간문제야…." 보통은 이렇게 중얼거렸다.

"어디 갔다 왔어? 스터디 수업에도 안 오고." 인재는 보통이 무용담을 늘어놓기를 기다리며 물었다.

"아, 어디 좀… 중요한 곳에." 보통은 그렇게 말하며 입술 사이로 새어 나오는 웃음을 꾹 참는 듯한 표정을 보였다. 뒤이어 그는 가방을 침대에 내팽개치고, 교복을 벗어 편한 옷으로 갈아입었다. 얼굴을 다시 들여다보니 왠지 개운한 것 같기도 한 표정이었다. 인재의 호기심은 더욱더 증폭되었다. 이윽고… 인재는 보통의 개운함, 행복함, 실실 새어 나오는 웃음의 이유에 대한 답변을 듣게 되었다. "오늘 나 말고 또 누구 안 오지 않았어?" 사실 답변이 아니라 질문이었지만… 인재에게는 명백한 대답이 되었으니….

재희가 안 왔지. 인재는 사색이 되었다. *재희랑 같은 델 다녀온 거야. 둘이 데이트한 거야. 둘이 벌써 그렇고 그런 사이인 거야.* 인재의 머릿속에서는 동시에 수많은 생각이 떠올랐다. 자신의 성격이 보통처럼 화끈하고 쿨했다면 자신이 먼저 재희를 사귀었을지, 아니면 보통의 저 맵시 있는 옷태와 인싸 느낌이 풀풀 나는 제스처 때문에 인재 같은 건 상대도 안 됐을지, 재희는 보통의 어떤 면이 좋았던 건지, 혹시 자신이 보통을 좋아하고 동경하는 이유와 같은 이유에서인지…. 하지만 인재는 이 모든 생각을 힘겹게 억눌러야 했다. 보통의 대답 같은 질문에 대답을 해야 했으니.

"아… 어. 재희 안 왔어." 최대한 자신의 감정을 숨기려고 했지만, 실패한 게 분명한 말투였다. 다행인지 불행인지 보통은 그런 인재의 상태를 눈치채지 못할 정도로 다른 곳에 정신이 팔려 있는 표정이었다.

"그래?" 보통이 씩 미소 지으며 대답했다.

"어디 갔다 왔는데?" 인재는 침착한 톤으로 한 번 더 질문했다. *제발, 제발, 제발.*

"그냥." 보통이 어깨를 으쓱- 했다. "떡볶이 먹고 옴. 야, 수학이 지랄 안 하던?" 그리고 이 대답 때문에 인재는 슬픈 확신을 해 버렸다. 남자가 혼자 떡볶이 먹으러 갈 일이 뭐가 있어. 돈가스도 아니고, 제육볶음도 아니고. 보통에게 여친이 생긴 게 틀림없었다. 그렇게 생각하자 슬픔과 절망이 마치 소나기처럼 인재의 온몸을 적셨다.

"아…. 재희는 아프다고 해서 별말 안 했는데… 너는 내일 따로 부를지도 몰라." 인재는 차분히 상황을 전달했다. *티 내지 말자. 티*

쌍방 과실

내지 말자. 이 말을 속으로 주문처럼 외우면서.

　"아파?" 보통은 헛웃음을 지으며 물었다. 이어서 혼잣말로 중얼거렸다. "아프다고 했구나." 그리고 보통은 하루를 아주 알차게 보냈다는 듯 흐뭇한 표정으로 고개를 끄덕이더니 속옷과 수건을 챙기곤 인재에게 지금 안 씻을 거면 먼저 씻는다는 말을 남겼다.

　"어. 너 씻어." 인재는 보통을 쳐다보지도 않은 채로 대답하고는 침대에 풀썩 누워 이불을 머리끝까지 뒤집어썼다. 순간 보통이 화장실로 향하다가 멈칫하는 기척이 느껴졌다. 그제서야 뭔가 이상한 낌새를 눈치챈 듯했다.

　"… 너 뭔 일 있어?"

　"아, 오늘 부모님 오셨어. 그래서 일이 좀…."

　"헐– 나 씻고 나오면 말해 줘." 보통은 그렇게 말하며 화장실로 들어갔다. 샤워기에서 나온 물이 바닥에 마구 부딪히는 소리가 들리자… 인재는 이불을 치우고 벌떡 일어나 멍하니 반대편에 있는 보통의 침대를 바라보았다. 아까 소나기처럼 자신을 적셨던 슬픔과 절망은 이미 인재 안의 분노로 인해 건조하게 말라 버린 상태였다.

　"짜증 나는 자식…." 인재가 중얼거렸다.

<피해자 C 양은 사각지대의 위험 요소를 파악하지 못함>

짜증 나는 놈. 재희는 또 전교 1등이 된 걸 축하한다며 싱글벙글 웃는 인재를 보고 그렇게 생각했다. *뭐가 좋다고 실실거려? 1등도 맨날 뺏기는 주제에…. 웃지 마, 제발.* 재희는 인재가 싫었다. 솔직히 말하면, 인재의 미소 한 번에 온 세상이 뒤집히는 듯한 느낌을 받는 자기 자신이 싫었다. 그들은 고 3이었고, 학업에 가장 집중해야 하는 상황에 놓여 있었다. *누군가에게 이렇게 푹 빠져서 그의 눈빛 하나, 손짓 하나에 심장을 벌렁거리고 있을 때가 아니란 말이다! 내가 어쩌다 이런 놈한테….* 재희는 불과 얼음 중 명백히 얼음 쪽에 속하는 인간이었다. 냉정함을 넘어 차갑고, 이성적인 것을 넘어 피도 눈물도 없는 타입…. 사실, 그녀의 혈관에는 패배한 적들의 조각난 영혼이 흐른다는 소문도 있을 정도였다. 하지만 그녀는 얼음장 같은 자신의 온몸을 사르르 녹이는 인재의 미소에 하루에도 열두 번씩이나 롤러코스터를 타는 기분을 느껴야 했다.

"이게 대체 뭐야?" 재희가 인재에게 물었고, 인재는 다정한 투로

쌍방 과실

대답해 주었다.

"머그 워머야."

머그 워머. 태어나서 처음 보는 물건이었다.

"따뜻한 거 마시다 보면, 식잖아. 이 위에 놓으면 안 식거든."
그런 것도 다 있구나. 재희는 종이컵 안에서 식어 버린 자신의
인스턴트커피를 물끄러미 쳐다봤다.

머그 워머가 신기해서 그저 질문을 하나 던졌을 뿐이었는데,
인재는 입을 다물 생각을 하지 않았다. 그는 자신이 지금껏 어떤
환경에서 자랐고, 지금 1등을 빼앗겨서 어떤 기분인지, 그리고
자신이 얼마나 하찮고 낮은 자존감을 가지고 있는지에 대해
주절주절 늘어놓았다. *시끄럽네.*

"나는 뭐 하나 제대로 하는 게 없어. 그냥 모든 게 다 부모님
덕분이고 부모님 때문인데…. 그래도 성적은 내 노력이 반영되는
분야잖아? 물론 부모님의 지원이 있었지만… 그나마 내가 노력하면
어느 정도 성과를 낼 수 있는 영역이 공부였다고. 근데 그것마저
제대로 하지 못했어. 봐, 벌써 전교 1등까지 너한테 뺏겼잖아."

배부른 새끼. 재희의 눈에 인재는 그냥 재수 없는 고위층
부잣집의 외동아들일 뿐이었다. 밑으로 동생들을 줄줄이 달고
있는 재희는 자신 외엔 답이 없는 집안에서 태어난 탓에, 사교육을
머드 팩마냥 온몸에 처바르는 학생들을 오직 피지컬 하나로 밀쳐
내면서 목숨 걸고 전교 1등 자리를 지켜야 하는 처지였다. 그러니
고민이랍시고 정체성이나 자아상 따위를 내세우고 있는 인재가
꼴 좋아 보일 리는 절대 없었다. 그는 풀 죽은 목소리로 덧붙였다.
"그리고 난… 얼굴도 못생겼잖아."

"못생긴 애들 중에서는 제일 잘생겼어." 재희는 귀찮은 듯 툭

내뱉었다. 돈 많으면 성형하든가.

"제, 제일 잘생겼다고?"

"'못생긴 애들 중에서'라고." 재희는 인상을 찌푸렸다. 하지만 돌아온 것은 고맙다며 활짝 미소 짓는 인재의 얼굴이었다. 여기서부터가 문제였고, 여기서부터가 시작이었다.

그는 재희와 달랐다. 전교 1등에 목숨 걸지 않아도 되는 그의 가정 환경은 재희가 묘한 거리감과 괴리감을 느끼게 만들면서도, 거리를 좁히고 싶다는 생각을 하게 만들었다. 아무 걱정 없는 상황인데 모종의 뇌 과학적인 이유 때문에 자신이 걱정 있는 캐릭터라고 믿게 되는 저 넉넉함을, 재희는 갖고 싶었다. 자신이 처한 상황이 얼마나 배부른 상황인지 파악조차 못한 데다, 그것을 향해 경멸의 눈빛을 던지는데도 환한 미소로 받아치는 저 넘쳐흐름을… 갖고 싶었다. 재희의 인생은 넉넉하지 않았고 그 어떤 것도 넘쳐흐르게 가져 본 적이 없었다. 재희는 늘 무언가에 쫓기고, 시달리고, 강박에 휩싸여 있는 그런 사람이었다.

"머그 워머는 얼마 정도 해?" 재희는 한참 뒤에 이런 질문을 했었다.

"모르겠어. 선물 받은 거라서…. 뭐, 한… 2만 원 정도 하지 않을까?"

갖고 싶다…. 재희는 인재의 대답이 시원치 않아 스마트폰으로 머그 워머를 검색해 보았다. 평점이 높고 많이 팔린 제품들의 가격은 죄다 4만 원 이상이었다.

갖고 싶다, 저 새끼.

쌍방 과실

그래서 재희는 인재를 좋아하게 되었다. 한 번도 가져 보지 못한 것들을 가지고 있는 사람을 가지고 싶어졌다. 머그 워머 때문이었다.

하지만 재희는 그를 가질 수 없었다. 첫째로 짝사랑 중이었기 때문이고, 둘째로 이 학교는 연애가 금지된 학교였기 때문이다. 징계 수위는 정황에 따라 달라지긴 하지만 이 학교에서 연애를 하다가 걸린 학생들은 대부분 적잖은 불이익을 받게 된다. 원래 속해 있던 스터디 그룹보다 한 단계 낮은 그룹으로 강등될 것이고, 기숙사의 2인실을 이용하고 있다면 4인실로 쫓겨나게 될 것이다. *그건 절대 안 되지.* 물론, 상황이 이렇다고 해서 모든 학생들이 연애를 마다하고 있는 것은 전혀 아니었다. 꽃다운 청춘인 데다 눈만 마주쳐도 불타오르는 10대 후반의 몸들이 고작 '연애 금지'라는 교칙을 심각하고 진지하게 받아들일 리는 없었다. 다만, 재희에게는 이 교칙을 심각하고 진지하게 받아들여야 하는 이유가 있었다. 그녀는 현재의 스터디 그룹에 머물러 있어야만 했다. 특별반에는 내신을 최상위권으로 유지시켜 주는 완벽한 시스템이 마련되어 있었다. 빈익빈 부익부는 이런 걸 두고 하는 말이 아닐까 싶을 정도로 특별 대우를 해 주는 특별반에서 쫓겨나게 되면, 재희는 갈 곳이 없어진다. *상급반? 말도 안 되는 소리지.* 원하면 개인 과외를 받을 수 있고 때맞춰 자신을 픽업하러 오는 학원 차량에 타기만 하면 되는 부자 새끼들과는 달리 재희는 모든 걸 스스로 해내야 하는 가난한 사람이다. 부모님은 재희에게 겨우 생활비만 줄 수 있는 처지였고 재희는 정말 오로지 자신의 공부 실력만으로 장학금을 받아 가며 이 학교에 다니고 있는 상황이다. 그러니 4인실로 밀려나는 것도, 상급반으로 강등되는 것도 있어서는 안 될 일이었다.

그래도… 가끔은 고등학생다운 상상을 해 보긴 했다. 주말에 인재와 영화를 보러 가면 참 재밌을 것이다. 아는 것도 많고 배려심도 넘치는 인재니까, 아마 재희가 좋아할 만한 영화를 미리 골라 예매해 둘 테고 관람이 끝나면 영화에 대한 분석과 평가를 늘어놓을지도 모른다. *갠 참 말이 많다니까.* 그러고 나면 배가 고파져서 저녁을 먹어야 할 텐데… 밥을 내가 사야 할까? *영화표는 개가 샀을 테니까.* 생각해 보니, 인재가 어떤 음식을 가장 좋아하는지를 모르고 있다. 부잣집에서 자랐으니 분명 비싼 음식만 먹어 왔을 것이다. *아! 아니면!* 드라마에 나오는 재벌 집 아들들처럼 오히려 떡볶이나 짜장면 먹는 걸 좋아할지도 모른다. 재희는 만약 데이트를 하게 된다면 어떤 준비가 필요할지 상상해 보았다. 꼭 좋아하는 음식을 먼저 물어보고 미리 식당을 예약해 둬야겠다는 다짐을 해 보는 재희였다.

그러나 재희는 절대 인재와 데이트를 하지 않을 것이다. 해서는 안 되니까.

'그 녀석을 좋아하지 않게 해 주세요.'

그래서 그 분식집에 다녀왔다. 또와분식인지 가지마분식인지 아무튼 그곳에. 사전에 조사한 바에 따르면, 소원의 벽에 적힌 소원들은 대체로 이루어진다는 이야기가 많았지만 소원을 쓰는 데에는 몇 가지 규칙이 있었다. 검은색 펜으로 써야 한다느니, 궁서체로 써야 한다느니…. 블로그마다 쓰여 있는 규칙이 달라서 재희는 뭘 믿어야 할지 감을 잡지 못했다. *근데 이딴 미친 얘길 믿고 거기까지 가는 것도 말이 안 되긴 해.* 그녀는 만약 소원의 벽의 소원들을 이루어 주는 '신'이 정말 존재한다면, 소원의 내용을 최대한 알아보기 쉽게 적어 두는 게 낫겠다고 판단했다. 물론 인재를 '그 녀석'이라고 지칭하면 소원의 정확도가 떨어지긴 하겠지만, 인재의 이름을 전국적으로 유명한 분식집에 떡하니 적고 오기는 곤란했고 '신'이라면 그 정도는 간파할 것이라는 결론을 내렸다.

"여보세요?" 분식집에 문구를 붙이고 홀가분한 마음으로 돌아와 기숙사에 거의 다다랐을 때, 동생에게서 전화가 왔다.

"누나, 나 만 원만 보내 줘. 친구들이랑 떡볶이 사 먹게."

"그걸 왜 나한테 말해! 엄마 아빠한테 달라 해! 귀찮게 하고 있어." 재희는 버럭버럭하며 전화를 끊었다. *짜증 나네. 안 그래도 오늘 그 맛대가리 없는 떡볶이에 돈 꽤나 썼는데….* 하지만 재희는 은행 어플을 열어 동생에게 2만 원을 보내 주었다. *공부나 할 것이지. 내년이면 고등학생이면서.*

소원 문구를 붙이고 와서 마음이 좀 가벼워진 덕분인지, 아니면 기숙사 방으로 들어가기까지 동생에 대한 걱정을 이것저것 한 탓인지(*이 새끼 공부 똑바로 하고 있는 거 맞아? 아니, 혹시 내가 대학엘 못 가면 — 그럴 리는 없겠지만 — 지가 스페어타이어로서 부모님을 부양할 수 있도록 공부를 좀 열심히 해야 하는 거 아냐?*) 그동안 하고 있던 '인재를 좋아해서 큰일이다.'라는 고민이 재희의 머릿속에서 잠시 사라진 듯했다. 그래서 방에 들어오자마자 룸메이트가 던지는 질문에 현실감이 팍 올라오는 기분이었다.

"많이 아픈 거야? 어디가 아픈데?"

맞다. 나 아프다고 했지. 재희는 머리를 긁적이며 대충 얼버무리기로 했다.

"그게… 위경련인 줄 알았는데 그냥 생리통이었어. 나 좀 불규칙하잖아. 선생님은 별말 안 하셔?" 그리고 자연스럽게 대화 주제를 돌렸다.

"응. 안 하지. 전보통이 무단 땡땡이라서 거기에 더 시선이 쏠린 것 같아."

"전보통?" 순간 재희의 가슴이 철렁 내려앉았다. 동생이 공부를 못하고 있는지 잘하고 있는지에 대한 고민은 순식간에 증발해 버렸다. 동생에게 준 2만 원이 사실 다음 달에 머그 워머를 사려고 꿍쳐 둔 돈이라는 점에 대한 억울함 역시 사라졌다. *쌍. 그럼 걔가 진짜 전보통 맞는 거야?*

재희는 50분 전, 학교로 돌아가는 빨간 버스를 기다리던 정류장에서 자신이 헛것을 봤다고 생각하기로 했던 것이 떠올랐다. 그 이상한 후드 집업도, 껄렁거리는 포즈도… *전보통이 맞았는데!* 그 정류장은 또와분식 바로 앞에 있다. 전보통이 거기까지 뭐 하러 갔겠는가? 맛대가리 없는 떡볶이를 먹으러 버스로 40분이나 걸리는 곳에 가진 않았을 테다. 그 자식도 적을 소원이 있었던 게 분명하다. 순간 아찔해졌다. 만약 '그 녀석' 대신 '인재'라는 이름을 썼다면 자신의 계획이 완전히 수포로 돌아갈 뻔했다. 더 이상 인재를 좋아하지 않고 마지막까지 전교 1등을 유지해서 좋은 대학에 가겠다는 자신의 계획이 말이다. 아니, 계획이 실현되는 건 고사하고, 소원을 빌러 가지 않느니만 못한 처지가 될 뻔했다! *내 소원, 봤으려나?* 하지만 또 곰곰이 생각하니 보통의 성격에 재희를 발견했다면 무슨 소원을 썼는지 당연히 물어봤을 텐데, 안 물어봤으니 자신을 못 봤을지도 모를 일이었다. 그래, 자기 소원

적으러 간 거겠지. *유명한 데니까. 날 보진 못했을 거야.* 재희는
곧장 멘탈 관리를 하며 오늘 치 공부량을 채우기 위해 얼른 책상에
앉았다. *거기 다녀오느라 시간을 많이 낭비했어.* 그녀는 씻는 시간과
쉬는 시간을 오늘의 할 일 목록에서 없애고 오후에 못 했던 공부를
하기로 했다. 그렇게 변경했음에도 예정했던 시간보다 더 늦게 자는
스케줄이 만들어졌다.

    늦게 자서 수면량이 부족하긴 했어도, 재희는 그 어느 때보다
가볍고 개운한 마음으로 다음 날을 상쾌하게 시작했다. 물론
마음 한편에는 '전보통이 날 봤을지도 모른다.'라는 의심이 남아
있었지만, 그녀의 발걸음에는 소원이 이루어질 것이라는 기대감이
잔뜩 어려 있었다. 늘 얼음장 같은 그녀의 얼굴에도 잠시 동안은
따뜻한 봄바람이 부는 것마냥 은은한 미소가 떠올랐다. 놀라운 점은,
오늘은 인재가 말을 걸지 않았다는 것이다. *벌써 효과가 나오는
건가?* 평소엔 "좋은 하루 보내."라든지, "이 문제 풀어 봤어?"라는
아주 일상적이고 평범한 말들을 자신이 있는 1반까지 와서
건넸었는데 말이다. 조금 서운하고 허전한 기분이 들긴 했지만…
빨간 버스를 타고 그 맛대가리 없는 떡볶이를 파는 분식집에 다녀온
보람이 있다는 사실에 안도하기도 했다.
    그러나 재희는 곧 소원의 벽이 완전한 효과를 발휘한 게
아니라는 사실에 직면해야 했다. 특별반 수업 사이의 쉬는 시간에
인재가 말을 걸었기 때문이다. "어제 많이 아팠어?"라는 말은 재희로
하여금 배 속에 나비가 100마리쯤은 날아다니는 듯한 기분이 들게
만들었고, "걱정했어."라는 말은 그 나비들이 죄다 폭죽처럼 터져
버리는 기분이 들게 만들었다.

"걱정하지 마." 제발, 부탁이야. 내가 널 그만 좋아하게 해 줘. 인재는 재희의 말과 더불어 속마음까지 들었다는 듯, 고개를 끄덕였다. 재희는 마음 깊은 곳에서 뜨거운 게 흘러나오는 느낌이 들었다. 사실은 그가 걱정해 주는 게 좋았으니까. 자신이 어제 특별반 수업을 듣지 않은 것을 그가 신경 쓰고 있었다는 게 마음에 들었으니까. 하지만 이제 그러면 안 된다. 소원의 벽까지 다녀왔다고. 재희는 소원이 안 이루어진 게 아니라 '아직' 안 이루어진 것이고, 이루어지는 중이라고 생각하기로 했다. 그래, 사람 마음이 어떻게 한순간에 없어지겠어. 조금만 기다려 보자. 기다리는 동안 재희는 보통이 혼나는 걸 구경하기로 했다. 저렇게 불성실하니까 전교 3등밖에 못 하지. 야단맞는 그를 깔보고 비웃으며 구경하는 건 재미있었다. 이런 일이 재희에게는 다른 학생들이 PC방을 가거나 노래방을 가는 것과 같은 효과를 주었다.

"아, 떡볶이 먹고 왔어요! 됐어요?" 아 씨. 진짜 전보통이 맞았네. 그래도 저렇게 대놓고 떡볶이를 언급하는 걸 보니 자신을 보지 못한 것이 틀림없었다. 만약 자신을 봤다면 공개적인 장소에서 저런 말을 하지는 않았을 것이다. 아무리 전보통이 만년 전교 3등 멍청이라고 해도 말이지…. 그 정도 머리는 있을 거 아냐? 전보통에게도 정말 간절히 원하는 소원이 있었던 모양이었다. 전교 1등을 하게 해 주세요― 같은 것이라든지…. 뭐, 절대 안 되겠지만. 재희는 비웃음이 나오는 것을 참기 위해 입꼬리를 씰룩거렸고, 그 때문에 기묘한 표정이 그녀의 얼굴에 떠올랐다.

재희는 자신의 추측이 틀렸다는 것을 스터디 수업이 끝난 뒤 기숙사로 돌아가던 중 보통에게 붙잡히면서 알게 되었다.

쌍방 과실

"잠깐 얘기 좀 하지?"

보통을 따라 재희는 학교 뒤편의 으슥한 곳으로 이동했다. *이 새끼…*. 불안감이 엄습했다. 아무도 없는 곳으로 와 일대일로 대화를 하게 된 상황에 재희의 심장은 미친 듯이 뛰기 시작했지만… 그녀는 이렇게 생각하며 자신의 마음을 다스리려고 했다. *상대는 전교 3등이야. 멍청이라고.* 재희는 자신이 지을 수 있는 최대한의 냉정한 표정으로 보통을 마주했다. 주변을 두리번거리며 아무도 없는지 확인한 그는… 드디어 입을 열었다.

"좋아하는 사람이 누구냐?" 그의 입가에는 재수 없는 잔잔한 미소가 명백히 어려 있었다. 승리의 미소였다.

"무슨 소리야." 재희는 차가운 목소리로 대답했다. *잡아떼. 그냥 잡아떼면 돼.* "우리 학교 연애 금지인 거 몰라?"

"논점 흐리지 마. 연애하냐고 물어본 거 아니니까. '좋아하는 사람'이 누구냐고." 그는 이제 확신을 가지고 있었다. *전교 3등치고 머리가 꽤나 잘 돌아가네.* "말해 봐. 비밀로 해 줄게. 아님… 이어 주거나."

뭐라고 대답해야 돼? 뭐라고 해야 하지? 어떻게 해야 해? 재희는 그 좋은 머리를 풀가동했다. 당장은 보통의 속셈이 무엇인지 알기 어려우니 나름의 추리를 할 필요가 있었다.

일단 방금 들은 말로 알 수 있는 첫 번째 사실은… 보통은 그날 분식집에서 재희가 붙여 둔 소원을 봤다는 것이다. 그렇다면 보통은 재희가 좋아하는 사람을 모르는 상태일 가능성이 높다. 소원 문구 속에 인재를 '그 녀석'이라고 적어 뒀으니. 두 번째 사실은, '이어 준다'는 제안이 거짓인지 진실인지는 모르겠지만 재희는 당장 연애할 생각이 전혀 없다는 것이다. *고 3이 무슨 연애야.* 그러니

그의 제안은 소용없는 이야기였다. '비밀로 해 준다'는 말도 역시
믿을 수 없었다. 마지막으로 세 번째 사실은… 누군가를 좋아한다는
사실만으로 학생회나 선생들에 고발될 수도 있다는 것이다. 그렇게
되면 재희의 학교생활은 끝장이다. 아니, 근데 사람 감정을 어떻게
맘대로 해? 이미 좋아진 걸 내가 어떻게 막을 수 있냐고! 억울한
마음이 들었지만 억울해하기만 해서는 아무것도 해결할 수 없는
노릇이었다. 만약 좋아하는 사람이 '김인재'라는 것을 밝히면
비밀이 유지되는 건가? 룸메이트잖아. 친구고. 근데 보통의 지독하고
악랄한 승리의 미소를 보고 있자니…. 밝히면 인재도 위험해져. 저
새끼 믿으면 안 돼. 재희에게는 결단이 필요했다. 그리고 '묘수'도.
좋아하는 사람을 지키고, 자신도 지킬 수 있는 그런 결단과 묘수가…
뭐가 있지?

　"그래, 맞아. 나 좋아하는 사람 있어." 말을 마친 뒤 앙다문
입에서 그녀의 결연함이 느껴졌다. 거대한 용을 무찌르고 공주를
구해야 하는 백마 탄 왕자의 그것과 비슷한 느낌이라고 해도 무방할
정도였다.

　"누군데?" 보통은 새어 나오는 웃음을 최대한 참으며
물어보았다. 그의 눈에는 기대감이, 그의 볼에는 흥분감이 그대로
드러났다. 재희는 그 모습을 똑바로 응시했다. 내가 오늘 그 표정을
일그러뜨려 주지.

　"걔가 웃으면 내 세상이 뒤집히는 느낌이야. 배 속이 간지럽고
나비 100마리가 날아다니는 것 같아." 재희가 말하는 동안 보통의
표정은 기괴하게 일그러졌다. 표정 봐. 재희는 잠시 웃음이 나올
뻔했지만 겨우 참으며 말을 이어 나갔다. "같이 영화라도 보러
가면 기분이 어떨까 싶었어. 팝콘은 내가 사야 할까, 아니면 영화를

보느라 못 먹은 저녁을 내가 사야 할까. 좋아하는 음식은 뭘까…."
재희는 인재를 떠올리고 있었다. "못생긴 애들 중에서 제일 잘…."

"아니, 안 궁금하고. 그래서 누구냐고."

"너."

순간 정적이 흘렀다. 보통의 표정에서는 의아함, 놀람, 황당함,
그리고 어이없음이 차례대로 순식간에 지나갔다. *저렇게 다양한
표정을 저렇게 빠른 템포로 지을 수 있는 거구나.*

"나라고?" 믿는 눈치는 절대 아니었다. 하지만 얼이 빠진
표정이긴 했다.

"어. 너야." 재희는 더욱 뻔뻔하게 대답했다. 스스로를 고발할
정도로 *미치지는 않았겠지.* "널 좋아해. 3년 동안 널 좋아했어."

"미친 거 아니야? 개소리하지 마."

"개소리 아닌데? 니가 좋다니까?"

"뭐 때문인진 모르겠지만 구라 치고 있는 거 다 알거든?" 보통이
이를 악물었다.

"왜 구라라고 생각하는데?" 이젠 재희가 승기를 잡은 듯했다.

"내가 물어보자. 왜 그딴 구라 치는데?"

"누군가를 지켜야 하니까." 재희가 나지막이 대답했다.

그때, 뒤에서 쿠당탕하는 소리와 함께 신음성이 들려왔다.
누가 있다…! 이런 개 썅! 재희와 보통은 허겁지겁 소리가 난 쪽으로
달려갔다. 누가 몰래 들은 것이 틀림없었다. *어떤 쥐새끼 같은
놈이…!* 재희가 넘어진 사람을 확인하려는 그때….

"김인재?" 보통이 먼저 놀라며 물었다. 그러자 쌓여 있던 낡은
책상들이 무너진 곳에서 인재가 엉덩이를 문지르며 어기적어기적
기어 나왔다. *아, 니가 왜 거기서 나와.* 재희는 이제 배 속에 있는

100마리의 나비가 모두 불나방처럼 타 죽는 듯한 느낌이 들었다.

쌍방 과실

<피해자 K 군이 피해자 C 양의 거짓 진술을 목격함>

보통의 첫인상은 매우 강렬했다. 기숙사 입사 첫날부터 사감 선생과 맞붙은 유일한 학생이었기 때문이다. 당시에 인재는 보통이 어떻게 생겼는지도 모르고 있었는데, 인원 점검을 하는 밤 10시에 딱 맞춰 방으로 들어오며 "세이프!"를 외치던 보통의 모습과 그런 보통에게 버럭 화를 내던 사감, 그리고 보통이 사감에게 "왜요? 안 늦었잖아요?"라며 맞서던 그 상황이… 인재에게는 강렬한 기억으로 박혔다. 그때 인재는 인원 점검 시간에 늦지 않기 위해 화장실에 가고 싶은 것도 참고 있었다. 화장실에 앉아 있다가 10시를 넘기는 바람에, 사감 선생이 인재가 외박을 한 것으로 혹시라도 오해할까 봐서였다. 하지만 보통은 "세이프!"라는 명대사를 외치며 아슬아슬한 시간에 들어왔고, 나중에 들어 보니 심지어 이유가 '컵라면 먹고 오느라'였다. 그 사실을 알게 된 인재는 그때부터 보통을 동경하고 좋아했다.

보통은 샤워 후에 인재에게 부모님이 오신 썰을 들려 달라

했지만, 인재는 "그냥 오셔서 또 잔소리하고 가셨지."라는 말로 사건을 압축하였다.

"무슨 잔소리?" 보통이 물었다.

"그냥…. 스터디에서 빼고 개인 과외 시킬 거라고…. 계속 전교 2등이라고…."

"확 자퇴한다고 협박해 버려. 나야 뭐, 그런 말 해도 이제는 안 먹히지만 너 같은 범생이는 자퇴의 '자' 자만 꺼내도 부모님이 기겁하실걸!" 보통이 킬킬거리며 대답했다. *기분이 아주 좋아 보이네….* 인재의 기분은 엉망이었다.

평소 같았으면 인재는 "좋은 하루 보내."라든지, "이 문제 풀어 봤어?"라는 관심의 표현을 재희에게 건네기 위해 1반으로 향해야 했다. 어차피 1반과 2반은 꼬옥 붙어 있으니까, 이동하는 것은 쉬웠다. 가끔은 재희가 단어장을 들고 복도에 나와 있기도 했다. 하지만 오늘은 인재도 다른 아이들처럼 엉덩이를 의자에 딱 붙이고 절대 일어나지 않았다. 어제의 기분에서 헤어나지 못했기 때문이었다. *혹시… 복도에서 기다리고 있는 건 아니겠지?* 하지만 그녀가 그동안 복도에서 인재를 기다렸는지, 보통을 기다렸는지는 알 수 없는 노릇이었다. *아니지.* 이제는 상황을 파악했으니, 인재가 아닌 보통을 기다리고 있었을 확률이 매우 높다는 걸 인재는 인정할 수밖에 없었다.

굳은 표정을 유지하려고 했지만, 특별반 교실에 들어가 앉으니 또 한 번 재희의 아름다운 검은 머릿결이 눈앞에서 찰랑거렸다. 결국 인재는 참지 못하고 재희에게 말을 걸었다.

"어제 많이 아팠어?" 재희는 대답하지 않았고 눈도 마주치지

않았다. "걱정했어." 그래도 인재는 자신이 하고 싶은 말을
덧붙였다. 그제서야 재희가 인재를 쳐다보았다. 잠깐 동안은 그녀의
아름다움에 숨이 턱 막힌다는 생각을 했지만, 곧 자신의 감정을 티
내서는 안 된다는 경각심이 번뜩 들었다. *재희한테는 남친이 있어.*

"걱정하지 마." 재희가 쌀쌀맞게 말했다. 그녀의 표정에는 '대체
왜 그러는데, 나한테.'라는 말이 떠올라 있었다. *그래… 남친이
있으니까 거리를 두는 거겠지.* 인재는 슬펐다.

"어디 갔다 왔냐니까!" 수학 선생이 버럭 소릴 질렀다. 인재는
슬픈 생각을 없애기 위해 보통이 혼나는 것을 지켜보기로 했다.
그는 이런 트러블에서 잘 빠져나가는 보통의 모습을 좋아했다.
*인재였으면 수학 선생이 저렇게 버럭 소리를 지를 때 눈물을 찔끔
흘렸을지도 모른다. 그래서 재희가 내가 아닌 보통이를 선택한
거겠지.*

"아, 떡볶이 먹고 왔어요! 됐어요?" 보통의 대답에 옆에서 재희가
흠칫 놀라는 것이 느껴졌다. "떡볶이 먹고 오면 안 돼요!?" 그리고
곧 재희의 입꼬리가 씰룩거렸다. *역시… 보통이의 저 당찬 모습을
좋아하는 거구나.*

종 치는 소리가 들리고 다들 기숙사로 돌아갈 시간이 되었을
때, 인재는 급하게 짐을 챙겼다. 얼른 방으로 돌아가 공부를 할
생각이었다. 아니면 차라도 끓여 마시거나. 하지만… 재희를 서둘러
붙잡는 보통의 말소리가 들려오자 인재의 동작은 저절로 멈췄다.

"잠깐 얘기 좀 하지?"

"아, 어."

인재는 바늘로 심장을 쿡쿡 찔리는 듯한 아픔을 느꼈다.
그리고… 그들을 따라나서 버렸다.

이래서는 안 되는데. 대화를 엿듣는 것은 나쁜 짓임을 알고 있는 그였지만 본능을 이길 순 없었다. 두 사람이 정말 사귀는 게 맞는지 확인이 필요했다. 거의 확실하지만 말이야…. 그는 부모님이 부부 싸움을 할 때마다 그 내용을 엿듣던 스킬을 발휘해서 몰래 그들의 이야기를 듣기 시작했다. 곧 인재의 입가에 미소가 번졌다. 둘이 사귀는 게 아니었어! 그리고, 재희에게 좋아하는 사람이 있다는 말에 혹시 모른다는 기대감을 가졌다.

"못생긴 애들 중에서 제일 잘…."

못생긴 애들 중에서 제일 잘…⁈

"아니, 안 궁금하고. 그래서 누구냐고."

혹시… 나?

"너."

단 몇 초 사이에도 이렇게나 감정이 크게 요동칠 수 있다는 걸 깨달은 인재였다. 그의 기분은 다시 바닥을 쳤다. 내가 아니었어. 그녀는… '김인재'가 아니라 '전보통'을 좋아한다.

"나라고?"

"어. 너야. 널 좋아해. 3년 동안 널 좋아했어."

이젠 정말 끝이구나. 가장 좋아하는 히어로 영화 시리즈의 대장정이 끝나는 순간, 가장 좋아하는 철제 슈트의 히어로가 손가락을 튕기고 죽어 버렸을 때에도 이런 슬픔을 느끼진 못했다. 세상이 무너진다는 건 이런 거구나. 자신의 세상은 무너졌지만 재희의 세상은 보통으로 인해 뒤집히기도 하고 나비 100마리가 날아다니는 곳이 되기도 한다. 그러면 된 거야…. 그는 재희가 행복하면 됐다고 생각했다. 그리고 엿듣는 걸 그만하기로 했다. 더 들어서 얻을 것도 없었고, 더 듣는다고 기분이 나아질 리는 더더욱 없었기 때문이었다. 하지만 자신이 알아 버린 진실에 너무 큰 충격을 받았던 탓이었을까, 인재는 휘청거리며 낡은 책상 더미를 무너뜨렸다.

<목격자 J 군의 블랙박스 영상 자료>

다행이다⋯. 김인재라니. 무너진 낡은 책상 더미 위에 엎어져 있는 인재를 보고 보통은 생각했다. *다른 사람이었으면 진짜 큰일 날 뻔했네. 고발이라도 했으면⋯.* 보통은 인재와 오랫동안 룸메이트로 지냈기에 그의 성격을 아주 잘 알고 있었다. 그는 절대 이런 일을 소문낼 인재가 아니었다. 오히려 비밀을 지켜 주고, '남들을 위하는 따뜻한 마음씨' 따위를 발휘하는 다소 답답한 친구였다. 하마터면 재희가 자신을 좋아한다고 거짓말한 것이 일파만파 퍼져서 자신의 계획이 완전히 틀어질 뻔했다. 숨어서 듣던 사람이 인재라면, 안심이었다. *근데 왜 숨어 있던 거지? 왜 여기 있는 거지?* 이 점이 이상하긴 했다. 게다가⋯ *쟤는 왜 저런 표정이야?* 재희의 표정 역시 굉장히 묘했다.

순간, 보통의 머릿속에서 수많은 블랙박스 영상들이 재생되었다. 전에는 미처 신경 쓰지 못하고 지나친, 아주 사소하면서도 쓸데없고 결코 관심 가진 적이 없었던 그런 요소들이었다.

쌍방 과실

전교 2등 성적표를 받아도 전교 1등을 향해 실실 쪼개던 K 군….

1등 축하 인사말을 들었을 때 치렁치렁한 머리카락을 커튼 치듯 내려 홍조를 띤 볼을 가리던 C 양….

그 사이에서 씩씩거리며 전교 3등의 자리를 유지해 온 J 군….

이 새끼들….

보통은 다시 두 사람을 찬찬히 살펴보았다. 재희는 얼굴을 붉히며 굉장히 당황스러워하고 있었다. 어쩔 줄 몰라 하는 것 같기도 했다. 인재는 슬프고, 절망스럽고, 세상을 잃은 표정이었다.

'그 녀석'은 김인재야. 둘은 쌍방이야. 쌍방으로 썸이 아니라… '쌍방 짝사랑'이야!

"진짜 개명청하네, 이 새끼들." 보통은 필터링을 할 의지도 없이 어이없음을 온몸으로 표출하며 말했다. 이렇게 바보 같은 두 사람에게 성적으로 밀려 3년째 전교 3등을 하고 있다는 것이 믿기지 않았다. *이딴 게… 전교 1, 2등?*

"드, 들으려고 한 건 아니었어. 미안해." 인재가 재희를 향해 사과의 말을 건넸다.

"… 비밀로 해 줘." 재희가 고개를 푹 숙이며 대답했다.

"지랄…." 보통은 기가 막혀 말을 잇지 못했다.

"응…. 당연하지. 걱정 마, 아무한테도 말 안 할게." 보통이 그렇게 말하는 인재를 쳐다봤다.

"고, 고마워." 뒤이어 인재에게 대답하는 재희를 쳐다봤다.

"니네 뭐 하냐?" 이번엔 재희와 인재가 보통을 쳐다보았다. 두 사람의 얼굴에는 의아함이 드리워져 있었고, 보통은 둘의 같은 표정 때문에 일어난 시너지 효과로 더욱 화가 나 쩌렁쩌렁 소릴 질렀다. "니네 서로 좋아하고 있잖아! 이 바보들아!"

한동안은 정적이 흘렀다. 처음엔 살짝 찌푸리고 있었던 재희의 인상이 점점 구겨져 결국 눈썹과 눈썹이 맞붙었을 때쯤, 처음엔 살짝 멍해 보이던 인재의 눈이 얼굴로 피가 쏠렸기 때문인지 시뻘게졌을 때쯤… 두 사람 다 동시에 보통에게 그게 무슨 말이냐며 추궁 및 취조를 하기 시작했다. 어이가 없었던 보통의 입에서는 웃음이 미친 듯 새어 나왔는데… 그 와중에 재희와 인재가 서로를 절대 쳐다보지 않고 양 볼에 홍조를 띤 채로 자신에게만 말을 쏟아 내고 있었기 때문이었다.

보통은 그간 봐 왔던 두 사람의 모습을 묘사하고 행동들을 짚어 주었다. 처음엔 의심, 그다음엔 설렘, 그다음엔 걱정, 그다음엔 공포가 서리는 재희의 표정을 보고 있자니 가관이라는 생각이 들었다. 인재는 그냥 옆에서 넋이 나가 있었다. 그리고 곧… 분노로 가득 찬 재희의 발악이 시작되었다.

"왜 좋아하는데! 왜 날 좋아하는데!" 그녀가 인재에게 소리를 빼액 질렀다. "난 특별반에서 절대 못 빠져! 난 너처럼 부모님한테 모든 걸 지원받을 수가 없단 말이야! 왜! 왜 그날 나한테 마, 말 걸어서! 왜 나한테 그렇게 웃어 줘서…!"

진짜 제대로 미친 년이구나. 보통은 이제 기숙사로 돌아가고 싶다는 생각이 들었다. 어차피 이쯤 되면 두 사람은 이어질 것이고, 그러면 성적이 떨어질 것이고, 3년 내내 전교 3등이었던 보통이 마지막에는 내신 성적 전교 1등으로 승리를 거둘 기회가 올지도 모른다. 이러고 있을 시간이 없다는 생각마저 들 정도였다. *얼른 가서 공부해야 되는데. 얘네 이러고 있을 때.* 심지어 웃음이 입가로 새어 나오기 시작했다.

"그럼 그렇게 예쁘지 말든가!" 이건 또 뭐… . 보통의 입가에서 웃음기가 싸악 가셨다. 그 찰나에 재희의 양 볼이 살짝 더 붉어지는 것을 보니 더욱더 기가 찼다. "니가 예뻐서 그런 거잖아! 왜 나한테 제일 잘생겼다 그랬냐고!" 잘생… 뭐? 보통은 눈을 빠르게 깜빡이며 새끼손가락으로 한쪽 귀를 팠다. "그리고, 말은 네가 먼저 걸었어! 내 머그 워머 보고… 네가 먼저…."

한동안 서로의 과실을 따지는 언쟁이 계속되었다. 인재는 재희가 자신에게 했던 말들을 늘어놓았고, 재희는 인재가 자신에게 했던 행동들을 늘어놓았다. 걍 둘 다 잘못했다 쳐, 제발. 보통은 너무 오랫동안 입을 헐- 하고 벌리고 있는 바람에 이제 침까지 흘릴 지경이 되었다. 그는 그저 재희가 좋아하는 사람을 알아내어 엮어 주고 전교 1등 자리를 뺏어 올 생각을 했을 뿐인데…. 전교 3등이 전교 1, 2등을 이어 주는 큐피드가 되다니. 보통이 이런저런 생각을 하는 사이에도 두 사람은 계속해서 서로가 피해자라고 주장하며 옥신각신하고 있었다.

그래도 보통은 기분이 좋았다. 둘이 사귀면 둘이 행복해지고, 나도 전교 1등 할 수 있어서 행복해지고. 윈윈 아니야?! 싱글벙글…. 보통은 웃으며 둘을 쳐다봤다.

"자, 자, 자." 그는 곧바로 두 사람을 중재하기 시작했다. "좋은 방법을 알려 줄게." 두 사람이 동시에 보통을 쳐다봤다. "둘이 사귀어. 그러면 모두가 행복해져."

"안 돼." 인재가 대답했고, 보통은 얼굴을 있는 대로 찌푸리며 그를 쳐다봤다. 이 새끼는 이렇게 여자 마음을 몰라서야. 보통은 인재의 너무나도 단호한 대답에 재희가 상처를 받고 혹시나 꽁무니를 뺄까 봐 급하게 그녀를 쳐다봤지만… 재희의 표정에는 애정이 잔뜩 묻어나 있었다. 이미 인재에게 반했지만, 한 번 더 반한 듯한 표정이었다.

"뭐가 안 되는데? 왜 안 되는데?" 보통은 어이없음을
표출한답시고 재희에게 화를 낼 순 없어서 인재에게 화를 냈다.

"재희는 전교 1등이야. 고 3이고, 특별반 스터디가 중요해. 내가
그런 재희의 앞길을 망칠 수는 없어. 난 괜찮지만… 재희는 안 돼."
재희의 얼굴은 이제 터질 것 같은 빨간색이었다. 눈에서는 하트가
뿅뿅 나오고 있었다. *뿅뿅이 아니라 줄줄 흐른다, 흘러.*

"그럼 우리 이제 어떡하지…?" 재희가 물었다. *뭘 어떡해, 그냥*
사귀라니까! 하지만 인재는 뭔가 다짐한 듯 끄덕이더니 한숨을 푹
쉬었다. *넌 왜 한숨을 쉬어?!*

"내가 조절해 볼게. 내 감정을… 잘 조절해 볼게." 인재의 말에
보통은 더 이상 역겨움과 답답함을 참을 수 없게 되었다.

"뭘! 뭘 조절해?" 하지만 재희는 인재의 말에 수긍한다는 듯
끄덕였다. "넌 뭘 또 끄덕여?"

"나도 노력할게. 날 위해서…. 그리고 널 위해서." *그럼 나는?*
나는!

"그래…. 우리 잘해 보자." 인재는 그렇게 말하며 확신에 찬
얼굴로 오른손을 내밀었다. *뭘 잘해 봐!* 그러자 재희가 손을 내밀어
인재의 손을 잡고 세차게 흔들며 악수했다.

"좋은 친구로…." 재희가 말하자,

"잘 지내보자." 인재가 말을 마무리 지었다.

친구? 친구 좋아하네, 씨발. 보통은 분개하는 표정으로 두 사람을
번갈아 가며 쳐다봤다. *이게 친구면 난 친구 없어!* 그는 속으로
으아아아아아악, 하고 소리를 질렀다. 하지만 딱히 할 수 있는 일은
없었다. 사람 마음이라는 건… 다른 사람이 어떻게 할 수 없는

쌍방 과실

것이니까.

　　그렇게 시간이 흘렀다. 전교 1, 2등은 전보다 훨씬 더 친해진
듯했지만, 기말고사 시즌이 다가오자 독하디독한 두 사람은 공부
루틴을 아주 잘 이어 나갔다. 차라리 쌍방 짝사랑일 때가 나았다.
서로의 마음을 몰랐던 그때는 들키지 않기 위해, 혹은 좋아하지 않기
위해 조심하기라도 했던 것 같으니 말이다. 하지만 이제 두 사람은
서로를 위해 펜을 주워 주거나 교과서 필기를 보여 주거나 예상
시험 문제를 함께 추측해 보는 등의 짓거리들을 했다. *아주 광-고를
하고 다녀라.* 재희는 인재가 풀지 못하는 문제의 해법을 알려 줬고,
인재는 부모님 몰래 필기구와 문제집들을 하나씩 더 사서 재희에게
선물로 줬다. 그렇지만 둘은 절대 사귀는 사이는 아니었다. *저게 안
사귀는 거면 뭐야.* 두 사람은 서로를 좋아하는 마음을 확인한 뒤로
그 마음을 '조절'해 보기로 했지만, 결국 대실패했다는 것을 명백히
알 수 있었다. 이런 생각을 보통만 한 것은 아닌 모양이었다.
　　"쟤네, 사귀냐?" 재희의 룸메이트가 대뜸 보통에게 와서 물었다.
왜 다 나한테 묻고 지랄이야. 그러나 모두가 보통에게 와서 물을
만했다. 재희가 인재의 펜을 주워 줄 때 그 장면을 스윽 가려 주거나,
필기를 보여 주는 두 사람에게 다가가 자신의 필기도 흔쾌히 내미는
퍼포먼스를 하거나, 재희만 받은 인재의 선물을 자신도 받은 척
연기해 왔으니 말이다. *진짜 받았으면 억울하지라도 않지.* 보통은
두 사람이 연애를 하면서 성적이 떨어지길 바랐던 거지, 학교에
고발당해서 곤란해지기를 바라는 건 아니었다. 그래, 솔직히 재희를
고발하는 상상까지는 해 봤다. 하지만 그건 재희의 짝사랑 상대를
결국 알아내지 못한 채로 기말고사가 코앞에 닥쳤을 때나 할 수 있는

인정머리 없는 짓이란 것을 보통은 알고 있었다.

"안 사귀어. 전교 1, 2등이잖아. 친한 거지." 보통이 손을 휘휘 내저으며 대수롭지 않게 대답했다. 이런 질문을 받을 때마다 늘 했던 대답이었다.

"흠…. 암만 봐도 분위기가 멜론데." 흥미롭다는 듯한 표정을 지으며 재희의 룸메이트가 고개를 갸웃-거렸다. "넌 전교 2등 룸메고, 난 전교 1등 룸메잖아. 난 확실히 뭔가 있다는 걸 느꼈거든? 넌 못 느꼈어?"

"못 느꼈어. 가서 공부나 해."

"너나 공부해. 안 그러면 내가 전교 3등 자리 뺏어 버릴 거야."

"뺏어라, 뺏어." 보통이 심드렁하게 대답했다.

말이 씨가 된 걸까. 보통은 기말고사 기간 4일 중 마지막 날에 무단결석을 하고 1박 2일 여행을 떠났다. 학교는 발칵 뒤집혔다. 교장 선생이 그토록 아끼던 전교 수위권 3인방 중 한 명이 이런 미친 짓을 하는데, 학교가 안 뒤집히는 게 더 이상한 일이긴 했다. 돌아온 보통에게는 수많은 질문과 징계 협박이 이어졌다. 하지만 보통은 오히려 덤덤했고 이런 대답을 했다.

"전교 3등으로 졸업하고 싶지 않아요."

사귀진 않지만, 일종의 '썸'을 신나게 타고 있는 전교 1, 2등을 보고 있자니 자신이 두 사람을 제칠 수 있겠다는 희망이 조금 생겼던 것도 사실이었다. 하지만 그는 기말고사 3일째에 가채점을 하는 재희와 인재를 보고 자신의 희망과 상상을 고이 접을 수밖에… 아니, 면티처럼 구겨서 옷장에 처박을 수밖에 없었다. 재희는 하나도 틀리지 않았고, 인재는 2점짜리 문제 하나를 틀렸다. 보통 역시

쌍방 과실

한 문제를 틀렸으나, 3점짜리 문제였다. 물론 마지막 날에 재희가
시험을 엉망으로 보고 보통이 만점을 맞을 가능성도 있었다. 그러나
보통은 그런 일이 보통 잘 일어나지 않는다는 것을 잘 알고 있었다.

　가질 수 없다면 부술 것 없이 피하면 된다는 게 보통의
생각이었다. 그래서 피아노 콩쿠르에도 안 나갔고, 하찮은 운동회
계주 경기에서도 뛰지 않았다. *자퇴가 답이야.* 기말고사 가채점 후
그렇게 결론을 내린 그는 부모님 몰래 집으로 가 아버지의 텐트
하나와 약간의 돈을 훔쳐 여행을 훌쩍 떠나 버렸던 것이었다.

　보통은 당연히, 이번 기말고사가 끝난 뒤 교장실에 갈 수
없었고 훈화 말씀을 듣지도 못했다. 보통의 자리는 전교 4등이었던
재희의 룸메이트가 차지하게 되었다. 교장실에 가는 게 매번 귀찮고
쓸데없다 생각했는데, 막상 그 두꺼비 같은 노친네의 말을 듣지
못하게 되니 허탈함과 씁쓸함이 몰려오는 것은 어쩔 수 없었다.
그래도 보통은 자신의 선택을 후회하지 않았다. 그는 원래 수시
전형에 응시할 예정이었기 때문에 수능 공부는 하나도 하지 않은
상태였지만…. *수능 보지 뭐.* 보통은 전교 3등으로 졸업을 할 바에야
자퇴를 하겠다는 자신의 말을 실천에 옮길 생각이었다. *변호사 할래.*
로스쿨만 잘 나오면 되잖아. 보통의 부모님은 보통의 이런 미친 짓에
노발대발했지만, 시험 하나를 통째로 날린 아들이 더 미친 짓을
하기 전에 그의 뜻을 따라 줘야겠다는 생각이었는지 자퇴를 허락해
주었다.

　보통은 몇 달 전 앉았던 벤치에 다시 앉았다. *사귀었으면 좋겠다.*
이미 자퇴를 결심하고 허락도 받은 판국이어서 그의 정신은 몇
달 전보다 한가해져 있었다. 제법 따갑고 뜨거운 햇살이 내리쬐는

데다가 날씨는 텁텁하고 후덥지근해졌지만, 시원한 봄바람이 불던 그때보다 마음은 좀 더 쾌적했다. *대학 합격하면 사귀려나?* 보통은 재희와 인재가 이어지지 않은 게 못내 아쉬웠다. 처음엔 물론 전교 1등을 쳐 내 버릴 생각에 기대감이 폭발했었지만 이제는 아니었다. *대체 사람이 사람을 좋아하는 게 왜 잘못된 거야?* 어이없는 학교 규칙에까지 홀로 시비를 걸 정도로 멘탈이 여유로워진 보통은 사람의 마음에 대한 상세한 고찰을 하기 시작했다. 두 사람은 분명 서로를 지독하게 좋아하고 있었다. *사람 감정을 어떻게 막아?*

주변을 둘러보니, 몰래 연애하고 있는 사람들이 꽤나 눈에 띄었다. *쟤네 3반 이현지랑 2반 탁진섭이네. 그럴 줄 알았다, 둘이.* 재희와 인재 역시 서로를 좋아하는 게 티가 많이 나는 부류였다. *저기는 4반 차신현이랑 1반 최우정. 죄다 연애하는구만.* 보통은 벤치에서 일어나 선비마냥 뒷짐을 지고 학교의 모든 곳을 천천히 거닐기 시작했다. 급식실부터 운동장, 정원, 계단, 건물 뒤편, 그리고 매점에서 여름이 와 버린 것을 기념하며 아이스크림을 하나 산 다음 다시 운동장으로…. 곧 종이 칠 시간이기도 했고, 공부를 열심히 하는 이 학교 학생들의 특성상 운동장에는 이제 사람이 별로 없었다. 그때, 보통은 수학 선생과 과학 선생을 발견했다. 그는 일단 몸을 숨겼다. 안 그래도 평판이 좋지 않았는데 기말고사 중의 무단결석까지 더해져서 두 선생에게 걸리면 고양이 앞의 쥐처럼 붙잡힌 채로 잔소리를 들어야 했기 때문이었다. 보통은 선생들이 지나가면 조용히 건물 안으로 들어갈 생각이었다. 근데… 두 선생은 눈치를 보다가 가벼운 뽀뽀를 하곤 팔짱을 꼈다. *와, 둘도 사귀는 거야?* 보통은 고개를 절레절레하며 수학, 과학 선생이 눈치채지 못하게 조용히 건물로 향했다.

쌍방 과실

특별반으로 돌아오니, 인재가 보이지 않았다. 방금 본 것을 당장 인재에게 말해 주고 싶었는데 말이다. 학생들 연애는 막으면서 사내 연애는 못 막는 이 위선적인 학교에 대해 과한 욕설과 맹렬한 비난을 늘어놔야 하는데… *어딜 간 거야?* 재희도 없었다. *하 씨…. 이러면 또 내가 뒷수습해야 되잖아.* 그때, 보통의 목뒤가 서늘해지고 정수리의 머리털이 쭈뼛 서는 대화가 들렸다.

"야, 전교 1등이랑 전교 2등이랑 연애하다가 걸렸대."

"누가 고발했는데?"

"전교 3등."

뭐?! 내가? 내가 언제! 그리고 보통은 깨달았다. 자신은 이제 더 이상 전교 3등이 아니라는 것을.

가질 수 없기에 부술 것 없이 피하기를 택한 보통. 그는 전교 3등의 굴레에서 벗어났기 때문에 전교 1, 2등을 끌어내릴 필요가 없었다. 아니, 오히려 다른 사람이 그 전교 1, 2등 자리에 올라간다면 배가 아파 미칠 지경이 될지도 모르는 일이었다. *내가 가야 해.* 자신이 가질 수 없는 걸 다른 사람이 가지게 두진 않을 것이다. 보통은 보통내기가 아니니까. 그리고, *걔네 사귀어야 된단 말이야.* 그에겐 가만히 있을 수 없는 이유가 너무나도 많았다.

쌍방 과실

<J 군이 K 군과 C 양 사이에 원만한 합의가 있었음을 증명함>

보통은 교장실의 문에 난 작은 창문을 통해 상황을 살폈다. 안에는 과학, 수학 선생이 있었다. 둘 다 특별반의 담당자였으니 당연한 일이었다. 그리고 거기엔 예상대로… 재희와 인재가 있었다.

"제 잘못이에요. 저만 짝사랑한 거예요. 인재는 아무 잘못 없어요." 문을 사이에 두고 목이 잠긴 듯한 목소리가 들렸다.

"아녜요. 제가 먼저 좋아했어요. 재희는 저 좋아한 적 없어요. 그냥 저만 강등시켜 주세요." *드라마 찍고 자빠졌네.* 보통은 그렇게 생각하며 드라마 주인공처럼 교장실의 문을 벌컥, 열고 당당하게 들어갔다. *어차피 찍고 있는 드라마….* 드라마틱한 보통의 등장에 모두가 화들짝 놀라 그를 쳐다보았다.

"제가 설명하겠습니다. 누구 잘못인지, 누구의 잘못이 아닌지, 제가… 압니다!"

한동안 실랑이가 벌어졌다. 나가라고 버럭 소리치는 과학 선생과 이젠 대놓고 보통의 앞담화를 하는 수학 선생, 그리고 이

상황에 끼지 말라며 눈짓을 보내는 인재와 꺼지라는 눈치를 주는
재희, "아, 제 말 좀 들어 보시라고요!"라며 생떼를 쓰는 보통까지….
　"말해 보세요." 소동은 교장 선생의 한 마디로 일단락되었다.
두꺼비 같은 인상의 교장이 '어디 해 볼 테면 해 봐라.' 하는 표정으로
인자한 미소를 짓고 있었다. 그제서야 보통을 말리던 과학 선생과
수학 선생이 물러났다. 만만치 않은 저 떡두꺼비. 이번 기말고사
후엔 못 뵀는데, 이렇게 뵙네요. 보통은 결심한 듯 깊게 숨을
들이마셨다.
　"쌍방 과실입니다!" 그의 목소리가 쩌렁쩌렁 교장실에 울려
퍼졌다. 그리고 거기 있는 모든 인물들의 머리 위에 커다란 물음표가
띠용 하고 올라왔다. 그에 아랑곳하지 않고 보통은 이어 외쳤다. "둘
다 잘못이 있어요!"
　"그러니까, 전보통 학생 말은 천재희 학생과 김인재 학생이
쌍방으로 좋아했다는 것이지요?" 교장이 꽥꽥거리는 목소리를 내며
물었다.
　"그렇습니다! 서로 쌍방으로 좋아햇… 악!" 보통은 미소를
지으며 대담하게 대답하고 있었지만 재희가 그의 머리카락을 잡아
뒤로 홱 꺾는 바람에 말을 멈춰야 했다. "악! 놔! 놔, 이 미친년아!"
　"재희한테 미친년이라고 하지 마!" 인재가 버럭 소리쳤다.
　"어머, 재희야!" 수학 선생이 다급하게 재희를 말렸다. 그러자
재희는 보통의 머리를 놔주었다.
　"똑바로 해라." 재희가 이를 악물고 보통에게 나지막이
경고했다.
　"하 씨, 나 좀 믿으면 안 돼?" 보통 역시 나지막이 대답했다.
하지만 재희의 눈빛에는 보통의 체감상 '어디 전교 3등 따위가.'라는

쌍방 과실

생각이 씌워져 있는 듯했다. "나 이제 전교 3등 아니라고. 그러니까 나 좀 믿어 봐."

보통은 재희와 인재보다 한 발짝 앞으로 나왔다. 그날과 똑같았다. 보통이 잔뜩 심술이 난 채로 앞에서 걷고 두 사람이 보통의 뒤에서 따라오던 그날과 똑같은 포지션이었다. 늘 이렇게 되는구만.

"교장 쌤. 사모님 사랑하시죠?" 보통이 물었다. "그 감정, 막을 수 있습니까? 조절할 수 있으십니까? 사모님을 사랑해야겠다고 생각하고 사랑하셨습니까? 정신 차려 보니 사랑하고 있지 않으셨나요?"

"큼큼…. 그게 나의 최대 실수였지." 교장 선생이 조용히 중얼거리며 고개를 끄덕였다. "하지만 학생은 안 되네. 연애를 하면 안 돼."

"바로 그게 포인트입니다!" 보통이 두 눈을 반짝이며 말했다. 교장의 두꺼운 볼 한쪽이 꿈틀거렸다. 이 기세를 몰아 보통은 말을 이어 나갔다. "두 사람이 서로 좋아한 것은 맞습니다. 하지만 사귀진 않았습니다. 누군가를 좋아한다는 것은 교통사고 같은 것입니다. '사고'가 난 거라구요. 누가 사고를 고의로 냅니까? 보험금을 노리거나 뭔가 다른 이득을 구하는 게 아니라면 사고를 내지 않습니다. 맞죠?" 그의 일장 연설을 다행히도 모두가 잠자코 듣고 있었다. 물론 과학 선생은 '그래, 계속 떠들어라.'라는 표정이었고 수학 선생은 '이 사태를 나중에 어떻게 수습하나.'라는 생각 중인 듯했지만 말이다.

"그래서요?" 교장이 콧방울을 씰룩거리며 물었다.

"그렇다면 이 두 사람이 고의적으로 서로를 좋아했을까요? 이 학교에서는 서로를 좋아했을 때 발생하는 이득이 전혀 없습니다!"

"그러니까, 전보통 학생의 말은 두 사람의 쌍방 과실로 교통사고가 일어났다는 것이지요? 핫핫핫. 재밌는 학생이구만." 교장이 깔깔 웃었다. *되, 된 건가…?*

"네! 맞습니다. 하지만 두 사람은 서로 과실이 있음을 인정하고 넘어가기로 했습니다. 당사자들 간의 원만한 합의가 이루어진 것입니다!"

"그래도 합당한 조치는 이루어져야 합니다. 핫핫핫." 교장은 웃으며 대답했다. *아 씨, 왜!* "교칙을 어겼으니까요." 보통의 속마음에 대답이라도 하듯, 교장이 이어 말했다.

"아니, 안 어겼다니까요?" 보통은 웃음기를 싹 빼고 어른들이 말하는 '대들기'의 자세를 덧붙여 대답했다. "안 사귀었는데 뭘 교칙을 어겨요?" 그가 저돌적으로 말하자, 교장의 표정이 굳어 가는 게 실시간으로 보였다. 과학 선생이 나서서 보통을 제지했지만 보통은 제지당할 마음이 전혀 없어 보였다. "거 참 이상한 교칙이네요! 연애 금지라고 해 놓고, 그냥 좋아한 것만으로 우리 학교 초영재 두 명을 스터디에서 강등시켜요? 교칙이 뭐 이따구야?"

"조용히 하세욧, 전보통 학생!" 교장의 얼굴은 이제 울그락불그락한 상태가 됐다. 곧 터질 것 같은 황소개구리가 목청껏 꽥꽥거렸다. "좋아하면 안 됩니다! 학생이 공부에 집중을 해야지요!"

"했잖아요! 대체 누가 얘네보다 더 공부에 집중했는데요? 얘네 3년 내내 지들끼리 전교 1, 2등 다 해 처먹었다고요!"

"조용히 안 해, 인마? 너는…." 과학 선생이 한 번 더 화를 버럭 내었다.

"쌤이나 조용하세요. 쌤도 수학 쌤이랑 연애하잖아요!"

쌍방 과실

그 순간… 교장실에는 정적이 몰아쳤다. 수학 선생은 헙, 하고 두 손으로 입을 막았고, 과학 선생은 안색이 새파래졌다. 교장은… 처음엔 얼굴이 최고로 시뻘게졌다가, 그다음엔 파래졌다가, 그다음엔 잿빛이 되었다. *조진 건가? 아니면 진짜 두꺼비로 변태 중인 거야? 몰라. 어차피 나 자퇴하는데.* 보통은 이왕 이렇게 된 거, 더 질러 보기로 했다.

"봤어요! 둘이 뽀뽀하는 거! 팔짱도 끼고! 제가 두 눈으로 똑똑히 봤어요! 이 학교에서 연애하면 안 되는 건 학생들뿐이고, 선생님들은 사내 연애 같은 거 자유롭게 해도 되나 보죠?! 학생 가르치는 일에 '집중'하지 않고요?!"

"… 김 선생님." 교장이 나지막이 과학 선생을 불렀다.

"예, 교, 교장 선생님…." 과학 선생이 완전히 하얗게 떠 버린 안색으로 대답했다. *시체의 안색이 저럴까?*

"나랑 이야기 좀 합시다. 박 선생도." 교장은 그렇게 말하며 자리에서 천천히 일어났다. 그가 앉아 있던 자리의 쿠션은 아주 푹 꺼져 있었다. 교장이 나가고, 수학 선생이 사색이 되어 그를 따라갔다. 과학 선생은 나머지 세 사람에게 여기서 있었던 일에 대해 절대 함구하라는 말을 남기고 교장실을 나갔다.

"와! 됐다." 보통이 활짝 웃었다. "봤지? 나 믿으라 했지?" 그가 재희와 인재에게 자랑스러운 듯 말했다.

"고, 고마워, 보통아…. 넌 진짜 항상 멋있다." 인재가 감동받은 표정으로 말했다. 하지만 재희의 표정은 그렇게 속 시원해 보이지는 않았다.

"야, 이럴 때는 '고마워.'라고 하면 돼. 전교 1등이 그런 것도 모르냐?"

"임신했어." 재희가 멍한 표정으로 말했다.

"뭐?! 너?! 누구 애를?!" 보통이 경악하며 소리를 질렀고, 인재는 잠깐 휘청거리는 듯했다.

"나 말고, 이 멍청아!" 재희가 쏘아붙였다. "과학 쌤 와이프, 임신해서 교문 앞에 온 거 내가 며칠 전에 봤단 말이야." 보통은 가만히 생각했다. 체구가 작은 수학 선생은 깡마른 사람이었다. 그 배가 임신한 사람 배라고? 아니, 그 전에. 둘이 사내 연애가 아니라 결혼을 한 사이였어? 보통은 뒤늦게 사태 파악을 했다.

"바람이야?!"

하긴, 뭔가 이상했다. 사내 연애가 뭐 그렇게 대수라고. 학생들이 쉬쉬하도록 단속만 하면 되는 일인데. 하지만 학생들의 입을 막는 것으로 해결하기엔 두 사람의 사랑에 걸려 있는 사안들이 너무나도 많았다. 임신한 와이프를 둔 유부남과 신혼 1년 차의 유부녀가 사내에서 바람을 피웠으며 그 장면을 학생이, 그것도 자퇴를 앞둔 저지 불가의 대명사 전보통이 목격한 것은 아주 위험한 상황이었다. 게다가 나중에 들려온 소문에 의하면, 과학 선생의 임신한 와이프는 교장의 조카라고 한다.

이 일로 재희와 인재는 특별반에 남을 수 있게 되었다. 교무실에서의 일을 절대 바깥에 알리지 말라는 조건이 붙었고, 세 학생에게는 나쁘지 않은 거래였다. 두 선생은 '개인 사정'을 핑계로 전근을 갔다. 모두가 삼인방에게 자초지종을 물었고, 재희와 인재가 정말 사귀는 것인지 궁금해했지만, 세 사람은 굳게 입을 다물었다.

교칙은 없어지지 않았다. 그래도 많은 아이들이 여전히 몰래 연애를 하고 있었다. 근데 왜 저 둘은! 이제 재희와 인재가 대놓고 사귄다 해도 학교에서는 손 쓸 방도가 없을 것이다. 학교 측에서 두 사람을 제재한다면 그들이 항의의 뜻으로 과학, 수학 선생의 비밀을 수면 위로 올려 버릴 수도 있다. 그러면 학교 이미지가 박살이 날 테고, 이 명문 기숙사 고등학교에 자식을 보내기 위해 온갖 극성을 부렸던 학부모들이 온갖 극성 항의를 하러 찾아올 것이 뻔했다. 게다가 교장 선생은 전교 1, 2등을 하고 있는 두 사람을 놓치고 싶지는 않은 모양이었다. 어차피 한 학기만 지나면 둘 다 졸업을 한다. 그러니 이대로 그냥 넘어가는 것이 가장 합리적인 방향일 것이다. 설령 두 사람이 사귄다 해도 말이다. 하지만… 둘은 절대 사귀지 않았다. *그래, 대학 가서 사귀어라.* 보통은 그들을 좀 기다려 주기로 했고 이내 자퇴를 해 버렸다.

"왜 아직도 안 사귀는데?!" 졸업생은 아니지만, 보통은 두 사람의 졸업과 대학 합격을 축하해 주기 위해 친히 자신의 모교인 고등학교를 방문했다. 재희와 인재는 우리나라 최고의 대학에 합격한 상태였다.

"일단은 대학 생활에 집중하기로 했어." 인재가 웃으며 말했다.

"맞아. 공부해야 할 것도 많고 대학에 적응도 해야 되는데, 연애하느라 정신을 팔 순 없지." 재희 역시 웃으며 대답했다. "그래도 너한텐 항상 고맙게 생각하고 있어."

"아, 닥쳐." 보통이 몸을 홱 돌려 두 사람 앞을 떠나면서 말했다. 양팔을 높게 들어 올리고 가운뎃손가락을 치켜세운 채로 아주 씩씩거리며….

두 사람의 논리대로라면 둘은 평생 안 사귈 게 분명했다. 대학 생활에 적응하느라, 그다음에는 2학년에 적응해야 해서, 그다음엔

3학년에, 그리고 4학년에는 취업 준비 해야 하니까….그럼 도대체 언제?! 속이 타들어 가는 보통이었다. 그는 기말고사 마지막 날 무단결석한 것에 대해 처음으로 뼈저리게 후회했다. 그냥 전교 3등으로 졸업해서 같이 대학에 갔어야 했다. 그리고 둘을 엮어 줬어야 했다. 그게 내 역할인데! 아니, 상황이 달랐다면 애초에 엮어 줄 필요가 없었을 것이다. 보통이 재희에게 짝사랑 상대가 있다는 걸 몰랐다면…. 또는 보통이 재희와 인재에게 신경 쓰지 않고 그냥 공부만 열심히 했다면…. 하지만 보통은 이제 빼도 박도 못하고 재수를 해야 했다.

"뭐 처먹을 겨." 또와분식의 할머니가 보통에게 메뉴판을 내밀었다. 보통은 또 또와분식의 테이블에 앉아 있었다. 또 왔네, 또 왔어. 그에게 다른 소원이 생겼기 때문이었다.

"떡볶이 1인분이요."

'이번엔 딴짓 안 하고 공부에만 집중하게 해 주세요.'라는 소원을 적을 계획이었다. 젠장. 전교 1, 2등을 시기·질투하지 않고 이상한 계략을 짜지 않았으면, 정정당당하게 진짜 실력으로 승부했다면, 보통은 전교 3등에서 탈출할 수 있었을까? 그랬다면 지금쯤 대학 OT 일정을 전달받고 시간표 짜는 방법을 배우고 있었을까? 계략을 꾸미는 데 실패한 주제에 두 사람이 정말 잘되길 바라는 악성 우결충 같은 게 되지 않았더라면, 보통은 이 시점에 뭘 하고 있었을까? 확실히, 또와분식의 떡볶이를 먹고 있지는 않았을 것이다. 아, 왜 안 사귀냐고! 이제 그의 분노는 다 된 밥에 재를 뿌린 후 바닥에 집어 던져 버리는 두 사람에게 향해 있었다. 내가 이 지경이 될 때까지! 왜! 안 사귀냐고!

쌍방 과실

'공부에만 집중하게 해 주세요.' 아니면 '두 사람 일에 신경 안 쓰게 해 주세요.' 아니면 '수능 만점 받게 해 주세요.' 이 셋 중 하나의 소원을 적을 참이었다. 그래, 모든 걸 새롭게 다시 시작하는 거야. 오늘따라 떡볶이가 꽤 먹을 만했다. 떡볶이를 싹싹 긁어서 맛있게 다 먹고… 물을 한 컵 들이켠 다음… 욕쟁이 주인장에게 펜을 받은 뒤 안내해 주는 대로 따라가 빨간 띠와 금색 봉 앞에 섰다. 그리고…. 예전에 재희가 예쁘게 붙여 놓은 코팅된 소원 문구가 보통의 눈에 들어왔다. *씨발.* 아직 굳건하게 붙어 있는 그 문구를 보고 있자니 울화가 치밀었다. *씨발…!*

모든 일이 저 문구 때문에 일어난 것만 같았다. '그 녀석'이 누구인지 찾으려는 계획을 세운 것도, 찾았는데 이어 주려다가 실패한 것도, 전교 3등의 포지션에서 탈출하겠다고 기말고사를 자체적으로 말아먹은 것도, 자퇴를 결심하고 재수를 선택한 것도….

아니, 사실 이 모든 일은 보통의 알량한 자존심 때문에 일어난 것이었다. 전교 3등으로 그냥 조용히 졸업할 수 있었는데 늘 전교 1, 2등에게 심통을 내던 사람도 보통이었고, 이과를 권하는 부모님의 뜻을 꺾는 데 실패해 문과에 진학하지 못한 사람도 보통이었고, 변호사가 되게 해 달라고 의사 부모님을 설득하는 데 실패한 사람도 보통이었고, 그로 인해 생긴 반항심 때문에 선생들에게 개기던 사람도 보통이었고, 기숙사 입사 첫날부터 라면을 먹는답시고 사감 선생에게 찍힌 사람도 보통이었다. 괜히 전교 4등의 심기를 건드려 재희와 인재가 교장실에 불려 가게 만든 사람도… *나였지.*

"아! 좀 사귀라고! 그러니까 그냥 행복하라고! 나를 봐서라도!"
보통은 다짜고짜 분식집 안에서 고래고래 소리를 지르기 시작했다. 모두가 미친놈 보듯 보통을 쳐다보았지만 그는 아랑곳하지 않고

벽으로 돌진해 재희의 문구를 떼어 냈고, 그 코팅된 종이를 바닥에
내팽개친 뒤 마구 짓밟았다. 할머니는 다급하게 보통을 말렸고 일부
건장한 남자들도 일어나 보통을 말렸지만 그는 완전히 제정신이
아니었다.

　"정신 차려, 학생! 왜 이래!"

　"아, 놔 봐요!!" 보통은 사람들을 뿌리치더니 아까 받은 펜을 들어
벽에 아주 크게 소원을 써 내려가기 시작했다.

　　　　　　'둘이 사귀게 해 주세요. 제발.'

　보통은 떡볶이값과 펜을 할머니에게 건네고 내팽개쳤던 재희의
소원을 집어 든 뒤 뚜벅뚜벅 분식집 밖으로 나갔다. 근처에 있던
쓰레기통에 거칠게 문구를 쑤셔 박았지만 그래도 분이 풀리진
않았다. 그 문구는 코팅이 되어 있어서 면티처럼 구겨지지 않았기
때문이었다.

쌍방 과실

<목격자 J 군이 추후 사건 현장에 찾아감>

보통은 떡볶이집에 다녀온 다음 날 바로 기숙사형 재수 학원에 들어갔다. 모의고사 성적이 나빴던 건 아니지만, 정시로 재희와 인재가 다니는 학교에 입학하려면 그보다 더 높은 점수가 필요했다. 아니, 어쩌면… 만점을 받아야 할지도 몰랐다. 그는 가지고 있던 스마트폰을 전화만 되는 효도 폰으로 바꾼 뒤 주말과 명절, 공휴일에도 꼼짝 않고 기숙사에 틀어박혀 공부만 했다. 보통은 학교에서는 엄청난 유명 인사였지만 이 학원에서는 그렇지 않았다. 그 누구도 보통의 존재를 몰랐다. 보통은 정말 보통의 존재로만 남았다.

시간이 흐른 뒤 보통은 수능을 치렀는데, 어렵기로 소문난 그해 수능의 유일한 만점자로 뉴스에 나오게 되었다.

"만점을 받은 비결이 무엇일까요, 전보통 학생?" 카메라 앞에 선 보통에게 기자가 물었다.

"없는데요."

"공부할 때 주로 어떤 생각을 하며 공부하셨습니까?"

"공부할 때 무슨 생각을 해요, 그냥 하는 거지."

그렇게 보통은 전교 3등에서 탈출하여 전국 1등이 되었다.

만점자이니, 당연히 재희와 인재가 입학한 학교에 들어갈 수
있었다. 신입생 OT, MT, 다양한 과 행사가 열렸지만 보통은 얼굴만
내밀거나 아예 참여하지 않고 캠퍼스 어딘가에 있을 재희와 인재를
찾아 나섰다. *이 새끼들. 내가 어떻게든… 사귀게 만든다.* 푸르고
넓고 예쁜 캠퍼스에는 커플이 너무나도 많았다. *봐, 이 새끼들도
어디서든 한가락 하다 온 새끼들인데 다 연애하잖아!* 보통의
마음속에서는 아직도 억울함이 치솟았다. 하지만 아무리 둘러봐도
재희와 인재는 그림자조차 찾을 수 없었다. *대학 와서도 도서관에
처박혀서 공부하는 거냐?* 보통은 그들과 학과가 달랐기에, 이 넓은
대학에서 그들을 찾기란 쉽지가 않았다. 그들이 정말 대학 생활에
적응해야 한다는 이유로 연애를 안 하고 있을지, 아니면 서로 연락만
하고 있을지, 아니면 썸을 타고 있을지, 아니면 아예 쌩을 까는
중일지 전혀 모르는 보통의 입장에선 속이 터질 뿐이었다. 게다가
두 사람은 SNS를 하는 타입도 아니었기에… 그들이 어디서 뭘 하며
지내고 있는지 알 길이 없었다.

그렇게 시간은 또 흘렀고, 보통은 첫 중간고사를 치러 4.5라는
완벽한 학점을 받아 장학금을 타게 되었지만…. *이 새끼들 대체
어딨는 거냐고?*

중간고사가 끝나고 벚꽃놀이의 막바지 시즌이 되니 여기저기서
숨어 있던 커플들이 기어 나오기 시작했다. 혹은, 이번에 새로 생긴
커플들일지도 몰랐다. *죄다 커플이구나.*

머리에 붙은 벚꽃을 서로 하나하나 떼어 주고 있는 커플도

보이고, 흩날리는 벚꽃을 배경으로 사진을 찍고 있는 커플도 보이고, 저쪽 길에서 걸어오는 커플도 하나, 이쪽 길에서 걸어오는 커플도 하나, 구석탱이에 숨어서 키스를 하고 있는 커플도… 응?

키스를 하고 있던 커플은 주변으로 사람이 스윽 지나가자 키스를 멈추고 서로 눈치를 보았다. 그러더니 두 손을 꼭 맞잡은 채 서로를 향해 눈부시게 웃어 주었다. 응…? 남자가 여자의 한쪽 볼에 손을 올리고 가볍게 입을 맞췄다. 그러자 여자가 수줍은 듯 길고 새카만 머리를 부드럽게 쓸어 넘겼다…. 응?! 저 미역 줄기 같은 새카만 머리는…?

"씨이이이이발! 너네 사귀냐아!" 보통이 행복사할 것 같은 표정과 목소리로 우렁차게 소리쳤다. 손을 잡고 있다가 깜짝 놀란 재희와 인재가 소리의 출처 쪽으로 고개를 홱 돌렸다. 보통은 남들의 시선은 아랑곳하지 않고 으하하하, 하며 크게 웃고 있었다.

"니네 드디어 사귀냐아아! 와아! 소원의 벽은 진짜야아!!" 근처의 모든 학생들이 쳐다보고 있는 가운데, 그는 이렇게 쩌렁쩌렁 소리를 질렀다. "소원의 벽은 진짜야! 진짜라고! 소원의 벽은 진짜야아아!!"

90ft

차신환

"멍하게 서 있다가 공 맞는다."

교문으로 들어선 혜민에게 모자를 쓴 나이 든 남자가 다가와 말했다. 혜민은 남자의 뒤로 펼쳐진 광경을 말없이 보았다. 스포츠머리를 한 남학생들이 바닥에 떨어진 작은 공들을 줍고 있었다. 이삭 줍는 여인들이 생각나는 모습이었다. 혜민은 그대로 고개를 돌려 자신이 들어온 교문을 바라보았다.

[경 - 운성고 고교 야구 대전·충청권 주말 리그 우승 / MVP 박지수 - 축]

교문 위에 달려 있는 현수막이 무시무시한 소리를 내며 펄럭이고 있었다. 혜민이 미간을 좁혔다.

"왜. 너도 야구하고 싶냐?"

남자의 말에 가방끈을 쥐고 있던 혜민의 양손에 힘이 꽉 들어갔다. 남자는 혜민을 보며 감상에 젖은 듯한 표정을 지었다. 혜민은 시선을 허공으로 옮기고는 입꼬리를 실룩거리는 남자를 매섭게 노려보다가 걸음을 한 발 떼며 말했다.

"말 걸지 말아 주실래요. 아는 척도 하지 마시고요."

"너희 아빠가 잘해 달라고 부탁했는데."

그러자 혜민의 미간이 더욱 좁아졌다. 양 눈썹이 완전히 하나가 된 것처럼 느껴질 정도였다. 혜민은 다시 고개를 돌려 남자를 쳐다봤다. 그러면서도 스포츠머리 군단 중에 한 명이라도 자신들을 보고 있지 않을까 힐끔거리는 일은 멈추지 않고 있었다.

"선생님도 아니고, 야구부 감독이시면서 저한테 어떻게 잘해 주시게요?"

"너 엄청 변했다. 확실히 사춘기야."

"아저씨는 저한테 말 안 거는 게 잘해 주시는 거예요."

"어렸을 땐 귀여웠는데."

남자가 혜민의 말에 또 과거를 떠올리는 듯 허공을 보며 턱을 매만졌다. 남자의 턱 피부 밖으로 삐죽 튀어나온, 면도가 안 된 몇 가닥의 수염을 보던 혜민은 도로 발걸음을 뗐다. 남자를 완전히 지나치기 전에 절대 자신의 '비밀'을 발설하지 말라고 으름장 놓는 것도 잊지 않았다. 그러나 남자는 아직 그녀를 보낼 생각이 없는지 혜민의 뒤통수에 대고 말했다.

"성격도 지 아빠가 젊었을 때랑 똑 닮았어."

그녀는 걸음을 멈추지 않은 채로 그를 한 번 째려보고는 고개를 다시 홱 돌려 버렸다. 땀 냄새 나는 스포츠머리 군단, 야구부원들을 피해서 건물을 향해 걸어가는 혜민의 발걸음은 점점 빨라졌다. *아, 지겨운 야구. 제발 우리 반에 야구부는 없었으면 좋겠네.*

고등학교 2학년, 5월. 전학 오기엔 애매한 시기였다. 새 학기 시작에 맞춰서 온 것도 아니고, 이미 자기 무리를 만든 아이들 사이에 뚝 떨어지게 되다니. 심지어 충청도 어딘가에 박혀 있는 이 지역은, 혜민이 아는 사람이라곤 사촌의 남자 친구의 친구의 동생의 선생의 손자까지 거쳐 봐도… 단 한 명도 없는 시골이었다. 혜민이 이곳에 전학 오게 된 것은, 순전히 그 '비밀' 때문이었다.

혜민은 2학년 건물의 계단을 오르며 끊임없이 최악의 상황을 상상했다. 그녀가 상상한 최악의 상황은 이미 과거에 혜민이 직접 겪었던 것들과 크게 다르지 않았다. 혜민은 계단 한 칸을 오르며 좋아하는 아이돌을 묻는 여학생에게 고개를 도리도리 저을 수밖에 없는 자신의 모습을 떠올렸고, 한 칸을 오르며 떨떠름한 표정을 짓고 무리에게 돌아가는 여학생을 떠올렸다. 또 한 칸을 올라 자신을 힐끗 보며 속닥거리는 여학생들을 떠올렸으며, 마지막 칸을 오르면서는 자신의 '비밀'을 알아챈 남학생이 교실에 들이닥쳐 큰 목소리로 '비밀'을 떠벌리는 모습을 떠올렸다. 과거에도 이렇다 할 친구가 없었던 건 사실이다. 혜민은 그 상황이 자신의 성격하고 밀접한 관계가 있다는 것을 알긴 했으나, 매번 '비밀' 탓으로 치부했다. 혜민에겐 '비밀'의 영향이 그렇게나 크게 느껴졌기 때문이었다. 그러니 이번 학교에서는 어떻게든 들키지 않으리라. 그리고 반드시 보통의 학생들처럼 친구들과 평범하게 지내보리라. 혜민이 주먹을 꽉 쥐며 복도 코너를 돌아 교무실 앞에 섰다. 앞문에 달려 있는 A4 용지만 한 거울에 비친 자신의 우중충한 표정을 멍하게 보던 혜민은 괜히 흐트러지지 않은 머리를 쓸어 넘겼다. '들어오기 전 용모를 단정히.' 거울에 흐릿하게 남은 궁서체 글귀를 바라보던 혜민은 주먹 쥔 오른손을 들어 올렸다. 똑똑.

"전학생이다."

교탁 옆에 서 있던 혜민이 담임의 말에 어깨를 살짝 떨었다. 최대한 꼿꼿한 자세를 유지 중인 혜민의 시선은 아이들의 눈을 피해,

교실 맨 뒤에 있는 학급 게시판에 멈춰 있었다. 저렇게 텅텅 비어 있는 학급 게시판을 보는 건 처음이다. 아무도 관리를 안 하는 걸까. 생각에 잠겨 있는데 분필로 글씨를 적는 소리가 들렸다. 혜민의 이름 석 자를 적은 담임은 손에 묻은 분필 가루를 탈탈 털고 교탁을 짚었다.

"소개해라."

아, 이 순간을 몇 번이고 상상했었다. 혜민은 떨리는 마음을 최대한 감추려 꾹꾹 목소리를 누르며 말했다.

"안혜민이야. 서울에서 전학 왔어."

그러자 교실이 조금 시끄러워졌다. 혜민을 보던 아이들은 저마다 서로에게 속닥거리고 있었다.

"서울에서 왜 여기로 전학 왔지?"

"강제 전학은 아닌 거 같은데."

"아냐. 혹시 몰라. 좀 싸가지 없어 보여."

다 들려, 얘들아. 혜민은 남들 몰래 코로 한숨을 내쉬었다. 교탁을 두 번 똑똑 두드려 아이들을 조용히 시킨 담임이 혜민을 쳐다보며 말했다.

"할 말, 더 있니?"

혜민이 고개를 저으며 대답했다.

"아뇨."

"봐 봐, 내가 싸가지 없어 보인댔지?"

"좀 닥쳐. 들리겠어."

이미 들렸다고, 얘들아. 혜민은 소리가 난 곳으로 시선을 옮겼다. 뒷문 바로 옆자리에 앉은 단발머리가, 덧니가 튀어나온 남자아이의 입을 막으며 조용히 하라는 듯 검지를 세웠다. 덧니는 기분

나쁘다는 듯 단발머리의 손을 쳐 내고 홍, 콧방귀를 뀌었다. 혜민이
한 거라곤 자기소개밖에 없었지만 이미 덧니는 혜민이 마음에 안
드는 것 같아 보였다. 혜민은 교탁 옆에서 땀이 나는 손으로 주먹을
쥐었다가, 풀었다가를 조용히 반복하고 있었다. 머릿속에는 얼른
담임이 자리를 알려 주고 들어가 앉으라고 했으면 좋겠다는 생각만
가득했다. 담임은 아이들의 시선에 긴장한 혜민의 입술이 바짝바짝
마르고 있다는 사실을 알 리 없었지만, 그래도 너무 늦지 않은
타이밍에 그녀에게 자리를 안내해 주었다.

"창가 쪽 맨 뒷자리에 앉으면 돼."

담임이 말해 준 자리에 도착한 혜민은 자신 앞에 놓인 빈 책상
두 개를 보며 잠시 고민했다. 짝이 없는 건가, 아님 아직 안 온 건가.
둘 중 아무 데나 앉아도 되는 건가. 하지만 그녀는 누군가에게
물어볼 용기가 없었고, 다른 학생 중 누구도 혜민에게 먼저 말해
주지 않았다. 결국 그녀는 조용히 고개를 옆으로 숙여 책상 서랍을
들여다보았다. 창문 바로 옆 책상 서랍엔 교과서가 잔뜩 들어
있었다. *짝이 있네.* 답을 알아낸 혜민은 그 옆 책상에 앉았다. 의자에
가방을 걸고 반 아이들의 뒤통수를 조용히 살폈다. 스포츠머리가
없는 걸 보니, 다행히 이 반에는 야구부원이 없군. 혜민의 얼굴에
잠깐 만족의 미소가 스쳐 지나갔다. 그때였다. 뒷문이 요란스럽게
열리고 누군가가 뛰어들어 온 건. 혜민을 제외한 모든 사람들은 이
상황 자체가 익숙한지 그에게 "좋은 아침."이라는 인사를 건넸다.
혜민의 시선이 방금 뛰어들어 온 소년에게로 옮겨졌다. 구겨 신은
운동화에, 넥타이와 조끼는 어디에 갖다 팔았는지 없고 셔츠
단추는 죄다 풀어헤친 데다, 재킷도 대충 걸친 모양새. 그리고…
스포츠머리. 혜민의 눈이 지그시 감겼다. 오… 신이시여.

"어? 짝이 생겼네?"

"전학생이래."

아직 뒷문 근처에 머물고 있던 소년이 말하자 덧니가 대신 대꾸했다.

"어디서 왔어?"

혜민이 눈을 뜸과 동시에 창문에서 바람이 휙 들어와 소년의 셔츠와 재킷이 마구 펄럭였다. 귀에 낀 이어폰을 빼며 점점 그녀에게 다가오고 있는 소년의 손엔 신발 끈이 잔뜩 풀어진 야구화가 들려 있었다. 시큼한 땀 냄새가 날 것만 같아 혜민은 자신도 모르게 손을 코로 가져갈 뻔했다.

"서울에서 왔다. 빨리 자리에 앉아, 목우연."

"아, 쌤 아직 계셨네요? 조회 끝나서 가신 줄."

살짝 탄 피부의 그 소년이 씨익 웃었다. 시원하게 찢어지는 입매가 참 매력적이었다. 물론, 혜민에게는 절대 아니었지만. 혜민의 옆에 털썩 앉은 소년이 혜민을 집요하게 쳐다보기 시작했다. 혜민은 그에게 눈길 한 번 주지 않고 아침에 받아 온 새 교과서에 자신의 이름을 적어 나갔다.

"안혜민?"

소년이 이름을 적는 그녀의 손가락을 빤히 바라보다가 중얼거렸다. 순간 혜민의 손이 움찔했다. 뭐지, 설마…. 혜민의 고개가 뻣뻣하게 굳었다. 삐걱대며 소년을 돌아보는데….

"와, 너 진짜 안혜민처럼 생겼다. 이름 잘 어울려."

맥이 탁 풀렸다. 소년은 제 가슴팍에 달려 있는 노란 플라스틱 명찰을 가리키며 말했다.

"난 목우연이야."

혜민은 괜스레 그에게 눈을 한 번 흘기고는 다시 교과서에 이름을 적었고, 그렇게 우연의 일방적인 대화가 시작되었다.

"내가 오늘 늦은 건 지각은 아니고, 아침 훈련 때문에. 아, 내가 야구부거든. 근데 그거 알아? 우리 학교 야구부 엄청 유명한 거."

그의 조잘거림은 혜민이 전 과목 교과서에 이름을 다 적은 뒤, 책상 서랍에 가지런히 넣어 두고 가방에서 필통을 꺼낼 때까지 계속되었다. 혜민은 우연의 이야기에 흥미가 전혀 없었다. 그의 이야기를 듣지 않기 위해서는 등을 돌려 앉는 것이 사실상 가장 효과 있는 방법이겠지만, 그럴 용기까진 없었다. 혜민은 우연의 말을 한 귀로 흘리며 턱을 괴고 창문 너머로 보이는 교문만 바라보고 있었다. 무슨 현수막 펄럭이는 소리가 교실까지 들리는지.

"주위에 야구 좋아하는 친구 없어?"

우연의 악의 없는 말이 순간 혜민에겐 '친구가 없냐'며 시비 거는 말로 들렸다. 그녀의 눈썹이 잠시 꿈틀거렸다. 하지만 우연은 그 사실을 아는지 모르는지 염불을 외듯 야구 이야기를 멈추지 않았다. 조회 시간이 끝나고, 1교시 한국사 수업을 위해 역사 선생이 들어왔을 때도, 그리고 수업이 진행되는 중인 지금까지도 그는 여전히 입을 다물지 않았다.

"… 때문에 야구를 시작하게 됐어. 그래서 내 롤 모델은 바로 그 선수야. 너도 알지 모르겠는데, 강철의 아들이라고 불리는 전설의 1루수. 안민성 말이야."

"수업하는데 누가 떠드냐. 목우연이냐?"

"죄송합니다."

역사 선생에게 한 소리를 들은 우연이 잠시 혜민의 눈치를 보았다. 자신의 이야기에 반응 한 번 없던 혜민의 표정이 갑자기 사색이 되었다. 우연은 의아했다. 자신이 무슨 말을 해도 반응하지 않았던 전학생이, 선생의 짧은 지적에 저렇게 벌벌 떨다니. 엄청난 모범생인가, 생각하며 혜민의 책상을 내려다본 우연은 다시 한번 의아해했다. 칠판에 판서가 빼곡한데, 혜민의 교과서 옆엔 노트 하나 올라와 있지 않았고 교과서 또한 깨끗했다. 공부를… 열심히 하는 애가 맞나? 그 순간 혜민의 입술이 뻐끔 움직였다. 우연은 그녀가 자신에게 무언가를 물어봤다고 생각했다. 그는 혜민의 입술에 자신의 귀를 밀착하기 위해 점점 상체를 옆으로 기울였다.

하지만 사실 혜민은 점점 다가오는 우연의 뺨을 당장이라도 밀어 버리고 싶었다. 쓸데없이 귀가 좋아선, 방금 중얼거린 욕을 우연이 들은 게 확실했다. 혜민은 이 상황을 넘기기 위해 우연의 이야기에 맞춰 대충 아무 질문이나 뱉었다.

"누구?"

"아. 강철의 아들. 너도 그 선수 경기 한 번이라도 보면 빠질 수밖에 없을걸? 은퇴하긴 했지만, 야구 안 좋아하는 사람들도 거의 다 알거든. 옛날엔 광고도 자주 찍었어."

니나 많이 봐. 혜민은 목소리를 낮춰 속삭이는 우연에게 내뱉을 뻔한 말을 간신히 삼켰다. 내가 이래서 야구부가 있는 학교는 싫었는데, 특히나 이 학교는…. 혜민이 긴 생머리를 쥐어뜯고 싶은 충동을 꾹꾹 누르며 천장을 올려다보았다. 하지만 혜민의 질문에 우연은 그녀가 야구 이야기에 관심이 있다고 생각한 건지, 아까보다 더 많은 말을 속삭이기 시작했다. 그런 우연의 숨결을 왼쪽 귀로 받아 내던 혜민은, 결코 옆에서 떠드는 이놈과 친해지지 않으리라 다짐했다. 친구를 만들더라도 이 자식은 절대 아닐 거라고 생각했다. 하지만 그녀의 거친 속내를 모르는 우연은 혜민에게 웃으며

오른손을 내밀었다.

"우리 친하게 지내자. 잘 부탁해."

혜민은 대답 없이 우연을 잠깐 쳐다보고 조용히 시선을
칠판으로 돌렸다. 그녀 입장에선 가장 단호한 거절이었다. 그녀의
옆모습을 보던 우연은 민망한지 자신의 목덜미만 만지작거렸다.

혜민은 야간 자율 학습 시간 내내 우연의 목소리가 귀에 맴도는
듯한 기분이 들었다. 하필 야구부원이 짝이라니. 한숨을 푹 내쉰
혜민은 빈 옆자리를 힐끗 쳐다봤다. 깡-. 깡-. 무언가 쇳덩이에
부딪히는 청아한 소리가 계속해서 들려오는 중이었다. 아마도
야구부가 야간 훈련을 하고 있으리라. 혜민은 공책에 '강철의
손녀'라고 썼다가, 화들짝 놀라 황급히 펜을 움직여 까맣게 지워
버렸다. 운성고에 전학 올 때부터 '비밀'을 들킬 위험이 클 것이라고
예상은 했으나, 가장 심각한 위험이 바로 옆에 도사리게 되다니!
갇혀 있던 미로에서 간신히 빠져나왔더니 입맛을 다시며 기다리고
있는 거대한 티라노사우루스를 눈앞에서 마주친 듯한 느낌이었다.
최악도 이런 최악이 없었다. 차라리 여자애 하나가 다가와 무슨
틴트 바르냐 물었을 때 틴트가 뭔지 모른다고 대꾸하고 경악스러운
시선을 받는 것이 나았다. 혜민이 다시 한번 한숨을 크게 내쉬었다.
반 아이들 모두가 자율 학습 시간을 몇 번이고 방해하는 깊은 한숨
소리 때문에 그녀를 쳐다보고 있다는 사실은, 전혀 모른 채로.
하굣길에 휴대 전화를 켠 혜민의 얼굴은 완전히 일그러졌다. 모르는
번호로 메시지가 와 있었다.

혜민은 아침에 만난 남자를 떠올리며 휴대 전화를 꽉 쥐었다.

줄 게 있으면 그때 주지, 왜 이제 부르냐고. 혹시라도 누가 보면 어쩌려고. 하지만 그녀는 불평하면서도 성호 아저씨가 있는 곳으로 발걸음을 옮길 수밖에 없었다. 오늘 받지 않으면 나중에 더 귀찮은 일이 생길 수도 있다는 것을 알고 있었으니. 반 아이들 중 누구보다 빠르게 교실을 박차고 나간 혜민은 보폭을 평소보다 두 배 벌린 우스꽝스러운 모습으로 복도를 가로질렀다.

혜민이 야간 자율 학습 시간 내내 우연에 대한 생각을 떨쳐 내지 못했던 것처럼, 우연의 머릿속도 야간 개인 훈련 시간 내내 혜민으로 가득했다. 까만 생머리에 흰 피부, 서울 애들은 원래 그런가 싶은 도도한 표정. 수업 시간 동안 한 번도 움직이지 않았던 가느다란 손가락, 태교 음악까지도 야구 응원가였던 우연과 다르게 야구와 전-혀 관계가 없을 듯한 여리여리한 인상까지…. 사실 그는 교실에 들어온 순간부터 혜민에게서 시선을 뗄 수 없었다. 창문으로 휙 들어온 바람이 커튼을 휘날리고, 그녀의 머리카락이 팔랑 춤을 추게 만들었을 때, 우연은 침을 꼴깍 삼켰다. 그 뒤로 우연은 초조함에 휩싸였다. 관심 있는 거라곤 야구밖에 없는 우연은 야구에 전혀 관심이 없을 것만 같은 전학생과 어떻게든 말을 섞어 보고 싶어 마구 떠들어 댔다. 왜일까. 처음 보는 소녀에게 이토록 끌리는 이유가 무엇일까. 이게 바로 친구들이 말하던, 첫… 첫… 첫사랑…?

"망했다."

실내 연습장에서 뒷정리를 하던 우연이 중얼거리자 함께 정리를 하던 부원들이 그를 힐끔 쳐다보았다. 그러나 그 누구도 우연에게 무슨 일이냐고 묻진 않았다. 사실 운성고 야구부가 유명하다면서 자부심 넘치는 태도로 술술 떠들어 대던 그에게도 전학생에게 말하지 못한 '비밀' 하나가 있었다.

"망했겠지. 오늘 평고[1] 받는 꼬라지를 봐라."

"야. 다 들려."

"들으면 뭐, 지가 어쩔 건데?"

우연보다 한 살 어린 후배 두 명이 킥킥대며 그의 뒤를 지나갔다. 선후배 간 위계질서가 확실한 운성고 야구부에서 우연은 어쩌면 특별한 존재일지도 몰랐다. 초등학교 고학년 때부터 야구를 시작한 우연은 초등학교, 중학교를 거쳐 고등학교 2학년이 될 때까지 선발 라인업[2]에 들어 본 적이 없었다. 오히려 후배들이 늘 우연을 앞질렀고 자연스레 후배들 사이에서는 우연을 무시하는 분위기가 형성되었다. 후배 앞에서 기강 잡는 척조차 못 하는 우연의 성격도 한몫했다. 하지만 그것은 우연이 해결할 수 있는 문제가 아니었을뿐더러, 이미 우연 또한 그런 대우에 익숙해져 있었다. 선배들도, 우연의 동기들도 그 분위기를 나무라지 않았다. 누구는 동참했고 누구는 방치했다.

"목우연이 네 친구야?"

단 한 명만 빼고.

"예?"

"목우연이 네 친구냐고."

"아, 아닙니다!"

우연은 뒤에서 목소리가 들리는데도 돌아보지 않았다. 방금까지 우연을 비웃던 후배와 그의 친구는 바짝 긴장했는지

---

1 수비 연습을 위해 공을 쳐 주는 일.
2 야구 경기에 출전하는 선수의 타격 순서나 수비 위치, 또는 출전 선수의 구성.

더 이상 아무 말도 들려오지 않았다. 다급한 발걸음 소리가 점점 멀어졌고, 후배들에게 한마디 했던 소년이 우연의 앞으로 걸어왔다. 족히 190cm는 되어 보이는 키, 우연보다 두 배는 탄 것 같은 까만 피부에 큰 키만큼 떡 벌어진 어깨, 흰 야구 바지가 가리지 못한 탄탄한 다리. 운성고 야구부 잠바를 걸친 남학생은 이 야구부 최고의 유망주이자, 고등학생임에도 야구 팬들이 다 안다는 운성고의 자랑 박지수. 지수는 공을 박스에 담고 돌아서려는 우연을 못마땅하다는 듯 쳐다보았다.

"저걸 왜 그냥 냅둬?"

"그럼 붙잡고 사과하라고 따지냐?"

지수가 단호하게 고갤 끄덕이자 우연은 그를 무시한 채로 바닥에 던져 놓았던 야구부 잠바를 입었다. 왜 박지수만 만나면 이렇게 기분이 나빠지는지. 자신을 챙겨 주는 사람이 지수밖에 없다는 것을 아는 우연이었지만, 이 감정은 어찌할 도리가 없었다. 그래서 늘 그와 거리를 두는 자신이 미웠다. 미적지근한 반응에도 항상 호의를 베푸는 지수 때문에 매번 바보가 되는 것 같았다. 아직도 이쪽을 뚫어져라 바라보고 있는 지수에게 우연은 한숨 섞인 말을 내뱉었다.

"신경 안 써도 돼."

"친구잖아."

"그렇게 말 안 해도 된다고."

우연은 가방을 챙기며 그를 지나쳤다. *우리 안 친하잖아.* 목 끝까지 올라온 말을 간신히 삼켰다. 이 말까지 해 버리면 자신이 못났다는 것을 만천하에 알리는 셈이 될까 봐. 그리고 그 첫 대상이 바로 박지수일까 봐. 우연은 뒤통수가 따갑다는 느낌이 들어

뒷머리를 긁적이며 지수와의 첫 만남을 떠올렸다. 초등학교 5학년, 남들보다 다소 늦은 시기에 야구부에 처음 들어간 우연은 자신보다 왜소한 지수를 만났다. 분명 그때까지만 해도 우연과 지수의 실력 차가 그렇게 크진 않았다. 아니, 오히려 우연이 지수보다 더 야구를 잘했다고 볼 수 있었다. 그러나 지수의 키가 갑자기 커질 무렵부터 피지컬 차이로 격차가 벌어지기 시작하더니, 어느 순간부터 우연과 지수의 길은 완전히 갈라져 있었다. 우연은 지수의 옆에 서지도 못하는 벤치 멤버로 남은 것이다. 우연이 쓴 미소를 지으며 실내 연습장을 나섰다. 기숙사로 발길을 돌리려는데 어디선가 들려오는 익숙한 목소리.

"겨우 이거 주시겠다고 부른 거예요? 아저씨가 직접 주실 수도 있잖아요."

"민성이가 워낙 바빠서 볼 시간이 있어야지. 무슨 베이스볼 센터 세운다고 땅 보러 다닌다던데, 맞냐?"

"아, 몰라요. 저하고 그게 무슨 상관이에요"

"싸웠다는 말이 진짜구만."

한 명은 절대로 모를 수 없는 사람이었다. 쇳소리가 섞인 걸걸한 목소리는, 연습 때마다 질리도록 듣는 야구부 감독의 것이었으니. 우연은 대화가 들려오는 실내 연습장 뒤쪽으로 기척을 숨기며 다가갔다. 그 순간, 앳된 소녀의 목소리가 앙칼지게 울렸다.

"아! 아저씨가 뭔 상관이냐고요."

"너 그래서 그것도 '비밀'로 하는 거냐?"

소녀의 말에 감독이 킬킬 웃으며 장난치듯 말했다. 한동안 소녀의 목소리가 들리지 않았다. 문득 우연은 기시감이 들었다. 감독과 대화하는 다른 사람의 목소리를, 어디선가 들어 본 것 같았기 때문이다. 학교 선생도 아닌 야구부 감독과 저렇게 친밀하게 대화할 수 있는 학생이 있다니. 심지어 우연의 귀에도 살짝 익숙한 목소리다. 우연은 호기심을 참을 수 없었다. 영화 클리셰처럼 마른 나뭇가지를 밟아 두 사람이 자신의 존재를 알아차리는 일은 없었으면 좋겠다 생각하며 한 발 한 발 내딛기 시작했다. 실내 연습장 외벽에 몸을 찰싹 밀착한 우연은 조금씩 목소리들과 가까워지고 있었다.

"말하지 마요."

소녀가 으르렁거렸다. 하지만 감독은 여전히 웃고 있었다. 여태껏 우연이 봐 왔던 감독과는 사뭇 다른 분위기였다. 더더욱 그녀의 정체가 궁금해졌을 때쯤, 우연은 감독의 말을 듣고 심장이 멎을 뻔했다.

"뭐, 네가 '강철의 손녀'인 거 말이냐?"

우뚝. 우연은 발걸음을 멈췄다. 흡. 숨도, 함께 멈췄다. 아무 소리도 낼 수 없었다. 강철의 손녀! 강철의 손녀라니! 분명 숨죽인 채로 가만히 있었지만 미친 듯이 뛰는 심장 소리가 너무 커서 그들에게 들키지 않을까 걱정되는 지경에 이르렀다. 우연은 가슴께에 손을 얹고 천천히 빼꼼 고개를 내밀었다.

"말하지 말라니까요!"

까만 긴 생머리가 잔뜩 올라간 어깨와 함께 흔들렸다. 비록 뒷모습이었지만 우연은 그 머리카락만으로도 알 수 있었다. 내 짝꿍 안혜민이 '강철의 손녀'였다니! 이건 신이 내려 준 기회가 분명했다. 언젠가 꼭 한 번 '강철의 아들'을 만나서 그의 일대기를 직접 듣고 코칭도 받고 싶었는데. 마침 전학 온, 자신의 옆자리에 앉은 그 소녀가 '강철의 손녀'라니. 우연이 입을 틀어막은 순간, 감독이 배를 부여잡고 끅끅 웃기 시작했다.

"아저씨 진짜 짜증 나요."

"안민성이 아빠인 걸 숨기다니. 심지어 안민성 모교로 전학을 오면서 말야."

"갈게요. 여기에 더 있다가 야구부원 중에서 누가 절 발견하면 어떡해요."

감독에게 대충 꾸벅 인사하곤 빠르게 사라지는 혜민의 뒤를 우연은 홀린 듯 따라갈 수밖에 없었다. 어두운 숲에 있을 때 빛이 보이면, 그 빛을 맹목적으로 쫓을 수밖에 없듯이.

실내 연습장을 지나 학교 후문으로 빠져나가려던 혜민은 우연이 따라오고 있다는 사실을 전혀 몰랐다. 그가 감독과의 대화도 엿들었을 거라곤 상상도 못 했다. 완전한 무방비 상태였다. 얼른 집에 돌아가 감독이 아빠에게 전해 달라던 쓸데없는 양주를 줘 버리고 방에 처박혀서 짜증을 잔뜩 담은 일기나 쓰고 싶었다. 오늘 하루가 얼마나 최악이었는지 나열하고 싶었다. 만약 우연이 그녀를 붙잡지 않았다면 아마 최악 중의 최악, 인생 최악의 날이라는 일기는 쓰이지 않았을지도 모른다.

"안혜민!"

혜민이 걸음을 멈추고 돌아섰다. 교실에서와는 달리 운성고 야구 유니폼을 바르게 입은 우연이 빠르게 달려와 혜민의 앞에 서서 숨을 고르고 있었다. 혜민은 아킬레스건에서부터 올라오는 이 느낌을 알고 있었다. 이건… 소름이다. 아주… 불길한 기운이지.

"강철의 손녀!"

손녀, 손녀, 녀, 녀, 여, ㅇ…. 그녀의 머릿속에서 메아리치는 우연의 목소리와 함께 혜민은 점점 사색이 되었다. 엿들었나? 곧 혜민의 얼굴이 험악하게 변했다.

"너희 아버지를 한 번만 만나게 해 줘. 나머지는 내가 다 알아서 할게. 아니, 귀찮게는 안 하고… 그냥 조언을 좀 받고 싶어서…."

우연은 패기 있게 그녀를 부를 땐 언제고 험악해진 혜민의 얼굴을 보더니 말끝을 흐리기 시작했다. 하지만 혜민의 귀에는 그의 말 따윈 들어오지 않았다. 그저 어떻게 하면 저 입을 닥치게 할 수 있는지 고민하고 있었다. 반면에 우연은 길게 고민할 수 있는 처지가 아니었다. 입을 다물고 싶지도 않았다.

"아까도 말했지만, 안민성 선수가 내 롤 모델이라. 제발 한 번만 부탁할 수 없을까?"

"싫어."

"왜?"

올망거리는 우연의 두 눈을 보며 혜민은 결국 그 말을 꺼내기로 했다. 우연의 입을 다물게 하기 위해, 그를 공격하는 길을 택한 것이다.

"박지수도 아니고, 너한테 왜?"

"… 뭐?"

흔들리는 우연의 눈동자를 보며 혜민은 실내 연습장 근처에서 감독을 기다리며 들었던 말을 떠올렸다. 야구부 남학생 두 명이 씩씩거리며 나와서 억울하다는 듯 떠들던 이야기. "박지수는 왜 목우연을 싸고도는 거야?" "적선이지. 야구 존나 못하는 지 동기가 얼마나 불쌍하겠냐." 회상에서 현실로 돌아온 혜민은 잠시 입을 꾹 다물었다가 결심한 듯 입을 뗐다.

"너 야구 더럽게 못한다며? 아빠를 소개해 줄 거면 유망주한테 소개해 주지, 너한테 왜 해 줘야 하는데?"

혜민의 말에 우연의 표정이 오묘하게 변했다. 장화 신은 고양이처럼 불쌍해 보이는 표정을 짓고 있던 그의 눈빛이 싸해졌다. 혜민은 최대한 아무렇지 않은 척했고 말을 멈추지 않았다.

"한 번만 더 '강철의 손녀'니 뭐니 얘기 꺼내기만 해 봐. 너 야구 그만두게 하는 게, 나한테 어려운 일일 것 같아? 엿들었으면 알겠지만 나 너희 감독이랑도 친해."

혜민의 가슴이 미친 듯이 뛰기 시작했다. 망했다, 망했어. 그녀는 바로 뒤돌아 후문을 향해 걷기 시작했다. 뻔뻔하게 말하긴 했지만 사실 혜민에게는 우연을 야구계에서 퇴출시킬 수 있는 방법도, 힘도 당연히 없었다. 아빠라면 가능할지 몰라도 아빠는 이사 문제로 대판 싸운 뒤 혜민과 어색하게 지내고 있으며, 치기 어린 딸의 말을 듣고 그대로 이행해 줄 바보 같은 사람은 절대 아니었다. 하지만 열여덟 살밖에 안 된 우연은 어쩌면 그런 부분까지는 생각하지 못할 것이다. 불안하겠지, 그리고 무섭겠지. 입안이 썼다. 전학 오자마자 친구를 만들긴커녕, 적을 만들어 버렸다. 심지어 혜민의 약점까지 알고 있는 적을. 하지만 '비밀'을 위해서라면, '비밀'을 지키기 위해서라면…. 그러나 그녀만큼 우연도 간절하긴 매한가지였다.

"내가 박지수였다면 너한테 이런 부탁을 안 했겠지. 그래, 어디 한번 나 야구 못 하게 만들어 봐."

혜민이 우연의 말에 이를 악물며 돌아보았다. 운동하는 애들은 원래 이렇게 깡이 세? 우연의 표정은 아-주 차분했다. 주절주절 떠들던 아침에 보여 준 강아지 같은 인상은 어디 가고, 장화 신은 고양이처럼 간절하던 표정은 어디 가고, 저렇게 싸늘한 얼굴이 되어 있는 건지. 혜민이 잠시 당황하는 틈을 타, 우연은 다시 그녀에게 말하기 시작했다.

"너도 내 '비밀' 들은 거 같으니까 쌤쌤이라 치고."

"'비밀'?"

혜민은 기가 찼다. 야구 못하는 게 비밀이라는 거야? 남들이 다 아는 것이 어떻게 비밀이 될 수 있지? 본인은 내 진짜 '비밀'을 엿들어 놓고. 혜민이 주먹을 꽉 쥐는데, 우연이 입을 열었다.

"야구를 못 하게 만들겠다고? 날 협박할 만큼 '강철의 손녀'인 걸 들키기 싫은가 봐?"

"조용히 하라고."

"내 부탁 안 들어주면, 나도 학교에 네가 '강철의 손녀'라고 소문낼 거야."

"미쳤어?"

"니가 먼저 협박했어."

잠시 혜민과 우연은 아무 말 없이 서로를 노려보았다. 먼저 입술을 뗀 쪽은 우연이었다.

"난 어떻게든 한 번만 안민성 선수를 만나면 돼. 그게 다야. 집에 가서 잘 생각해 봐."

"뭘."

"네가 숨기고 싶어 하는 걸 들키지 않기 위해선, 어떤 방법이 제일 안전할지."

                              *

혜민은 우연과의 만남을 끝내고 집으로 돌아왔다. 신발을 대충 벗어 던진 뒤 소파에 앉아 있던 아빠에게 양주가 든 쇼핑백을 던지듯

건네고 빠르게 방으로 들어왔다. 급하게 옷을 갈아입고 도망치듯
침대에 누운 혜민은, 불행하게도 잠을 설쳤다. 과거의 일들이 마치
어제 일어난 일인 것처럼 꿈에서 무수히 펼쳐졌기 때문이다. 어렸을
적 운동회와 졸업식과 생일 파티에 나타나지 않은 아빠 때문에 엉엉
울던 일도, 아빠는 전지훈련, 원정 경기 등의 이유로 오지 못한다고
엄마가 혜민을 달래던 일도, 훌쩍거리며 아빠의 경기를 TV로
외롭게 지켜보던 일도, '강철의 손녀'라는 사실이 밝혀져 주위에
누군지도 모르는 남학생들만 들끓어 친구를 사귀지 못해 매번
점심을 혼자 먹던 일도, 혜민의 꽁무니를 쫓던 남학생을 좋아하던
여학생이 혜민에게 남자를 빼앗겼다고 복도에서 큰 소리로 울던
일도, 광고만 찍어 대는 사람이 무슨 운동선수냐고 한 남학생이
혜민의 면전에서 아빠를 조롱하던 일도 자비 없이 새벽 내내 혜민을
괴롭혔다.

이튿날 평소보다 내려앉은 다크서클을 매만지며 등교한 혜민은
오늘도 어김없이 조회 시간에 늦게 들어오는 우연을 째려보았다.
그러곤 우연이 어제보다 어색하게 건넨 인사를 과감하게 씹었다.
물론, 그의 입에서 폭탄처럼 '비밀'이 튀어나오지 않을까 싶어
심장은 쿵쾅거리고 있었지만. 우연이 자리에 앉자, 전달 사항을 다
전한 것 같았던 담임이 새로운 이야기를 꺼냈다.

"다음 주에 티볼[3] 대회 있는 거 알지?"

네? 몰랐는데요? 혜민이 속으로 다급하게 대답했다. 그러나
전학생 혜민만 몰랐나 보다. 교실이 한순간에 시장 바닥처럼

---

3 야구를 변형시킨 구기 경기로, 투수가 존재하지 않는다. 타자가 'T' 자 모양의 막대기인
배팅 티 위에 올려진 공을 친 뒤 주자가 1, 2, 3루를 돌아 홈으로 들어오면 득점한다.

시끄러워졌지만, 담임이 칠판을 두드리자 이내 다시 조용해졌다. 가뜩이나 누구 때문에 생각이 복잡해 죽겠는데, 전학 오자마자 티볼이라고? 징글징글하다. 혜민은 옆에 있는 우연을 최대한 신경 쓰지 않으려 노력하며 작게 한숨을 쉬었다. 그 모습을 목격한 건지 담임이 우연을 향해 말했다.

"혜민이한테는 목우연이 잘 설명해 줘라."

"네."

아, 왜! 혜민은 떨떠름한 표정을 숨기지 못한 채 우연을 돌아봤다. 혜민만큼은 아니지만, 우연의 표정도 살가웠던 어제 아침에 비하면 꽤 어색하게 굳어 있었다. 그는 어쩔 수 없다는 듯 그녀에게 설명해 주기 시작했다.

"우리 학교는 체육 대회를 1년에 두 번 하거든."

"어."

"학교가 야구로 유명한 만큼 야구부가 아닌 학생들도 즐길 수 있게 하려고 매년 5월엔 티볼 대회를 열어. 가을엔 네가 아는 평범한 체육 대회를 하고."

우연은 다시 담임에게로 시선을 옮기며 마지막 설명을 이어 갔다.

"하지만 체육 대회보다 티볼 대회에 다들 목숨을 거는 편이지."

"우리 반은 오늘 4교시에 운동장 사용할 수 있는데 다치지 말고 연습해라. 우연이가 주장이니까 애들 잘 통솔하고."

담임의 말에 우연이 알겠다고 대답했다. 혜민은 절대로 티볼 대회에 참여하지 않을 거라 다짐하고 있었고 우연은 티볼 대회를 통해 혜민과 어떻게든 가까워져서 민성을 한 번이라도 만나 보리라 다짐하고 있었다. 완벽한 동상이몽이었다. 1교시는 담임의 영어 시간이었지만 티볼 대회를 위해 전략을 짜 보라는 그의 배려로 수업 대신 아이들의 회의가 이루어졌다. 티볼 대회 일주일 전에 전학 온 혜민을 어느 포지션에 넣느냐 하는 문제 또한 논의 대상이었다. 그러나 혜민은 아이들의 회의가 불편했다. 아직 참여한다는 말도 안 했는데 왜 마음대로 신나서 당연하다는 듯이 날 명단에 넣으려는 건지. 반 아이들과 잘 지내서 친구를 만들겠다는 다짐이 무색하게 혜민의 신경은 점점 곤두서고 있었다. 칠판 앞에 분필을 들고 선 우연은 혜민을 2루수 후보로 넣는 것이 제일 무난할 것이라는 의견을 피력하고 있었고 그 모습에 혜민은 더 짜증이 났다. 참아야 한다, 여기서 우연에게 괜히 딴지를 걸었다가는 아이들에게 안 좋은 인상을 남기게 될지도 모르니까. 참아야 하는데…. 눈이 마주친 우연이 무슨 문제 있느냐는 듯 어깨를 으쓱이는 꼴을 보자 혜민은 더 이상 참을 수 없었다.

"난 안 나가."

들떠 있던 분위기가 혜민의 말 한 마디로 차게 가라앉았다. 반 아이들 모두가 혜민을 쳐다보았다. 혜민의 어깨가 순간 경직되었다. 아…. 까칠했던 자신의 목소리를 떠올리며 그녀는 탄식했다.

"왜 안 나간다는 건데?"

담임이 교실을 나간 뒤, 회의 시간에 분필을 쥐고 우연의 옆에서 전략을 받아 적던 단발머리 반장 예진이 혜민에게 물었다. 혜민은 예진의 말에 적잖이 당황했다. *그냥 야구가 싫어서….* 그런 이유를 말했다간 지금보다 더 따가운 눈총을 받을 게 뻔했다. 티볼 대회는 전원 참가 종목이다. 그렇게 하지 않으면 일부 학급에서 여학생을 배제하고 남학생만 넣어 일방적으로 유리한 상황을 만들기도 하기 때문이다. 한 학년 안에서 여학생이 제일 적은 반을 기준으로 여학생 수를 맞춘다. 혜민과 우연이 속한 2학년 8반에선 단 한 명의 여학생만 빠질 수 있었다. 그리고 그 대상은 다리를 다친 은지였다. 반 아이들 모두가 그렇게 하는 게 당연하다고 생각했지만, 전학생 혜민은 모를 수밖에 없었다. 아이들의 시선을 받던 혜민이 입술을 잘근잘근 깨물다가 대꾸했다.

"안 나가는 데 이유가 필요해?"

"야. 네가 다니던 학교에선 어떻게 했는지 모르겠는데, 여기선 이유가 필요하거든? 이기적인 것도 정도가 있지."

예진이 쏘아보며 퉁명스럽게 말하자 우연이 그녀를 진정시켰다. 혜민은 결국 2루수 후보로 명단에 이름을 넣었다. 작게 한숨을 내쉬는데 혜민의 앞자리에 있는 은지가 살며시 돌아봤다. 안경을 쓴 수수한 인상의 은지는 안절부절못하는 얼굴로 입을 열었다.

"미안…. 내가 다리를 다쳐서…."

"됐어."

깁스를 한 그녀의 다리를 내려다본 혜민은 고개를 창문 쪽으로 돌렸다. *짜증 나. 그냥 다리 다친 애가 있어서 안 된다고 얘기해 주면 될 거 아냐. 그랬으면 나도 안 나간다고 안 했을 텐데.* 어깨가 축 처진 은지의 뒷모습을 힐끔 쳐다본 혜민은 날숨을 크게 뱉으며 양손으로 얼굴을 가렸다. 반 아이들이 여기저기서 웅성대기 시작했다. 아마도 혜민의 태도에 대한 이야기를 하고 있을 것이다. *야구는 정말, 내 인생에 도움이 되는 점이 하나도 없다.* 여전히 칠판 앞에 서 있던 우연은 얼굴을 가린 혜민과 그녀를 힐끗대며 속닥거리는 아이들을 번갈아 보고는 담임처럼 칠판을 두드렸다.

"자, 다시 집중해 줘. 일단 1루와 2루 사이 땅볼이 나올 땐 말이야….”

　우연의 말에 싸했던 교실은 다시 화기애애해졌다. 혜민은
그대로 책상에 엎어졌고, 그 누구도 혜민을 신경 쓰지 않았다.
혜민은 울고 싶었다.

　4교시가 오지 않았으면 좋겠다는 혜민의 간절한 바람에도
불구하고 시간은 금세 흘러갔다. 매점에서 급하게 사 온 체육복의
태그도 뜯지 못한 채 어기적거리며 교실을 나가려던 혜민의 손목을
누군가가 붙잡았다. 돌아보자 우연이 어색하게 웃으며 서 있었다.
혜민의 눈이 날카롭게 찢어졌다. 하지만 우연은 공격할 생각이
없다는 듯 양손을 어깨까지 들어 올렸다. 한 손에는 가위가 들려
있었다.

　“태그 잘라 줄게.”

　“필요 없어.”

　혜민의 말을 자연스레 무시한 우연은 혜민의 체육복 상의
지퍼에 달려 있는 태그를 가위로 자르기 위해 혜민을 돌려세웠다.
우연을 밀어내려고 손을 움직이던 혜민에게 움직이면 다친다는
장난스런 말을 남긴 우연은 집중한 듯 입을 꾹 다물고 가윗날이
최대한 혜민의 몸에 닿지 않게 조심하며 가위질을 시작했다.
혜민의 눈앞에서 스포츠머리를 한 까슬까슬한 뒤통수가 이리저리
움직였다. 그리고 우연이 움직일 때마다 포근한 웜 코튼 향이
몽실몽실 피어올랐다. 아침마다 훈련하고 오는 주제에 이런 의외의
향이 나는 건 또 뭔지. 시큼한 땀 냄새만 날 것 같았건만. *아무래도 웜
코튼보단 우드 계열의 향이 더 어울릴 것 같은데….* 잠시 고민하며
우연의 뒤통수를 바라보던 혜민은 이내 자신이 무슨 생각을 하고

있었던 건지 인지하고는 화들짝 놀라며 고개를 도리도리 흔들었다. 태그를 다 잘라 낸 우연이 고개를 들고 의아하다는 눈으로 그녀를 바라보자, 그녀는 혹시라도 우연에 대해 조금이나마 긍정적으로 생각하고 있었다는 것을 들킬까 봐 빠르게 몸을 돌려 교실을 빠져나갔다. 아니, 야구부 주제에 왜 좋은 냄새가 나서 사람 기분을 이상하게 해? 혜민은 웜 코튼 향을 풍기는 그의 뒤통수를 떠올리며 보폭을 점점 늘렸다. 그러나 넓은 보폭을 언제 따라잡은 건지 우연이 자연스레 그녀의 옆에 서서 함께 걷기 시작했다. 열린 복도 창문으로 들어오는 늦은 봄바람, 거기에 맞춰 함께 흩날리는 우연의 향기. 혜민은 괜히 코가 간질거리는 느낌이었다.

"근데 아깐 왜 안 나가겠다고 한 거야?"

코를 간질이던 것이 이젠 바늘이 되어 가슴을 콕콕 찌르는 느낌이 들었다. 혜민은 순수한 얼굴을 하고 있는 우연을 잠시 쳐다보다가 입술을 달싹거렸다. 말해도 넌 이해 못 할 거 아냐. 야구를 좋아하니까. 차마 입이 안 떨어져서 망설이고 있자 우연은 말해 보라는 듯 어깨를 으쓱거렸다.

"… 야구를 싫어하니까."

혜민의 말에 우연이 놀랐는지 눈썹을 들어 올렸다. 많은 의미가 담긴 표정일 것이다. '왜 야구를 싫어하지?'라는 근본적인 궁금증에서부터, '그래도 강철의 손녀인데 어떻게 야구를 싫어하지? 아빠가 야구 선수였는데 그럴 수 있나?'라는 의문까지. 하지만 혜민은 이 모든 질문이 우연의 입에서 나오지 않길 바라고 있었다. 우연이 만약 저런 질문을 한다면 혹시라도 누군가가 듣진 않을까 싶어, 혜민은 걸음을 빨리하면서도 주위를 경계하고 있었다. 그러나 우연은 쩝, 소리를 내며 그럴 수 있다는 듯 고개를 끄덕였다.

"그렇구나."

"… 그게 다야?"

"응?"

"… 아냐."

왠지 우연이라면 더 캐물어 볼 줄 알았는데. 혜민은 속으로 우연을 한껏 의심하던 것이 민망해져서 괜스레 머리카락 끝을 만지작거렸다. 어색한 분위기가 감도는 복도에 예비 종이 울리자 우연은 장비를 챙기러 먼저 가 봐야겠다며 기다란 다리로 복도를 질주하며 사라졌다. 혜민은 그의 뒷모습을 보며 걷다가 잠시 멈춰 섰다. 어쩌면, 목우연이 '비밀'을 지켜 줄 수도 있겠다는 생각이 들었다. 그러나 얼마 지나지 않아 혜민은 고개를 저었다. 괜히 기대하지 말자. 과거에 있었던 일은 언제든 다시 일어날 수 있다. 착해 보이는 목우연이 언제 돌변해서 '비밀'을 떠벌리고 다닐지 아무도 모르는 일이다. 혜민은 아까 예비 종이 울렸다는 것을 떠올리며 다시 부지런히 발걸음을 옮겼다.

혜민이 운동장에 나가 보니 반 아이들은 스탠드에 옹기종기 앉아 있었다. 주위의 눈치를 보며 혜민도 맨 뒷자리에 조용히 착석했다. 이미 무리 지어 앉은 아이들의 사이에 끼어들 용기까진 없었다. 우연은 혜민까지 도착한 것을 확인하곤 예진이 준비해 준 화이트보드를 꺼내 들었다. 그리고 검은 보드 마커로 야구 경기장을 그리기 시작했다. 홈 플레이트[4]에 이어 1루 베이스[5]까지 그린 우연이

---

4 타석 가까이에 위치한 오각형의 판. 주자가 득점하기 위해서는 1~3루를 거쳐 이 판을 밟아야 한다.
5 내야의 모서리 네 개 지점에 고정시켜 놓는 방석이나 판 형태의 물건.

갑자기 아이들을 향해 시선을 돌렸다.

"혹시 1루에서 2루까지의 거리가 얼마나 되는지 아는 사람?"

우연의 질문에 스탠드는 고요해졌다. 우연은 손을 든 아이가 없는지 둘러보더니 어깨를 으쓱 올렸다. 그럴 수 있지, 라는 의미 같았다.

"연습 시작 전에 다 같이 운동장 두 바퀴 뛸 건데, 이 문제 맞히면 뛰는 거 면제해 줄게."

우연의 말에 아이들이 다급하게 오른손을 번쩍 들기 시작했다. 10m, 11m, 20m. 마치 경매라도 하듯 빠르게 변동하는 숫자에 우연은 계속 고개를 도리도리 저었다. *뛰는 걸 면제해 준다니!* 아는 척하고 싶진 않지만, 알고 있다는 걸 들키고 싶진 않지만…. 혜민은 자신이 달리기를 할 때마다 너무나도 느린 속도를 킥킥대며 비웃던 예전 학교의 같은 반 아이들을 떠올리고는, 침을 꿀꺽 삼키며 손을 들었다.

"90ft."

"정답이야."

우연의 말에 모든 아이들의 고개가 혜민을 향해 돌아갔다. 갑자기 몰린 시선에 당황한 혜민의 입에서 헛기침이 터져 나왔다. 우연은 혜민을 바라보고 있는 아이들 몰래 그녀를 향해 엄지손가락을 치켜세웠다.

"m로 환산하면 27.432m가 되는 거지. 1루에서 2루 사이뿐만 아니라 베이스 간의 거리는 다 똑같아. 우리가 공격을 할 때는 최대한 빠른 속도로 베이스 사이를 달려야 하고, 우리가 수비를 할 때는 상대 팀 주자가 베이스에 도착하기 전에 공을 잡고 먼저 베이스를 밟아야겠지?"

우연이 화이트보드에 경기장을 마저 그리며 설명을 이어 나가자 아이들은 자연스레 혜민에게서 시선을 거뒀다. 잠시 경직됐던 그녀의 어깨에서 힘이 풀렸다.

"그래서 우리는 오늘 주자보다 공이 먼저 베이스에 올 수 있도록 송구[6] 연습을 하고, 주자가 약 27m를 좀 천천히 달려도 다음 베이스에 여유롭게 안착할 수 있도록 공을 멀리 보내는 타격 연습을 할 거야."

두 그룹으로 나눠서 동시에 연습을 진행하겠다고 말한 우연은 몸을 풀자며 아이들을 운동장으로 이끌었고, 혜민에게 웃으며 큰 엿을 선사했다.

"그리고 오늘은 시간이 부족하니까 뛰지는 않을 거야."

목우연! 이익. 감히 날 놀려? 우연의 능글맞은 말에 혜민이 주먹을 꽉 쥐었다. 지금 당장이라도 달려가 저 밤톨 같은 머리에 꿀밤을 날리고 싶었다. 하지만 혜민은 그러지 못했다. 주위에 시선이 너무 많았을뿐더러, 진짜로 우연을 때릴 수 있는 패기는 없었으니까. 우연의 리드에 따라 체조 대형을 갖춘 반 아이들 사이에 울며 겨자 먹기로 선 혜민은 어떻게든 목우연에게 복수하리라 다짐했다. 그리고 그녀는 아주 소심한 복수를 생각해 냈다. 바로 그가 무슨 말을 하든 단답으로 대답하는 것. 혜민은 처음으로 그의 뒤통수를 보며 음흉한 웃음을 흘렸다.

"안혜민, 너는 캐치볼부터 할래?"

"어."

"저기 파마한 애 보이지. 쟤랑 하면 돼."

---

6 같은 편 선수에게 공을 던져 보내는 것.

"어."

하지만 우연은 혜민의 단답에 신경 쓸 겨를이 없다는 듯 혜민에게 캐치볼 짝꿍을 정해 주고 나서 빠르게 다른 아이들이 있는 곳으로 이동했다. 그런 우연의 뒷모습을 보며 혜민이 입을 비죽거렸다. 혜민은 낡아 빠진 학교 공용 글러브를 장비 상자에서 꺼냈다. 한 10년은 묵은 듯한 꿉꿉한 냄새가 풍겨 와 미간을 찌푸리는데 파마머리 여자아이가 다가와 고무공을 혜민에게 건네곤 몇 발자국 물러섰다. 던지라는 듯 글러브를 까닥까닥하는 파마머리. 혜민은 '상대가 우연이었다면 대충 할 수 있었을 텐데.'라는 생각을 하며 최대한 열심히 연습하는 것처럼 보이기 위해 공을 던졌다. 몇 번 공이 왔다 갔다 했을 즈음, 파마머리는 혜민과의 거리를 더 벌려도 좋겠다고 생각했는지 뒤로 더욱 물러섰다. 흥, *캐치볼 하는 법은 잘 알려 줬나 보네.* 혜민은 배팅 티 앞에 모여 있는 아이들에게 타격 방법을 열심히 설명하는 우연을 힐끔 쳐다보다가 다시 시선을 파마머리에게로 돌렸다. 10분 정도 흘렀을까, 캐치볼을 하는 아이들 사이의 거리가 꽤 벌어졌다. 그에 따라 공을 제대로 던지지 못하는 아이, 혹은 공을 제대로 받지 못하는 아이가 점점 늘어났다. 혜민의 짝꿍인 파마머리도 마찬가지였다. 던지는 공마다 혜민의 키를 넘어서는 바람에 혜민은 공을 쫓아가는 강아지처럼 몇 번이고 뒤쪽을 향해 뛰어다닐 수밖에 없었다. 파마머리가 의도한 것은 아니었을 테지만 계속해서 뒤로 빠지는 공 탓에 혜민의 체력은 이미 바닥이 나 있었다. 열정이 넘치던 파마머리의 얼굴에 점점 미안함이 물들어 갔다. 결국 한 번 더 공이 빠졌을 때 파마머리가 혜민 쪽으로 달려오며 외쳤다.

"내가 주울게!"

"아냐."

혜민은 파마머리의 제안을 거절하고 직접 공을 줍기 위해 한 발 내디뎠지만, 이미 체력을 소진해서일까. 다리가 맥없이 풀려 풀썩 주저앉고 말았다. 파마머리는 미안한 듯 어색한 웃음을 짓고 공을 줍기 위해 혜민을 지나쳤다. 기왕 앉은 거 좀 쉬자 생각하며 혜민은 주위를 돌아봤다. 혜민이 있는 곳 근처에서는 아이들이 정신없이 캐치볼을 하고 있었고 우연은 배팅 연습을 하는 아이들을 봐주고 있었다. 아이들의 웃음이 가득한 운동장. 그리고 빠르게 뛰는 혜민의 심장 소리. 솔솔 불어오는 바람. 배트를 돌리는 방법을 알려 주기 위해 열심히 움직이는 우연의 스포츠머리. 예전 학교에서는 느껴 본 적 없던 묘한 감정들. 그녀의 마음 안에서 무언가가 몽글몽글 피어오르는 느낌이었다. 혜민의 눈길이 우연에게 머물러 있는데 우연이 그녀를 향해 몸을 돌렸다. 허공에서 맞닿은 시선. 멈칫한 우연이 입꼬리를 씨익 올렸다.

"캐치볼이랑 배팅 연습 그룹, 이제 자리 바꿀까?"

우연의 말에 공을 줍느라 힘이 다 빠졌던 아이들이 기쁨의 탄성을 내질렀다. 배팅 연습을 하던 아이들은 몇 번 쳐 보지 못했다며 아쉬운 표정을 지었지만, 우연은 다음에 또 연습할 수 있을 거라고 그들을 달래며 등을 떠밀었다. 혜민은 곡소리를 내며 일어나 우연이 서 있는 곳으로 터덜터덜 걸어갔다. 점심시간을 앞둔 4교시의 운동장에 내리쬐는 햇볕은 너무나도 뜨거웠다. 혜민은 땀범벅이 된 얼굴을 손등으로 닦으며 다음 연습에는 어떻게든 기필코 빠지리라 다짐했다. 무슨 핑계를 대서라도 빠지고 말 것이다. 갑자기 운동했더니 몸이 말을 듣지 않는다. 내일이 오면 근육통에 시달릴 것이 뻔했다. 그런데도 이토록 즐겁게 연습하다니. 다들

야구에 미친 게 분명해…. 그 순간 날카로운 비명 소리가 운동장에 울려 퍼졌다. 심지어 한 명의 목소리도 아니었다. 누가 다치기라도 한 걸까, 혜민이 고개를 돌리려는데 갑자기 웜 코튼 향이 혜민을 덮쳤다. 꿈뻑. 혜민의 눈앞에 남색 체육복이 아른거렸다. 무슨 상황인지 파악하기도 전에 등의 통증을 느낀 혜민의 입술 사이에서 신음이 새어 나왔다. 주위가 소란스러워졌다. 웜 코튼 향은 여전히 혜민의 코를 간지럽혔다. 남색 체육복은 점점 멀어지고 땀범벅이 된 우연의 얼굴이 시야에 들어왔다. *뭐지. 왜 갑자기 이런….* 꿈뻑, 꿈뻑, 꿈뻑. 혜민의 눈꺼풀이 빠르게 움직였다. 왜 혜민은 운동장에 드러누워 있고, 우연은 그런 혜민 위에 올라타고 있는 걸까. 너무 당황한 나머지 그녀는 우연을 밀치겠다는 생각조차 하지 못했다. 우연밖에 없었던 혜민의 시야 안에 갑자기 많은 아이들의 얼굴이 들어왔다. 동그랗게 모인 아이들이 혜민을 내려다보고 있었다. 꿈인가? 그녀가 서서히 몸을 일으키자 아이들이 동시에 안도의 한숨을 내쉬었다. 우연의 꾹 다물어진 입술이 벌어지려는 찰나에 저 멀리서 예진의 화난 목소리가 들려왔다.

"야! 사람 있는 쪽으로 공을 던지면 어떡해!"

그 말을 듣고 나서야 알 수 있었다. 누군가가 실수로 던진 공에 맞을 뻔한 혜민을 우연이 구해 주었다는 것을. 먼저 일어선 우연은 혜민의 팔을 잡고 그녀를 거의 억지로 일으켰다. 아직도 멍하니 있는 혜민을 보던 우연은 그녀의 등에 묻은 잔디를 말없이 탈탈 털기만 했다.

"괜찮아?"

처음 연습을 시작했을 때부터 아이들이 놓친 공을 열심히 줍고 다니던 예진이 공을 잔뜩 품에 안은 채로 혜민을 향해 달려왔다.

걱정하는 건가? 괜찮냐는 예진의 말에 혜민이 쭈뼛거리며 고개를
끄덕이자 예진은 긴장이 풀렸는지 품에 안고 있던 공을 바닥으로
와르르 쏟아 냈다. 그리고 공을 던진 덧니를 향한 그녀의 본격적인
잔소리가 시작되었다. 그러나 혜민에게는 바로 옆에서 쏘아 대는
예진의 목소리가 하나도 들리지 않았다. 아직도 일렁이는 웜 코튼
향에 목덜미가 간지러웠다. 자신의 앞에 아무 말도 하지 않고 서
있는 우연의 굳은 표정에 발끝이 찌릿했다. 우연이 아니었다면 공에
뒤통수를 맞았을지도 모른다. 전학 온 지 이틀 만에 병원으로 실려
가는 폭풍의 전학생이 되었을지도 모른다. 그 생각에 오스스 소름이
돋았다.

"고, 고마워."

혜민이 떨리는 목소리로 말하자 그제서야 표정이 조금 풀린
우연이 아무 일도 없었다는 듯 싱긋 웃었다. 혜민의 머리카락에
붙은 마지막 잔디 조각을 마저 떼어 낸 그는 아이들에게 다시
연습하자고 제안하며 분위기를 풀었다. 그의 말에 혜민의 안색을
힐끗힐끗 살피던 아이들이 조용히 자신의 자리로 돌아갔다. 혜민도
타격 연습을 위해 줄을 서려고 움직이는데 예진이 덧니를 끌고
다가와서는 그의 뒤통수를 꾸욱 눌렀다. 덧니의 허리가 폴더 폰처럼
폭 접혔다.

"미안합니다…."

"크게 말해."

덧니가 웅얼대자 예진이 냉정히 그에게 속삭였다. 덧니는 풀썩
무릎을 꿇고는 두 손을 모았다.

"미안. 땀 때문에 손에서 공이 빠져서."

"괜찮아."

혜민의 말을 듣고도 여전히 풀이 죽어 있던 덧니는 다시 예진에게 잡혔다. 예진은 잔소리를 끝내지 않을 기세였다. 덧니의 목덜미를 붙잡아 끌고 가는 예진과 터덜터덜 끌려가는 덧니의 우스꽝스러운 뒷모습을 본 혜민은 살짝 웃음이 새어 나왔다.

수업이 모두 끝난 뒤 교실을 빠져나가려던 혜민의 가방을 우연이 붙잡았다. 휘청! 혜민은 중심을 잡고 고개를 홱 돌려 우연을 쏘아봤다. 우연이 멋쩍게 웃으면서도 그녀의 가방을 놓지 않은 채로 물었다.

"야자 안 해?"

"뭔 상관이야."

혜민의 까칠한 말에 우연이 민망한 듯 입꼬리를 들썩거렸다. 혜민이 덧붙인 말에 우연은 왜 그녀가 날카롭게 대답했는지 알 수 있었다.

"거짓말쟁이야."

뛰는 걸 면제해 준다고 해 놓고, 아예 뛰지도 않다니. 내가 얼마나 용기를 내서 그걸 말했는지도 모르면서. 목우연은 바보야. 혜민이 눈을 가늘게 뜨고 우연을 노려보았지만 우연은 헤헤 웃으며 그녀의 가방을 조금 당겼다.

"야자 안 할 거면 나랑 저녁 먹을래?"

"내가 왜?"

혜민이 차갑게 묻자 우연은 주위를 둘러보더니 지나가는 학생들이 듣지 못할 작은 목소리로 그녀에게 속삭였다. 강철의 손녀. 그 말이 끝나자 혜민은 가방을 잡고 있던 우연의 손을 강하게 뿌리치고 우연의 등 뒤로 가서는 양손으로 그의 등을 밀기 시작했다.

"가! 간다고!"

"알았어. 밀지 마."

우연은 혜민에게 밀리면서 킥킥댔다. 혜민은 그 표정이 매우 얄밉게 느껴졌다. 정말이지 어제 싸운 건 기억도 안 나나, 아까 안 뛰게 해 준다는 거짓말로 날 속인 것도 마음에 안 걸리나. 공에 맞지 않게 도와준 건 고맙지만, 왜 자꾸 나한테 이러는 건지….
자신의 단골집이라고 우연이 자랑스레 소개하며 데려간 무한 리필 고깃집. 자욱한 연기에 혜민이 미간을 찌푸리며 손을 휘휘 흔드는데 주방에서 나온 아줌마가 우연을 발견하고 달려와 그의 등짝을 두어 번 내리쳤다. 으악 소리를 내며 몸을 비트는 우연을 웃으며 바라보던 아줌마는 옆에서 인상을 쓰고 있는 혜민을 발견했다. 아줌마는 우연과 혜민을 몇 번 번갈아 보더니 우연을 향해 음흉한 웃음을 지음과 동시에 한쪽 눈썹을 치켜올렸다.

"오랜만에 온다 했더니 여자 친구까지 데려왔네."

"아, 여자 친구 아닌, 악! 아니에요!"

여유롭게 부정하는 우연의 발을 혜민이 콱 밟자 우연은 큰 목소리로 우렁차게 부정했다. 아줌마는 알겠다며 그들을 테이블로 안내했고 혜민은 자리로 이동하면서 아줌마의 뒤통수를 째려보았다. *누가 이런 감자 같은 애랑….*

"많이 먹어!"

시키지도 않은 병 음료를 테이블에 탕 올려 둔 아줌마는 다시 주방 안으로 사라졌다. 아직도 주방을 노려보는 혜민을 두고 우연은 셀프 바에 가서 삼겹살과 목살을 3층씩이나 쌓아 올린 접시를 들고 돌아왔다. 불판 위 허공에 손을 올려 예열이 됐는지 확인한 우연은 삼겹살 네 줄을 먼저 올리고는 어디선가 앞치마를 가져와 혜민의 목에 탁 걸더니 자신도 앞치마를 걸치고 다시 자리에 앉았다.

치이익, 맛있게 익는 소리가 요란한데 혜민은 고기에 눈길 한 번 주지 않고 팔짱을 낀 상태로 우연을 거의 쏘아보다시피 쳐다보고 있었다. 이 탄 감자가 도대체 무슨 얘길 하려고 여길 데려왔을까. 협박이 안 통할 것 같으니, 회유책을 쓰려고? 아니면 아까 구해 준 걸 빌미로 우리 아빠를 만나 보려고 그러나? 치사하긴. 하지만 우연은 그녀의 시선을 느끼면서도 열심히 고기를 뒤집고, 자를 뿐이었다. 노릇노릇하게 삼겹살이 익자 우연은 혜민의 앞접시에 고기 몇 점을 올려 주더니 불판에 남아 있던 고기와 깻잎으로 야무지게 쌈을 싸서 자신의 입에 구겨 넣었다. 웃을 때 찢어지는 입꼬리를 보며 입이 크다는 생각은 했지만, 저 크기의 쌈이 한 번에 들어가다니. 혜민의 입이 자신도 모르게 조금 벌어졌다.

"아어어?"

"다 씹고 말해."

혜민의 말을 들은 우연이 빠르게 씹기 시작했다. 그는 입안에 든 것을 꿀꺽 삼키고 다시 물었다.

"안 먹어?"

"… 왜 데려온 건데? 니 먹는 거 구경하라고?"

"아니, 같이 밥 먹자고."

"난 먹을 생각 없었는데 니가 협박해서 데려온 거잖아."

"협박이라니, 섭섭한 소릴. 나 오늘 너 구해 줬다? 기억하지?"

으! 치사한 자식! 도와준 걸로 생색내는 것도 어떻게 보면 협박이거든? 혜민이 입을 꾹 다물고 이를 갈았다. 하지만 우연은 불타고 있는 혜민의 얼굴을 보면서도 아무렇지 않은 듯 어깨를 으쓱였다. 그리고 곧 딱! 병따개로 음료 뚜껑을 딴 우연은 배시시

웃으며 탄산음료를 종이컵에 따라 혜민 쪽으로 밀어 주었다. 혜민은
종이컵을 들 생각도 안 했고 우연은 목살과 삼겹살을 다시 불판에
올리며 입을 열었다.

"음…. 왜인지는 모르겠지만, 너는 '강철의 손녀'인 걸 숨기고
싶은 거잖아?"

"야. 목소리 안 낮춰?"

혜민이 다급하게 주위를 둘러보고 우연을 다그쳤다. 하지만
식당에 있는 다른 사람들은 식사에 정신이 팔려 있었다. 혜민이
안도하며 우연을 째려보았다. 우연은 고기를 한 점 더 입에 넣고
빠르게 씹은 뒤 다시 입을 열었다.

"왜인지 물어봐도 돼?"

"…."

"싫으면 어쩔 수 없지만."

우연은 혜민의 대답을 기다리지 않고 열심히 고기를 구웠다.
말하고 싶지 않으면 하지 않아도 된다는 암묵적인 신호 같았다.
'비밀'을 숨기는 이유를 말한다면 우연은 과연 어떻게 대꾸할까?
겨우 그런 거 때문에 숨겨 왔냐고 비웃을까. 아니면 '비밀'을
지키는 것을 도와준다고 할까. 고기를 뒤집는 우연의 손을 따라
시선을 옮기며 혜민은 생각했다. 목우연이라면, 기대를 해도 좋을
것 같다고. 오늘 하루 동안 우연에겐 혜민의 '비밀'을 말할 기회가
많이 있었다. 특히나 티볼 연습 시간에는 더더욱. 하지만 우연은
어제오늘 입에 달고 다니던 '강철의 아들'을 단 한 번도 입 밖으로
꺼내지 않았다. 혜민은 결국 자신의 약점을 우연에게 말하겠다고
다짐했다. 어쩌면 목우연은 나의 약점으로 나를 공격하지 않고, 다른
아이들에게 친절하게 대해 주듯이 나를 도와줄지도 모르니까.

"친구를 사귀고 싶었거든."

그렇게 혜민은 지금까지 있었던 일들을 우연에게 털어놓기 시작했다. 아주 어렸을 적 아빠를 보기 위해 야구장에 간 날로부터 시작된 이야기였다. 민성이 홈런을 치자 야구장 카메라는 세리머니를 하며 홈으로 들어오는 민성과 기뻐하고 있는 그의 아내와 딸을 번갈아 비췄다. 그리고 인터넷엔 삽시간에 혜민의 얼굴이 퍼졌다. '강철의 손녀'라는 타이틀이 달린 채로. 맨 처음엔 그 타이틀이 싫지 않았다. 아빠가 '강철의 아들'이라는 멋있는 별명을 가지고 있다니. 덩달아 나도 그런 별명을 가지게 되다니. 어렸던 혜민은 그 이름의 무게를 몰랐다. 커 가며 많은 사람들을 만나게 되고 나서야 비로소 깨달았다. '강철의 아들'은 칭찬이 아니다. 아빠가 수행해야 할 하나의 과업일 뿐. 그리고 '강철의 손녀'인 그녀 또한 민성의 과업이 되어 있었다. 그의 성적이 나쁜 날엔 인터넷 기사에 댓글이 주르륵 달렸다. 그렇게 하면 연봉 삭감이다, 분윳값은 벌어야지, 딸은 어떻게 키우려고 저러는 거냐. 장난스런 댓글들이었겠지만 사춘기에 이제 막 접어든 혜민에겐 장난으로 받아들여지지 않았다. 괜히 민성에게 틱틱대고, 야구 선수를 그만두면 안 되겠냐고 투정 부리기도 했다. 그러나 혜민의 바람과는 다르게 민성은 야구를 그만두지 않았다. 오히려 보란 듯이 모두에게 인정받는 선수가 되어 가고 있었다. 커리어가 화려해질수록 민성은 집에 잘 들어오지 않았고, 혜민이 아빠와 함께 있는 시간은 줄어들었다. 집엔 아빠가 없는데, 밖엔 아빠를 아는 사람이 수두룩했다. 아빠는 날 신경 써 주지 않는데, 나에게 다가오는 사람들은 아빠만 신경 쓸 뿐이었다. 지난날을 띄엄띄엄 떠올리며 차분히 말하던 혜민은 점점 입안이 써지는 것을 느꼈다.

그녀는 우연이 준 탄산음료를 한 모금 마시고 이야기를 마쳤다. 우연은 그녀의 말이 끝난 뒤에도 한참 동안 입을 열지 않았다. 괜히 얘기한 걸까. 혜민이 시선을 떨구는데 우연의 목소리가 들려왔다.

"어쨌든, 애들이랑 친하게 지내고 싶다는 거잖아."

"… 그렇지."

"그러면 애들 사이에서 튀는 행동은 최대한 안 하는 게 좋지 않을까? 티볼 대회에 참여하기 싫다고 말하는 그런 거 말이야."

"하기 싫다고 안 했거든."

혜민이 우연을 쏘아보며 말했다. 오히려 말하고 싶었지만 눈치 보느라 말하지 못했는데, 무슨 소리인가. 그러나 우연은 고개를 도리도리 저었다.

"안 나가겠다고 했었잖아. 그게 하기 싫다는 거지. 운성고 애들은 어쩔 수 없이 티볼 대회에 진심이야. 지루한 학교생활을 견디게 해 주는 단비 같은 행사잖아. 네가 개인행동을 하면 할수록, 애들이 더 널 불편해할지도 모르지."

"'비밀'만 지켜지면, 다 괜찮을 거야."

혜민의 말에 우연이 쓴웃음을 지었다. 혜민은 아무튼 이 상황이 야구와 '비밀' 때문이라고 생각하고 싶어 하는 것 같았다.

"네가 입만 안 열면, '비밀'은 계속 유지될 거야."

혜민이 날카롭게 말하자 우연이 고기를 뒤집으며 씩 웃었다.

"너 하는 거 보고."

"뭐?"

우연은 농담조로 말을 뱉었다가 삽시간에 굳어지는 혜민의 표정을 보며 아차, 했다. 내 입장에선 농담이었지만 안혜민에겐 아닐 수 있을 텐데. 과거 얘기를 꺼내는 사이 혜민은 조금 후련하단 얼굴을 했는데 우연이 어버버거리는 동안 그녀의 표정은 다시 싸늘히 변해 있었다. 마치 며칠째 밥을 주면서 친해진 고양이가 한 번 실수로 발을 만졌다는 이유로 다시 털을 세우며 뒷걸음질 치는 것을 보는 기분이었다. 우연은 바보 같은 농담을 한 자신을 원망하며 말을 돌리기로 했다.

"나는 어릴 때부터 안민성 선수를 좋아했어. 어…. 내가 좋아하는 팀이 처음 우승했을 때 한국 시리즈 MVP이기도 했고…. 나랑 좀 비슷한 것 같아서."

혜민은 우연의 마지막 말에 경악했다. 우연과 민성이 비슷하다니! 전혀! 혜민은 늘 아빠 때문에 곤란해졌다며 아빠를 원망했지만, 그것과는 별개로 민성은 꽃미남 선수로 워낙 유명했다. 우연이 훈훈하게 생긴 건 맞지만, 둘의 외모가 전혀 다른 결에 속한다는 점은 확실했다. 우연은 그녀의 표정에서 생각을 읽었는지 집게를 들고 있던 손을 급하게 저었다.

"생긴 거 말고! 그냥 배경이라든지 그런 거 있잖아."

"배경?"

"안민성 선수도 고딩 때까지는 빛을 못 보다가 연습생 신분에서 차근차근 올라가더니 영구 결번까지 된 거잖아."

"너도 그럴 거라는 얘기야?"

"그냥…. 포지션도 같고, 고향도 같고, 모교도 같고, 학창 시절 스토리가 나랑 비슷하다 보니 운명처럼 좋아하게 됐단 소리야. 덕분에 난 1루수 말곤 생각도 안 해 봤어."

혜민의 표정이 살짝 구겨졌다. 이상하게 저 말이 왜 이리 불편한지. 1루수 말곤 생각도 안 해 봤다니, 만년 벤치 멤버라면 어느 포지션이라도 감사히 뛰어야 하는 거 아닌가? 그녀의 표정을 살핀

우연이 말을 이었다.

"물론 내가 무조건 안민성 선수처럼 잘될 거라는 보장은 없지."

"…."

"그치만 안민성 선수가 있기 때문에 내가 지금까지 야구를 할 수 있었던 거야. 초등학생 시절부터 야구하면서 한 번도 선발 라인업에 든 적이 없었으니까 솔직히 포기하고 싶을 때도 있었는데, 안민성 선수를 보면 그런 생각이 싹 사라지는 걸 어떡해."

소개팅에서 이상형이라도 만난 것처럼 얼굴을 붉히며 수줍어하는 우연을 보며 혜민은 계속 입을 다물고 있을 수밖에 없었다. 아무리 혜민이라도, 조심스레 자신의 꿈을 말하는 그에게 넌 안민성이 아니니 정신 차리라고 말할 수는 없었다. 하지만 뭘까, 이 찜찜함은. 혜민은 원인을 알 수 없는 불쾌감을 떨치기 위해 최대한 우연의 심정을 이해해 보는 방향을 선택했다. 만년 벤치 신세, 목우연이 안민성이라는 존재를 동경하는 것은 아주 당연하다. 포기하고 싶을 때마다 어떻게 버텼는지, 어떻게 불확실한 미래를 믿고 도중에 그만두지 않았는지, 전부 묻고 싶은 거겠지.

"그러니까, 학교에 소문내겠다는 건 간절해서 급하게 튀어나온 말이었어. 미안해. 진심은 아니야. 너무… 걱정은 안 해도 돼. '비밀' 지킬게."

내가 그 말을 어떻게 믿어? 아까는 '하는 거 보고 생각해 본다'고 했으면서. 혜민은 목 끝까지 차오른 말을 애써 속으로 넘기며 탄산음료를 한 모금 마셨다. 따가운 느낌이 목구멍을 기분 나쁘게 스쳐 지나갔다. 미간을 찌푸리는 혜민을 바라보던 우연은 열심히 구운 고기를 혜민의 앞접시에 쌓아 올리기 시작했다. 하지만 혜민은 낮게 한숨을 쉬고는 한 조각도 집어 먹지 않았다.

"고기를 별로 안 좋아하나 보네…. 다음에는 떡볶이 먹으러 가자."

우연은 여전히 깨끗한 혜민의 젓가락을 보며 말했다. 예진은 떡볶이라면 종류를 가리지 않고 좋아하니, 혜민도 그렇지 않을까 싶어서 꺼낸 말이었다. 하지만 달싹거리는 혜민의 입술 사이에서 나온 말은 우연이 기대했던 대답은 아니었다.

"… 니나 가라고."

*

티볼 대회 1일 차, 전교생이 모두 편한 체육복을 입고 운동장에 와글와글 모였다. 기분 좋은 바람이 불어오는, 티볼 대회가 열리기 딱 좋은 날이었다. 몇몇 여학생들은 야구부에 좋아하는 애라도 있는지 연예인 팬처럼 플래카드를 만들어 들고 다녔다. 대부분 박지수의 이름이 쓰여 있었지만, 혜민과 우연이 속한 2학년 8반 아이들 중의 몇 명은 우연의 기를 살려 주겠다고 그의 이름이 적힌 플래카드를 들고 다니기도 했다. 8반 아이들 사이에 홀로 덩그러니 서 있는 혜민의 옆에서 툴툴대는 덧니의 목소리가 들렸다.

"아, 이틀만 하는 거 솔직히 아쉽다. 한 3일은 해야 해. 그치?"

"미쳤냐? 애들 통제하는 게 얼마나 힘든데."

"16강만 하루 종일 하잖아. 3학년은 참가 안 하는데도 반이 너무 많아."

혜민은 덧니와 예진이 나누는 대화를 들으며 진땀을 흘렸다. 3일? 이틀 하는 것도 이렇게 싫은데, 3일이라니. 상상만 해도 끔찍했다.

"오늘 이기면 내일 8강전을 어느 반이랑 하려나. 이따 대진표 확인해야겠다."

덧니가 건들거리며 승리를 확신하는 투로 말했다. 2학년 8반의 목표는 16강 통과다. 첫날 떨어지면 다음 날부터는 얄짤없이 남의 반을 억지로 응원해야 한다. 남의 반을 향해 의미 없이 박수를 쳐 주며 앉아 있는 것은 이 단비 같은 행사에서 절대로 해선 안 되는 일이었다. 혜민은 자신을 제외한 8반 전원의 눈에서 불꽃이 타오르고 있는 것을 보며 긴장했다.

"오늘 선발 라인업은 단톡에 올라간 명단대로 할게. 그리고 지치거나 다치는 애들 있으면 그때그때 한 명씩 교체해 줄 테니까 너무 재촉하거나 시무룩해하지 마."

우연이 맨 앞에 서서 아이들을 다독이며 말했다. 그러더니 불쑥 오른손을 손등이 보이게 내밀었다. 아이들은 우연의 의도를 알아챘는지 차곡차곡 그의 손 위에 자기 손을 올렸다. 우연은 왼손으로 혜민의 옷자락을 당겼다. 우연을 잠시 째려본 혜민은 못 이기는 척 우연의 손 바로 밑에 손을 끼워 넣었다. 우연의 목소리에 맞춰 아이들이 파이팅을 외치며 손을 하늘로 뻗은 순간, 혜민은 손을 들지 않고 뒤로 빼려 했지만 우연이 그녀의 손을 덥석 잡고 위로 뻗었다.

"열심히 하자!"

우연에게 손을 잡힌 혜민은 종이 인형처럼 휘청였다. 표정은… 좋아 보이지 않았다.

"놔."

심상치 않은 그녀의 목소리에 우연은 곧바로 손을 놓았다. 흩어진 아이들은 좀비처럼 그늘을 찾아가 옹기종기 모여 앉기 시작했다. 혜민은 아이들과 너무 멀지도, 그렇다고 아이들이 눈치챌 만큼 가깝지도 않은 곳을 찾아가 홀로 털썩 앉고는 주머니에서 휴대용 선풍기를 꺼냈다. 사실 16강에서 떨어지든 말든 혜민은 상관없었다. 16강에서 떨어지면 경기에 나갈 일이 없어지니 그편이 더 좋기는 했다. 하지만 이런 말을 한다면 아이들의 따가운 눈총을 절대 피할 수 없을 것이고, 속마음까지 이야기할 친구는 없었기에 혜민은 조용히 운동장만 바라보고 있었다.

"마셔."

뒤에서 다가온 우연이 혜민의 어깨 너머로 탄산음료를 내밀었다. 캔이 살에 닿지도 않았는데 냉기가 느껴졌다. 혜민은 고개를 반대쪽으로 돌렸다. 우연은 머쓱한지 작게 웃으며 혜민의 옆에 털썩 앉았다.

"왜 여기로 와? 니 친구한테나 가."

"친구잖아."

"친구는 협박 안 해."

혜민이 입을 비죽거리며 말하자 우연은 그녀의 손에 굳이 탄산음료를 쥐여 주었다. 혜민이 음료수 캔을 보며 의아한 표정을 짓고 있을 때, 덧니와 예진이 둘을 향해 다가왔다.

"뭐야! 목우연, 너 애 좋아하냐? 말로만 듣던 체육 대회 날에 탄산음료 주고 끼 부리기?!"

덧니가 흥분했는지 우연과 혜민을 검지로 번갈아 가리키며 목소리를 높였지만 예진이 덧니의 옆구리를 꽈악 꼬집자 곧 그 목소리는 비명으로 변했다.

"안혜민. 은지가 깁스 풀었다고 후보에서 너 빼고 자기 이름 넣어도 된대. 어떡할래?"

"… 됐어."

예진의 말에 혜민은 얼마 전 움츠린 채로 기죽어 있던 은지의 뒷모습을 떠올렸다. 깁스 풀었다고 다 나은 것도 아닐 텐데. 혜민은 손을 휘휘 저으며 거절했다. 예진은 혜민의 입에서 의외의 말이 나오자 어깨를 으쓱였다. 당연히 옳다구나, 할 줄 알았는데. 예진이 혜민의 옆에 털썩 앉았다. 예진의 행동에 혜민은 살짝 놀랄 수밖에 없었다. 나를 마음에 안 들어 하는 줄 알았더니. 어색한 분위기 속의 정적을 우연의 목소리가 깨트렸다.

"너 근데 왜 점심 안 먹어?"

하필 골라도 그런 주제의 질문을! 혜민은 우연이 원망스러웠다. 자신을 째려보는 혜민의 눈빛을 눈치챈 우연이 머쓱하게 웃으며 혜민이 전학 온 첫날처럼 주절거렸다.

"아니, 급식실 갈 때마다 네가 안 보이더라고."

"뭐? 너 점심 안 먹어?"

어느새 우연의 말에 한마디씩 얹기 시작한 예진. 덧니는 예진이 혜민의 옆에 앉자 갈 곳을 잃었는지 주위를 두리번거리다가 그들의 앞에 앉았다. 혜민이 전학 온 이후, 처음으로 그녀의 주위에 우연만이 아닌 다른 사람들이 모인 것이다. 혜민은 발등이 살짝 간지러웠다. 하지만 그 느낌을 제대로 곱씹을 새도 없이 우연의 말에 뭐라도 대꾸를 해야 했다. 점심을 왜 안 먹냐니.

"다이어트."

혜민은 친구가 없어서, 라고는 죽어도 대답하고 싶지 않았다.

"뭐? 네가 뺄 곳이 어디 있다고?"

예진이 기겁을 하며 물었다. 그냥 뭐…. 말끝을 흐리는 혜민의 얼굴을 말없이 보던 우연은 아차 싶었다. 떠올려 보면, 혜민의 주위에는 늘 아무도 없었다. 점심을 먹기 싫어서 안 먹는 게 아니라 친구가 없어서 못 먹는 거였나? 심지어 점심시간엔 자신마저도 다른 친구들과 어울려 급식실로 향했다. 혜민이 혼자라는 걸 알면서 이 주제를 꺼내다니. 바보 같은 목우연. 자신의 뺨을 한 대 갈기고 싶었다. 우연이 혜민의 가는 손목을 보며 입술을 잘근 씹는데 예진이 다시 혜민에게 말했다.

"안 돼. 우리 경기는 점심시간 이후니까 꼭 점심 챙겨 먹어야 해. 알겠어?"

"어차피 난 후보인데."

"인생은 어떻게 흘러갈지 모르는 거야. 맘처럼 되는 게 아니란다? 후보였던 네가 갑자기 그라운드에 던져질 수도 있는 거라구."

사뭇 진지한 표정을 지으며 말하는 예진을 보다가 혜민은 또 최악의 상황을 떠올렸다. 학생들이 바글거리는 식당에서 혼자 밥을 먹는 것보단 안 먹는 게 나았다. 그런 생각을 하며 혜민이 대답을 미루자 우연이 혜민의 어깨를 탁 하고 잡고는 말했다.

"내가 책임지고 먹일게."

"좋아. 내가 끌고 가고 싶은데 난 급식 당번이라 미리 가 있어야 해서 그럴 수가 없네. 괜찮아. 네가 안 먹는다고 하면 목우연이 들쳐 업고서라도 널 데려오겠지."

"됐어."

혜민의 짧은 대답에 순간 네 사람 사이에서 정적이 흘렀다. 혜민이 또 무안을 준다고 생각한 덧니가 뭐라 따지려는 순간,

"먹으면 되잖아. 뭘 끌고 가기까지 해."

툭 대꾸한 혜민의 귀가 남몰래 화르륵 불타올랐다. 다시 발등이

간지러워졌다. 혜민은 우연이 '비밀'을 발설할까 봐 언제나 긴장
상태였지만, 친구들과 평범한 대화를 나누는 일이 우연 덕분에
가능했다는 것은 알고 있었다. 혜민은 괜히 휴대용 선풍기에 얼굴을
파묻었다. 바람 소리와 함께 어디선가 환호성이 들려왔다. 덧니와
예진이 소리가 난 방향을 향해 고개를 돌렸다. 예진이 말했다.

"박지수 홈런 쳤나 보다."

덧니가 대꾸했다.

"난 쟤 싫어."

"쟨 너의 존재도 몰라."

개인감정이 다분히 섞인 덧니의 말에 예진이 정색하며 일침을
가했다. 그러나 덧니는 웬일로 흥분하지 않고 바닥에 박힌 잡초를
뽑으며 중얼거렸다.

"쟤 때문에 목우연이 주전도 못하잖아."

말도 안 되는 소리였다. 사실 우연과 혜민 그리고 예진, 심지어
덧니마저도 그건 틀린 이야기라는 것을 알고 있었다. 하지만 덧니는
워낙 자신의 주위 사람들을 싸고도는 편이기 때문에, 늘 주전 자리를
꿰차고 있는 지수를 마음에 들어 하지 않았다. 우연의 눈치를 살핀
예진이 덧니를 발로 밀었다. 데구르르 구른 덧니도 우연의 표정을
살폈다. 그러나 우연은 두 사람을 향해 싱긋 웃었다.

"아냐, 내가 부족해서 그래."

말을 끝낼 즈음에 목소리가 갈라졌다. 그는 자신의 옆에 있던
생수를 한 모금 마시고는 어깨를 한 번 으쓱거렸다. 우연은 내색한
적 없었지만 덧니의 말에 나름 자주 위로를 받았다. 지수와 자신을
같은 선상에 놓고 비교라도 해 주는 사람은 덧니밖에 없었다.

혜민은 아까 덧니와 예진이 바라보았던 곳을 향해 고개를

돌렸다. 다른 아이들보다 머리 하나는 더 큰 것 같은 지수가 우뚝 서 있었다. 땀을 닦아 내는 그를 보며 혜민은 생각했다. 재구나, 운성고 주전 1루수가.

티볼 대회 첫날 일정이 끝났다. 2학년 8반의 상대 팀은 야구부원이 한 명도 없는 반이었기 때문에 일주일간 우연의 코치 내용을 조금이나마 습득하고 열정적으로 연습했던 아이들은 어렵지 않게 16강을 통과할 수 있었다. 혜민은 점수가 날 때마다 작게 박수를 친 것밖에 한 게 없었지만, 왜인지 모르게 피곤했다. 혜민이 집에 갈 생각으로 교문을 향해 걸어가는데 우연이 나타나 앞을 막았다. 그의 뒤엔 예진과 덧니도 함께 있었다. 혜민의 얼굴에 어리둥절한 표정이 떠오르자 우연이 말했다.

"다음엔 떡볶이 먹으러 가자고 했었잖아."

결국 얼떨결에 혜민은 그들 사이에 껴서 떡볶이집으로 향하게 되었다. 근처 맛집에 간다더니, 충청도에서 무려 서울까지 버스를 타고 가서야 분식집 앞에 도착할 수 있었다. 심지어 버스 터미널에 내릴 무렵부터 미친 듯이 비가 쏟아지는 바람에 네 사람은 편의점에서 산 우산 두 개를 나눠 써 가며 힘겹게 이곳으로 왔다. 한눈에 봐도 사람이 바글바글한 분식집. 혜민은 고개를 들어 간판을 쳐다봤다. '또와분식'. 떡볶이 하나 때문에 서울까지 오다니…. 하지만, 나쁘진 않네. '친구'와 하교 후에 평범하게 떡볶이를 먹는다는 게. 혜민은 괜히 손가락이 간질거리는 기분이었다.

"1 소원 1 메뉴."

혜민이 성의 없는 말을 던지고 가는 주인 할머니의 뒤통수를 의아하게 바라볼 즈음에 예진과 덧니는 떡볶이 3인분을 다 먹을 수 있냐, 없냐로 한참 논쟁 중이었다. 다 먹을 수 있다는 의견을 열심히 내세우던 덧니는 가만히 있던 우연의 어깨를 잡으며 야구부원에게 떡볶이 10인분쯤은 껌이지 않냐는 말도 안 되는 소리를 뱉기 시작했다. 그러자 예진이 말이 안 통한다는 표정을 짓고는 덧니에게서 시선을 거두고 혜민을 바라봤다.

"안혜민. 넌 먹을 수 있을 거라고 생각해?"

혜민이 고개를 도리도리 젓자 예진은 덧니에게 승리의 미소를 보여 주며 재빠르게 떡볶이 2인분에 순대 1인분을 시켰다. 티볼 대회 때 간식을 많이 먹어서 배부르다고 말해 준 우연의 배려도 한몫했다. 곧 주인 할머니가 나와 음식들을 테이블에 탁 내려놓더니 매직 세 개를 마저 내려놓았다. 그러고는 떡볶이 떡 하나라도 먹고 소원을 써야 한다는 말을 남긴 뒤 다시 주방으로 사라졌다. 예진은 떡 하나를 씹으며 매직 한 개를 들고 일어났다. 덧니가 나머지 매직 중 하나를 툭 쳐서 혜민의 앞으로 굴려 보냈다. 혜민이 의아한 얼굴을 하자, 우연이 매직을 덧니에게 내밀며 혜민에게 말했다.

"유명하거든."

우연의 턱짓을 따라 고개를 돌린 혜민은 한쪽 벽 앞에 설치된 접근 금지용 빨간 띠를 발견했다. 벽을 바라보고 나서는 자신도 모르게 입을 떡 벌렸다. 다양한 글씨체로 무언가 잔뜩 적혀 있는 그 벽이 혜민에겐 다소 충격적이었다.

"저게 뭔데."

"소원의 벽."

"소원의 벽?"

혜민이 묻자 덧니가 걸신들린 듯 떡볶이를 집어 먹으며 대답해 줬다. 그러고는 공성희라는 배우가 여기에 처음 소원을 썼고 그 소원이 진짜로 이루어졌다는 이야기도 덧붙였다. 소원을 쓰러

간 예진이 돌아오기도 전에 덧니가 떡볶이를 다 먹어 버릴 것만 같았기에 혜민은 떡볶이 그릇이 덧니에게서 멀어지도록 살짝 당겼다. 덧니는 혜민을 바라보다가 고개를 끄덕거리곤 순대를 집어 먹기 시작했다. 혜민은 잠시 고민했다. 소원… 소원이라. 문득 예진이 쓰고 있는 소원이 궁금해진 혜민은 벽 쪽으로 고개를 돌렸다.

'유아 교육과에 꼭 갈 수 있게 해 주세요.'

　　신중한 태도로 소원을 눌러쓰는 예진을 보던 혜민은 우연에게 매직을 넘겼다.

　　"너 써."

　　"왜? 넌 안 써?"

　　예진이 혜민에게 물으며 자리로 돌아오자 이번엔 덧니가 매직을 들고 일어났다. 덧니에게도 이루고 싶은 소원이 있나 보다. 우연은 매직을 내민 혜민의 손을 밀었지만 혜민은 포기하지 않았다. 결국 우연은 어깨를 으쓱하고 매직을 받아 들었다. 혜민은 덧니의 소원도 궁금했지만, 덧니가 워낙 악필이기 때문에… 안타깝게도 전혀 알아볼 수 없었다. 예진은 얼마 안 남은 떡볶이를 보고 덧니를 향해 살짝 눈을 흘긴 뒤 혜민에게 떡볶이 그릇을 밀어 주었다. 떡볶이 하나를 입에 넣자마자 혜민은 씹는 것을 포기하고 싶어졌다. 왜 이리 짜…. 그러다 문득 남몰래 손을 열심히 움직이고 있는 우연의 모습을 발견했다. 무슨 소원을 저렇게 숨어서 쓰는지.

　　'제가 최고의 1루수가 될 수 있을까요?'

　　혜민은 우연의 손이 벽에서 떨어지고 나서야 그의 소원을 볼 수 있었다. 물음표로 끝나는 문장을 본 혜민은 그 뒤로 아무것도 먹을 수 없었다. 이유를 알 수 없는 불쾌감이 또 찾아온 것이다. 괜히 목구멍이 따가웠다. 우연과 함께 마셨던 탄산음료를 다시 마신 느낌이었다. 분식집에서 나온 혜민은 당연히 다시 집으로 돌아갈 생각을 했지만 그녀를 제외한 아이들에게는 애초에 다른 계획이 있었던 듯했다. 갑자기 그들의 앞에 선 콜택시에 우연이 아주 자연스럽게 올라타 자리를 잡는 것을 보며 혜민이 눈을 끔벅거렸다. 그러자 뒤에 있던 예진이 타라는 듯 혜민의 등을 가볍게 쳤다.

"빨리 타요! 비 들어와요!"

다소 목청이 큰 기사의 외침에 혜민은 번뜩 정신을 차리고 일단 택시에 탑승했다. 수상하다는 눈빛으로 우연을 계속 노려보자 우연이 괜히 콧노래를 부르며 창밖으로 시선을 돌렸다. 거세게 쏟아지는 비 때문에 보이는 건 물방울밖에 없는데 뭘 그렇게 보는 척을 하는지. 혜민은 실소를 터트렸다. 그사이 출발한 택시는 혜민만 모르는 곳으로 향했다. 이윽고 도착했다는 기사의 말에 택시에서 내린 혜민은 자신의 눈을 의심했다.

"야구장이네."

"응, 야구장이야."

혜민이 넋 나간 채로 말하자 덧니가 거들었다.

"… 심지어 우천 취소가 됐네."

"이건 예상 못 했는데."

혜민이 어이없다는 듯 말하자 예진이 퉁명스레 대꾸했다. 응원하는 팀의 유니폼과 응원 도구를 들고 있는 팬들은 경기장을 벗어나기 위해 폭우 속에서 분주히 움직이는 중이었다. 1루 게이트 앞에 덩그러니 선 네 사람은 멍하니 그 모습을 바라보고 있었다.

"갑자기 웬 야구장을…."

"원래 다른 애가 오기로 했는데 갑자기 시간이 안 된다고 해서."

"그래서 날… 데리고 온 거라고?"

우연이 해명하자 혜민이 황당하다는 듯 물었다.

"목우연 보고 아무나 데려오랬더니, 네 얘기 하던데."

예진의 말이 끝남과 동시에 하늘이 번쩍 빛났다. 그리고 얼마 지나지 않아 공기가 찢어질 것처럼 큰 소리가 울렸다. 천둥 번개가 몰아치는 야구장이라니 낭만 넘친다며 꼬아 말하는 덧니의 명치를 예진이 팔꿈치로 가격했다. 혜민의 눈치를 보느라 방금까지 표정을 굳히고 있던 우연은 그 모습에 웃음을 참지 못했다. 그들에게서 한 발 떨어져 있던 혜민은 사실 이 상황이 썩 나쁘지 않았다. 수업이 끝난 뒤 동급생들과 떡볶이를 먹으러 가고 함께 놀러 가는 이 평범한 일이 혜민에겐 전혀 평범하지 않은 일이었으니까. 혜민에게 야구장은 달갑지 않은 장소라는 아주 사소한 문제가 있기는 했지만 말이다. *하필이면 놀러 온 곳이 야구장이라니.* 우연을 제외하곤 혜민이 야구를 싫어한다는 것을 모르고 있을 테니 그럴 만도 했다. 세 사람은 남는 티켓을 두고 누구를 데려가야 할까 꽤 고민했을지도 모른다. 친하지 않은 사람과 야구장에 가기는 쉽지 않은 일이다. 그럼에도 전학생인 데다 반 아이들에게 살갑게 굴지 못했던 혜민을 끼워 준 건 너무나도 고마운 일이 분명했다. 혜민은 그 사실을 알기에 최대한 아무렇지 않은 척했고 더 이상 불평 어린 말을 꺼내지 않았다. 이내 티켓의 주인인 예진이 먼저 돌아가자는 말을 꺼냈고 그제야 나머지 세 사람도 야구장을 뒤로하고 발걸음을 옮길 수 있었다.

버스표를 든 채로 터미널에 앉아 있던 혜민은 조용히 시간을 확인했다. 시침이 7을 향해 달려가고 있었다. 7시 정각에 출발하는 버스를 탄다고 해도 집에 도착하면 9시가 넘을 것이다. 충남에 사는 애들이 막차 끊기면 어떻게 돌아가려고 평일에 여기까지 온 건지, 혜민은 다시금 경악했다. 그러나 그 의문은 곧 풀렸다. 예진이 누군가에게 전화를 걸어 경기가 우천 취소되었으니 데리러 오지 않아도 된다며 툴툴댔기 때문이다.

"배고파."

반쯤 풀린 눈으로 의자에 편히 기대 있던 덧니가 배를 만지작거리며 중얼댔다. *배가 고프다고?* 혜민은 아까 분식집에서 진공청소기처럼 떡볶이를 흡입하던 덧니를 떠올렸다. 모르는 사람이 봤다면 야구부원은 우연이 아니라 덧니라고 생각했을 것이다. 혼자서 반 이상 먹어 놓고 벌써 배가 고프다니. 이렇게 생각하는 사람은 혜민만이 아니었다. 예진도 입을 떡 벌린 채로 덧니를 바라봤다. 그러더니 잠시 뒤 주머니를 뒤적여 신용 카드 한 장을 꺼내 검지와 중지 사이에 끼우고 제법 폼을 잡았다. 덧니가 힘없는 얼굴로 바라보자 예진이 도도하게 고개를 치켜들었다.

"뭐라도 먹어, 그럼. 원래 엄마가 야구장 가서 뭐 사 먹으라고 빌려준 건데 우취됐겠다, 그냥 여기서 먹자!"

"버스 시간까지 15분도 안 남았는데?"

우연이 어리둥절한 얼굴로 말하자 덧니가 입가를 손등으로 닦으며 천천히 몸을 일으켰다.

"15분? 15분이면 빅맥 세트 하나 뚝딱하기에 딱 적당한 시간이지. 안 그러냐, 원예진?"

"맞아! 초코쉐이크 하나 뚝딱하기에 딱 적당한 시간이야."

"그래서 목우연, 넌 뭐 안 먹냐? 안혜민은?"

어쩜 저리 죽이 잘 맞는지, 조금 전까지만 해도 배고프다는 덧니를 경멸의 눈빛으로 보던 예진도 덧니를 따라 벌떡 일어났다. 둘의 몸은 이미 햄버거 가게 쪽으로 돌아가 있었다. 반면 덧니의 질문을 들은 우연과 혜민은 동시에 고개를 저었다. 두 사람 다 입에 뭘 넣고 싶지 않았다. 혜민은 배가 불렀기 때문이고, 우연은 야구장에 온 것만으로 혜민의 심기가 상했을까 걱정되었기 때문이다. 예진과 덧니가 자리를 뜨자 우연은 터미널 벽면에 달려 있는 TV를 보는 척 혜민을 힐끗거렸다. 하지만 그 행동은 오래 이어지지 못했다. 혜민이 갑자기 자리를 벗어난 것이다. 우연은 비어 버린 옆자리를 보다가 관심 없는 이야기가 흘러나오는 TV로 어쩔 수 없이 시선을 옮겼다. 그때, 우연의 왼쪽 뺨에 냉기가 돌았다. 혜민이 캔 음료 하나를 우연의 어깨 너머로 내밀고 있었다. 우연이 잠깐 멈칫하다가 음료를 받아 들었다. 혜민은 우연의 옆에 다시 털썩 앉았다.

"화난 줄 알았어."

우연이 혜민의 눈을 피하며 작게 말했다. 혜민은 대답하지 않고 캔 입구를 땄다. 캔 안에서 탄산이 튀는 소리가 우렁차게 들려오는 듯했다. 우연은 가만히 혜민의 대답을 기다렸다. 화가 났다면 사과할 기회를 엿보려고 했고, 화가 나지 않았다면 안심하고 싶었다. 하지만 혜민의 대답은 꽤 오랫동안 돌아오지 않았다. 기다리던 우연은 결국 혜민을 향해 시선을 옮겼다. 그녀는 묵묵히 음료를 마시고 있었다. 두 모금 마시다 먼 곳을 보고, 한 모금 마시다 또 먼 곳을 보았다. 부지런히 캔을 비운 혜민은 잠시 입맛을 다시고 뭔가 말하려는 듯 입술을 달싹거렸다. 우연이 긴장되어 침을 삼키자, 혜민도 똑같이 침을 삼키더니 입을 열었다.

"… 화난 거 아니야."

"… 다행이다."

"재미있었어."

혜민의 말에 우연의 손등이 간지러워졌다. 재미있었다는
안혜민의 말에 왜 안심되고, 뿌듯하고, *심장이 간질거리는지*. 괜히
손등으로 턱을 비빈 우연은 급하게 고개를 푹 숙였다.

티볼 대회 둘째 날이 밝았다. 2학년 8반은 11시에 1학년 7반과
8강전 경기를 치르게 되었다. 전교생이 9시에 모여 함께 체조를
한 뒤 어제처럼 그늘로 흩어졌다. 덧니와 예진은 오늘도 혜민에게
다가왔다. 어디서 가져온 건지 푹신한 야외용 방석을 들고.
　"이거 써. 은지네 아빠가 목사님이셔서, 교회에 있는 방석 다
가져왔대."
　혜민은 예진이 건넨 방석을 깔고 앉았고 예진은 어제처럼
혜민의 옆에 자리를 잡았다. 덧니 또한 어제처럼 혜민의 앞에 털썩
앉았다. 혜민은 예진과 덧니를 보며 둘이 꽤 자주 붙어 다닌다는
생각을 했다. 그때, 우연이 좋지 않은 낯빛으로 혜민의 옆에 다가와
앉았다. *앤 또 표정이 왜 이래?* 혜민이 찝찝한 기분으로 우연을
쳐다보는데 하필 돌아보는 그와 눈이 마주쳤다. 딱, 허공에서 만난
시선. 마침 기분 좋게 불어오는 바람. 흩날리는 우연의 머리카락에서
짙은 비누 향이 날아왔다. 꿀꺽. 혜민은 자신도 모르게 침을 삼켰다.
곧이어 우연의 입에서 나온 말은 예상 밖의 이야기였다.
　"너 선발이야."
　"… 뭐?"
　뭐와 왜를 합친 이상한 말이 혜민의 입에서 튀어나왔다.
　"아니 왜? 여자애들 중에 뛸 애들 많잖아."
　혜민의 왼쪽에서 예진의 얼굴도 툭 튀어나왔다. 덧니 또한
의아하다는 듯 우연을 쳐다보고 있었다.

"어제 뛰었던 여자애들이 거의 몸살에 걸려서, 후보였던 애들이 다 선발로 들어가야 할 것 같아."

"원예진도 남아 있잖아."

"난 못 뛰어. 학생회라서."

청천벽력 같은 소리였다. 혜민이 고개를 푹 숙였다. 안 그래도 반 아이들은 나를 좋아하지 않는 눈치인데, 경기를 말아먹었다고 욕하면 어떡하지. 머리가 복잡해져 한숨을 쉬자 갑자기 예진이 혜민의 왼손을 덥석 잡았다.

"야! 할 수 있어! 잘 못해도 아무도 너한테 뭐라 안 해. 걱정 마! 즐기자고 하는 건데."

"그래. 어차피 애들은 너한테 별 기대 안 하고 있을걸? 후보로 나오는 것만으로도 고맙다고 생각할 거야. 인원수 부족하면 몰수패라서 너 안 나온다고 했으면 우리 반 바로 탈락이야."

웬일로 덧니까지 합세해 혜민을 다독였다. 방금까지 최악이었던 혜민의 마음이 이상하게도 아주 조금은 괜찮아졌다.

"대충 하면 돼."

우연이 그녀를 위로했다.

"어떻게 대충 해."

"넌 꼭 그렇게 대답하더라."

"못 하겠으니까 그렇지."

"나 좀 믿으면 안 돼?"

"믿, 뭐?! 내, 내가 널 왜 믿냐!!"

우연이 불쌍한 강아지 같은 표정으로 하는 말에 혜민이 홀린 듯 첫마디를 꺼냈다가 고개를 흔들며 자신도 모르게 버럭 소리를 질렀다. 우연은 혜민의 반응을 보고 킥킥대며 주먹을 쥐어 혜민에게 내밀었다. 혜민은 귀가 붉어지는 것이 느껴져 머리카락으로 귀를 가렸다. 그러고는 소심하게 주먹을 쥐어 우연의 주먹에 가볍게 툭 하고 부딪쳤다. 예진이 옆에서 음흉한 미소를 짓고 있다는 것은 모른 채로.

그래, 우연의 말이 맞다. 그냥 대충 하면 되는 거다. 눈에 띄지 않을 정도로만 열심히 하자. 그렇게 생각했다. 잘할 생각은 없었다. 그냥 3루에 있던 주자를 홈으로 불러들이고 싶어서 외야 뜬공[7]을 치려고 했을 뿐인데. 혜민이 휘두른 배트에 맞은 공이 날아간다. 내야수[8]를 넘고, 외야수[9]가 잡지 못하는 곳까지….

"뭐야! 홈런이야?!"

홈런…이었다.

"안혜민! 얼른 뛰어!"

3루 주자였던 덧니가 홈으로 달려 들어오며 혜민에게 손짓했다. 휘청거리며 한 발 내딛자 멀리 날아가는 공을 쳐다보던 상대 팀원들이 고개를 돌려 혜민을 바라보았다. 넋이 나간 얼굴이었다. 뒤에선 8반 아이들의 환호성이 계속 들려왔다. 달려, 뛰어, 얼른 와! 여러 사람의 목소리가 혜민의 등을 미는 듯했다. 어느새 1루, 2루를 지나 3루 베이스를 밟은 혜민이 헉헉거리며 고개를 드니 마지막 홈 베이스에서 아이들이 방방 뛰며 그녀를 부르고 있었다. 마지막 90ft. 이 90ft를 지나면, 저 아이들에게 갈 수 있다.

---

7 타자가 친 공이 바닥에 닿지 않고 높이 뜬 상태, 또는 그 공. 공의 위치에 따라 내야 뜬공,
   외야 뜬공으로 나뉜다.
8 내야 지역을 맡아 수비하는 1루수, 2루수, 3루수, 유격수.
9 외야 지역을 맡아 수비하는 우익수, 좌익수, 중견수.

나를 외면한다고 생각했던 아이들에게, 나를 좋아하지 않는다고 생각했던 아이들에게. 하지만 지금, 환호하며 내 이름을 연호하는 아이들에게. 혜민의 가슴속이 울렁거렸다. 어쩌면 아이들은, 내가 이렇게 달려와 주길 기다렸던 것일까. 지금도, 예전에도. 이를 악문 혜민이 후들거리는 다리를 부지런히 움직여 홈 베이스에 도착하자 기다리고 있던 아이들이 혜민에게 달려들었다. 땀 냄새가 강하게 코를 찔렀지만, 그게 그렇게 나쁘지만은 않았다.

"와, 안혜민 덕분에 4강을 가 보네."

"4강 간 반 중에 야구부원 한 명만 있는 반은 우리 반밖에 없을걸?"

"근데 야, 안혜민. 너 타격 폼 목우연이랑 완전 똑같더라. 목우연이 알려 줬냐?"

4강 경기 시작 전, 신나서 떠들던 아이들 중의 한 명이 혜민에게 말을 붙였다. 혜민은 그 말을 듣고 우연을 보았다. 땀을 닦는 우연의 표정은 좋지 않아 보였다. *내 타격 폼이 목우연과 똑같은 게 아니라, 목우연의 폼이 강철의 아들과 똑같은 거겠지.* 혜민과 우연은 오랜만에 같은 생각을 했다. 우연은 자신에 대한 언급에 땀을 닦다 남몰래 움찔했다. 혜민의 타격 폼은 무서울 정도로 민성과 닮아 있었다. 자신이 몇 번이고 연구하고 연습했던 그 타격 폼을, 혜민은 아주 자연스럽게 구사하고 있었다. 자신을 쳐다보고 있던 혜민과 눈이 마주친 우연. 하지만 이번만큼은 그녀에게 웃어 줄 수 없었다. 우연은 이것이 무슨 감정인지 알지 못했다.

결승전으로 가는 문턱은 아주 높았다. 4강전 상대는 대부분 실력 좋은 야구부원들이 속한 반이었기 때문에 2학년 8반은 속수무책으로 상대편에게 점수를 내주고 결국 패배했다. 하지만

4강까지 간 것만으로도 기적이라며 들뜬 아이들은 이내 3,
4위전을 준비했다. 어차피 승산이 희박했기에 3위에 대한 욕심은
없었다. 반 아이들은 이제 쉬어도 되니까 아이스크림을 사 오라며
우연과 혜민의 등을 떠밀었다. *쉬어도 된다는 말은 핑계고 그냥
아이스크림이 먹고 싶었던 거 아냐?* 혜민은 먹고 싶은 아이스크림을
앞다투어 말하던 아이들을 떠올리며 피식 웃었다. 우연과 함께
매점으로 향하던 혜민은 문득 뭔가 이상하다는 느낌이 들었다. 조금
전까지만 해도 열심히 떠들어 대던 우연은 입을 꾹 다물었고, 두
사람 사이에는 바람 소리와 흐릿하게 들려오는 학생들의 목소리만
빙빙 돌고 있었다. 혜민은 괜히 마음이 불편했다. 우연이 침묵을
지키는 것이 상당히 어색했다.

"야."

생각에 잠겨 있었던 건지, 혜민의 부름에 우연이 화들짝 놀랐다.
자신의 태도를 혜민이 신경 쓰고 있음을 직감한 우연은 땀을 닦으며
작게 말했다.

"미안. 네가 열심히 했는데 잘했다고 말도 안 해 주고 분위기만
다운시켰네."

"됐고. 알면 이유라도 들어 보자. 왜 이러는데?"

왜 이러냐고. 글쎄, 왜 이러는 걸까. 우연도 대답해 주고
싶었지만 자신의 상태를 명확하게 이야기해 줄 순 없었다. 왜 이렇게
기분이 가라앉는지 스스로도 제대로 알지 못했으니까.

"내가 잘해서 그래?"

"뭐? 아니?!"

"…."

"아니…. 응…."

깜짝 놀라 손사래를 치던 우연은 팔을 내리며 고개를 떨궜다. 그래. 그게 맞는 것 같다. 혜민이 잘해서. 혜민이 잘하기 때문에. 완벽하진 않지만, 강철의 아들과 굉장히 비슷한 폼. 우연이 몇 년을 공들이고 노력해서 겨우 얻은 타격 폼을, 혜민은 아주 비슷하게 따라 했다. 야구라면 치를 떠는 안혜민이….

"미쳤나 봐."

혜민이 인상을 찌푸리며 말했다.

"내가 잘하는 거 때문에 이렇게 기가 죽어 있다고? 너 박지수한테, 다른 애들한테 밀려도 늘 이렇게 기죽어 있어? 어떻게든 그걸 뛰어넘을 생각을 해야지."

"……."

혜민은 우연의 말을 들을 때마다 느껴졌던 불쾌함의 정체가 무엇인지 이제야 알 수 있었다.

"야, 넌 지금 우리 아빠 뒤에 숨어 있는 거야. 언제까지 강철의 아들 이야기에 갇혀 있을 건데? 강철의 아들이 너랑 똑같은 포지션에, 같은 처지에 놓여 있었다고 해서 니가 강철의 아들이 될 수 있는 게 아니야."

혜민이 느낀 불쾌함은 목우연이 강철의 아들에 대해 했던 생각과 말과 행동, 그 모든 것들에서 비롯된 감정이었다. 강철의 아들처럼 되고 싶다던 우연, 하지만 자신에 대한 확신이 없는 우연. 마음가짐이 잘못되었다. 강철의 아들 안민성은 저런 태도로 버텨오지 않았다. 애초부터 둘은 너무도 달랐다. 혜민은 발걸음을 멈추고 검지로 우연을 가리키며 말을 쏟기 시작했다.

"니가 알아서 길을 찾아야지. 맨날 주전 자리에서 밀리면서도 강철의 아들 생각이나 하면서 위안 삼았겠지. 지금은 부족해도 나중에 열심히 하면 그렇게 될 수 있을 거라고. 당장은 기가 죽었지만 괜찮다고 생각했겠지. 어차피 박지수는 못 이기니까, 걔가 먼저 프로 구단으로 가고 나면 걔가 없는 곳에서 니가 제일 잘하는 선수가 될 수 있을 거라고 생각했던 거 아냐?"

"…."

"그래서 박지수랑 같은 팀에 있는 동안 회피만 하고 있었던 거 아니냐고."

혜민의 말이 날카롭게 우연의 가슴을 후벼 팠다. 아니라고 하고 싶었는데, 그럴 수가 없었다. 속에서 뭔가 부글거렸지만 부정은 할 수 없었다. 그녀의 말이 다 맞았다. 우연은 주먹을 꽉 쥐었다.

"맞아. 아까도 그랬어. 안혜민은 강철의 손녀니까, 잘하는 게 당연해. 그래서 부러워. 하지만 그 이상 내가 뭘 더 할 수 있어? 박지수도 마찬가지야. 걔가 부러워도 이길 수 없는데 내가 뭘 어떻게 해야 하냐고."

처음 듣는 우연의 차가운 목소리에 혜민은 잠시 멈칫했다가 그의 말을 곱씹고는 자신의 목뒤로 손을 올렸다. 교통사고를 당한 후 운전석에서 내리는 사람처럼 눈을 질끈 감고 짜증을 참는 모습이었다.

"내가 부러우면 나보다 잘해 볼 생각을 했어야지! 박지수가 부러우면 열등감을 가지는 게 아니라 이길 생각을 했어야지!"

"못 이기니까!"

"그럼 인정해. 넌 박지수한테 안 된다는 걸! 그리고 니가 잘할 수 있는 걸 다시 찾아보든가. 소원의 벽인지 희망의 벽인지에 1루수가 될 수 있겠냐고 썼지? 너도 너 자신을 못 믿는 거잖아!"

혜민의 말을 끝으로 둘 사이엔 다시 정적이 내려앉았다. 혜민의 볼은 열불이 난 건지 붉게 물들어 있었다. 이번엔 혜민의 속이 혼란스러워졌다. 우연의 기분이 안 좋아 보여서 그냥 조금 걱정했을 뿐인데 그가 왜 이렇게 답답하게 느껴지는지 모르겠다. 그리고 왜 이렇게까지 화가 나는지도 전혀 모르겠다. 그러려고 했던 건 아닌데…. 혜민은 매점 반대 방향으로 홱 돌아 빠르게 사라졌다.

*

티볼 대회가 끝이 났다. 2학년 8반은 4등을 했다. 아직 대회의 열기가 식지 않은 건지 다음 날 등굣길에도 단톡방은 조용해질 기미조차 보이지 않았다. 연신 진동이 울리는 휴대 전화를 주머니에 넣고 교실로 걸어가는 혜민의 발걸음은 며칠 전과는 확연히 달랐다. 오늘은 예진에게 먼저 인사해 보리라. 그리고 옆에 덧니도 있다면 걔한테도 인사 한번 해 보지 뭐. 목우연한테는… 야구 얘기를 먼저 꺼내 볼까? 어제 일도 사과하고….

생각에 빠진 채로 걸어가는데 갑자기 복도 창문에 기대 있던 누군가가 혜민의 앞을 가로막았다. 무슨 영문인가 싶어 올려다보니 스포츠머리를 한 남학생이 혜민을 바라보고 있었다. 교복 위에 운성고 야구부 점퍼를 입은 것으로 봐선, 목우연과 같은 야구부원이었다.

"너 강철의 손녀라며?"

"… 뭐?"

혜민은 귀를 의심했다. 지금 얘가 나한테 뭐라고 한 거지. 강철의 손녀? 남학생이 뭐라 더 얘기했지만, 복도 끝 2학년 8반 앞을 가득 메운 낯선 학생들 무리가 혜민의 시선에 들어온 순간부터 그의 목소리는 들리지 않았다. 심장이 빠르게 쿵쾅쿵쾅 뛰기 시작했다. 불안한 마음만 계속 커져 갔다. 야구부원을 피해 빠른 걸음으로 교실 앞에 다다르자 아니나 다를까 혜민을 기다리던 학생들이 가까이 다가왔다. 급히 교실로 들어가 문을 닫으려고 했지만 문이 닫히려는 것을 막는 무수한 손 때문에 혜민의 뜻대로 되진 않았다.

"안녕. 네가 강철의 손녀야?"

"야, 나 강철의 아들 팬인데 혹시 학교 오실 일은 없대?"

"와. 이렇게 보니까 안민성이랑 진짜 똑같이 생겼다."

아이들에게 둘러싸인 혜민의 시야가 빙빙 도는 듯했다. 예전 학교에서의 1년이 기억났다. 모여든 아이들의 머리 사이로 예진의 모습이 보였다. 예진은 알 수 없는 표정을 지으며 고개를 돌려 버렸다. 덧니는 혜민과 눈이 마주치자 아예 예진을 데리고 교실 밖으로 나갔다. 이제서야 다가갈 용기가 생겼는데, 어쩌면 나도 아이들에게 평범한 친구가 될 수 있겠다고 생각했는데. 다 헛된 바람이었나 보다. 어젯밤, 일기를 쓰며 내일 아이들에게 뭐라 인사할지 고민했던 것도 다 의미 없는 일이었다. 혜민이 입술을 꽉 깨물었다. 교실 주변이 시끄러워지자 반 아이들은 몰린 학생들을 보며 불만을 토해 내기 시작했다. 혜민은 후회했다. 어제 단톡방을 보며 반 아이들 이름을 하나씩 외우지 말걸. 이럴 줄 알았다면 그냥 평소처럼 들뜨지 않은 채로 학교에 왔을 텐데. 이럴 줄 알았다면···. 혜민은 어지러운 듯 이마를 짚었다가, 결국 자신도 모르게 목 끝까지 차올랐던 말을 뱉어 버렸다.

"다 비켜!"

큰 소리 한 방에 주변이 조용해졌다. 누군가가 침을 꿀꺽 삼키면 이 교실 안의 모두가 들을 수 있을 정도의 정적이었다. 입을 다물고 서로의 눈치만 보는 학생들을 밀치며 혜민은 교실을 빠져나갔다. *약속했으면서, 믿었는데. 진짜로 믿고 있었는데!* 빠른 걸음으로 계단을 내려간 혜민은 운동장으로 달려가기 시작했다. 이 소문의 근원지일 목우연에게로.

혜민의 머릿속에서는 그동안 보았던 우연의 모습들이 주마등처럼 지나갔다. 처음 만났던 날, 우연이 그녀를 협박했던 날, 함께 고깃집에 갔던 날, 함께 떡볶이를 먹었던 그날. 혜민은 씩씩거리며 달려가는 중이었지만, 어쩌면 우연에게도 이유가 있을지도 모른다는 생각이 들었다. *어제 내가 너무 심하게 말했나? 그런 말을 들었는데 화가 안 날 리 없지. 하지만 본인이… 본인이 노력을 안 하고 현실을 외면한 건 사실이잖아. 인정해야지! 하지만…. 아빠를 소개해 달라고 했을 때 그냥 소개해 줄걸. 괜히 박지수 들먹거리면서 야구 못한다고 상처만 주고. 그치만, 너도 그러면 안 되는 거잖아. 아무리 화가 났어도. 약속했잖아.*

"목우연!!!!"

까랑까랑 울리는 목소리에 운동장에 남아 있던 모든 야구부원이 그녀를 쳐다봤다. 열심히 공을 줍고 있던 우연도 놀란 눈치였다. 주위를 몇 번 둘러보던 우연은 들고 있던 공을 볼 박스에 던져 넣고 혜민을 향해 달려갔다.

"왜?"

아무것도 모른다는 얼굴로 우연은 물었다. 그 얼굴을 보니 혜민의 머릿속에 있던 복잡한 생각들은 사라지고 온통 분노만 남아 버렸다. 예민한 '비밀'이 밝혀진 뒤 감정 조절을 하는 것은, 아직 열여덟 살밖에 되지 않은 혜민에게는 꽤 어려운 일이었다.

"널 믿는 게 아니었어! 내가 싫다고 했잖아. 야구도 싫고, 아빠도 싫고, 강철의 손녀인 거 밝히기도 싫댔잖아! 근데 겨우 그 유치한 네 협박에 안 넘어갔다고 비밀을 까발려?"

혜민이 부들거리며 말하자 우연의 미간이 좁아졌다.

씩씩거리던 혜민은 몇 번 숨을 고르더니 우연을 날카롭게 쏘아보며 낮은 목소리로 말했다.

"나 진짜 네가 너무 싫어."

혜민이 긴 생머리를 찰랑거리며 돌아설 때까지 우연은 아무 말도 할 수 없었다. 그야, 그녀가 무슨 말을 하는지 도저히 알 수 없었으니까. 시끌벅적하게 뒷정리를 하던 야구부원들이 다들 하던 일을 멈추고 눈치를 살피며 혜민을 바라보는데도 그녀는 멈추지 않았다. 전학 온 첫날, 모두에게 날을 세우던 그때의 모습으로 돌아간 것 같았다. 교실에 들어간 뒤에야 알 수 있었다. 그녀가 강철의 손녀라는 사실이 밝혀졌다는 것을.

"도대체 누가 소문낸 거야."

우연이 중얼거리자 옆에 있던 예진이 눈을 가늘게 떴다.

"넌 이미 알고 있었어?"

"안혜민은?"

"조퇴한 거 같다는데."

우연이 한숨을 내쉬며 자리에 앉았다. 혜민에게 하고 싶은 말이 엄청 많았는데. 어제 네가 해 준 얘기 덕분에 많은 생각을 했다고, 지금의 내가 열심히 할 수 있는 일을 찾아보겠다고. 그러니까 내일부터 시작하는 황금 사자기[10] 경기를 보러 꼭 와 달라고…. 혜민의 빈자리를 쳐다보던 우연은 책상에 이마를 박았다. 혜민이

10 1947년부터 매해(6.25 기간 제외) 개최되는 전국 고교 야구 대회.

단단히 오해를 하고 있는 것 같은데 해명을 할 수가 없었다. *어제 싸운 일도 아직 풀지 못했는데.*

토요일, 운성고 야구부가 출전한 황금 사자기 1회전 경기가 열리는 날. 우연은 당연하게도 선발 라인업에 포함되지 않았기에 지금까지 그래 왔듯이 벤치를 지키고 있었다. 경기에 나가지 않아도 늘 힘 있게 목이 터져라 응원을 하던 우연이었지만 오늘만큼은 그의 목소리가 더그아웃[11]에 울리지 않았다. 우중충한 얼굴로 경기를 보면서 필요할 때에만 박수를 쳤다. 그런 우연에게 지수가 다가왔다. 우연은 또 지수가 쓸데없는 위로를 하러 다가오는 것 같아 최대한 그를 못 본 척하려고 했다. 이런 날에는 그 위로가 더욱 기분 나쁘게 들릴 테니 제발 아무 말도 하지 않았으면 좋겠다고 생각했다. 하지만 지수의 입에서 나온 이야기는 예상한 것과 전혀 달랐다.

"들었어. 안혜민이 자기 소문을 퍼트린 사람이 너라고 오해했다는 거."

"…?"

"미안하다. 그 소문 내가 낸 거야. 하지만 고의는 아니었어."

"뭐? 네가 안혜민이 강철의 손녀인 걸 어떻게 알았는데?"

"감독님이 말씀하시는 걸 들었어. 내가 티볼 대회 때 흘려 말했는데 다들 그때 들었나 보더라. 미안하다."

주변의 모두가 관심 없는 척하면서도 그들을 향해 귀를 쫑긋 세우고 있는데, 예상 밖의 말이 우연의 입에서 튀어나왔다.

"미친 새끼야, 니가 뭔데 남의 비밀을 까발려."

11 경기가 진행되는 동안 감독, 선수, 코치들이 대기하는 장소.

우연은 누가 말릴 새도 없이 지수의 멱살을 붙잡았다. 하지만 지수는 당황한 기색을 보이지 않았다. 그 표정을 본 우연의 가슴속에 울컥 무언가가 차올랐다. 그의 행동에 악의가 없었다는 건 우연도 짐작할 수 있었다. 지수는 그럴 사람이 아니니까. 우직하면 우직했지, 남의 약점을 조롱거리로 떠벌리고 다닐 놈은 아니었다. 하지만 우연은 그럼에도 화를 참을 수 없었다.

"걔가 숨기고 있다는 건 몰랐어."

"당연히 모르겠지. 걔랑 넌 모르는 사이니까. 근데 왜 알지도 못하는 남의 얘길 하고 다니냐고, 네가!"

결국 야구부원들이 달려들어 우연과 지수를 떼어 놓았다. 같은 팀원끼리 싸우다가 걸리면 몰수패를 당할지도 모른다. 우연은 여전히 화가 가라앉지 않은 듯 거친 숨을 쉬고 있었다. 부원들은 이번만큼은 우연을 마냥 원망할 수 없었다. 혜민이 강철의 손녀라고 처음 말한 건 지수이기는 했으나, 소문을 낸 건 거의 야구부원들이라고 해도 틀린 말은 아니니. 그리고 그들은 이미 목격했다. 단단히 오해하는 바람에 머리끝까지 화가 나 우연에게 찾아와서 심한 말을 뱉던 혜민을.

"목우연. 나가서 화 좀 삭이고 와라."

험한 분위기를 지켜보기만 하던 감독이 말했다. 우연은 수비 준비를 하고 있는 지수의 뒤통수를 한 번 째려보고 더그아웃에서 나왔다. 우연은 자신의 마음을 알 수 없었다. 혜민이 자기에게 화를 냈을 뿐인데 왜 이렇게 가슴이 답답하고 명치에 뭔가가 걸린 것만 같은지. 그녀가 강철의 손녀라는 사실을 지수도 알고 있었다는 것이 왜 이렇게 짜증 나는지. 그냥 무언가를 지수에게 뺏긴 기분이 든다. 둘만 공유하던 비밀을 다른 누군가가 알게 됐다는 게 이렇게까지 박탈감이 들 일인가. 모르겠다, 이 모든 감정들을. 우연은 자신의 감정이 지수에 대한 열등감에서 비롯되었다는 것을 내심 알고 있었지만, 솔직히 인정하기엔 머릿속이 이미 너무나도 복잡했다. 우연은 한숨을 푹 쉬었다. 안혜민은 날 *뭐라 생각하려나*….

혜민의 '비밀'이 밝혀진 그날, 집으로 돌아가려고 복도를 급히 걷던 혜민은 누군가에게 손목을 붙잡혔다. 당연히 자신을 따라온 우연일 거라고 생각해 손을 뿌리치려는 찰나, 뒤쪽에서 의외의 목소리가 들렸다.

"야, 어디 가."

덧니였다. 혜민은 흠칫하며 돌아보았다. 달려온 건지 관자놀이 근처에서부터 턱 끝까지 흐른 땀자국이 선명하게 보였다. 거친 호흡을 가다듬는 표정은 덤이었다. 혜민은 뿌리치려던 손을 멈추고 머뭇거렸다. 덧니를 마주하니, 아까 교실에서의 상황이 다시 떠올랐다. 자신은 누군지도 모르는 사람들에게 둘러싸여 있고, 친구라고 생각했던 아이들은 한 발 물러서서 자신을 바라보고 있던 그때의 상황이. 그리고 예진을 데리고 나가던 덧니의 모습까지. 혜민은 분한 마음에 덧니의 손에서 자신의 손목을 팍 **빼** 버리며 물었다.

"왜."

"너 그 소문을 목우연이 냈다고 생각하는 건 아니지?"

"하, 왜 아니겠어? 알고 있던 게 목우연밖에 없는데."

"아냐!"

덧니가 다급하게 외쳤다. 혜민이 깜짝 놀라 눈을 크게 뜨자 덧니가 움찔하더니 한숨을 푹 내쉬고는 다시 입을 열었다.

"아니라고…. 그거 박지수가 말한 거야."

"… 뭐? 뭔 소리야. 걔가 그걸 어떻게 알고 소문을 내."

"몰라, 난들 아냐? 나도 다른 야구부 애한테 전해 들었어."

목우연이 아니었다니. 목우연이 아니었다니…. 혜민의 세상이 핑핑 돌고 있었다. 박지수가 함부로 입을 놀렸다느니, 가서 내가 패 주겠다느니 뭐라느니 계속 말하고 있는 덧니의 목소리가 흐릿하게 들렸다. 그러다 한 순간, 덧니가 언급한 우연의 이름이 아주 정확하게 혜민의 귀에 꽂혔다.

"목우연은 친구의 '비밀' 같은 건 말 안 해. 걘 내가 잘 알아."

"친구?"

핑핑 돌던 세상이 우뚝 섰다. 혜민이 왜 되묻는지 이해를 못했다는 듯 덧니가 한쪽 눈썹을 꿈틀거리며 말했다.

"어. 친구."

"…."

"아, 됐고. 아까 이상한 놈들이 너 둘러싸고 있길래 나랑 원예진이랑 담임 불러왔더니, 너 그사이에 사라져 있더만. 그래 놓고 지금 어디 가냐? 지금 1교시 시작 직전이거든?"

혜민은 손목시계를 확인하는 덧니를 보며 멍한 표정을 지었다. 친구였던 거다. 덧니가 생각하기에도 혜민은 자신의 친구였던 거다. 혜민은 우연만 못 믿은 것이 아니다. 덧니와 예진 또한 믿지 못했다. 친구를 만들겠다고 다짐해 놓고 정작 그들을 친구로 받아들이지 못한 사람은 혜민이었던 것이다. 혜민은 말없이 뒤돌아 달리기 시작했다. 덧니는 복도 끝으로 사라지는 혜민을 애타게 부르며 따라오다가 1교시 시작 종소리를 듣고 자리에 멈춰 섰다. 고개를 돌려 그를 한 번 바라본 혜민은 입을 꾹 다물고 복도 끝 계단을 내려갔다.

집에 도착한 혜민은 왜 벌써 집에 왔냐는 민성의 물음에 답도
없이 방으로 들어갔다가 도로 문을 열어 "다 아빠 때문이야!"를 외친
뒤 문을 쾅 하고 닫았다. 망했다. 이번 학교생활도 망한 게 분명했다.
이제 목우연과 원예진과 덧니…와의 관계는 끝날 것이다. 겨우
며칠 붙어 다녔다고 그들과 어울리지 않는 자신의 모습을 상상하기
힘들었다. 교복도 벗지 않은 채로 침대에 풀썩 누워 버린 혜민은
이불을 뻥뻥 걷어찼다. 우연에게 화내던 자신의 모습이 떠올랐기
때문이다. 먼저 물어볼걸, 네가 그런 거냐고. 침착하게 물어볼 수도
있었는데 내가 왜 그랬지. 아무리 화가 났어도 다른 야구부 애들
앞에선 그러지 말걸. 안 그래도 야구부에서 입지도 안 좋은 애한테.
혜민의 마음이 몇 번이고 요동치는 사이 혜민의 휴대 전화에서
진동이 울리기 시작했다.

혜민은 휴대 전화를 뒤집어 버렸다. 그러나 진동은 더욱 잦은
빈도로 울렸다. 혜민은 덜덜 떠는 손으로 화면을 확인하려다가
포기했다. 이내 전원 버튼에 손가락을 올려, 휴대 전화를 꺼 버렸다.
혜민의 베개가 조금씩 젖어 갔다.

혜민이 눈을 떴을 때 창밖은 이미 어둑해져 있었다. 시간을
확인하려 휴대 전화의 버튼을 누른 혜민은 통신사 로고가 검은
화면에 뜨는 것을 보고 멈칫했다. 전원을 꺼 놨다는 것을 잊고
있었다. 이대로라면 갑자기 메시지를 확인해야 하는 상황이
닥칠지도 모른다. 우연에게 오해를 했다고 사과해야 하지 않을까?
그러나 사과를 하려면, 어쩔 수 없이 메신저 앱을 열어야 했다.
혜민은 침을 한 번 꼴깍 삼킨 뒤… 덜덜 떨리는 손으로 전원을 켜
잠금을 풀고 메신저 아이콘을 누르려고 엄지를 가져다 대다가 휴대

전화를 집어 던졌다. 무서웠다. 아까 미친 듯이 울리던 진동들은 도대체 어떤 내용을 담은 메시지를 나에게 가져온 걸까. 혜민은 침대 끝으로 기어가 천천히 화면을 켜고 메신저 아이콘을 눌렀다. 그와 동시에 눈을 질끈, 감았다가 서서히 실눈을 떴다.

[안혜민. 그렇게 그냥 집에 가 버리면 어떡함?]

덧니의 메시지가 제일 위로 올라와 있었다.

[단톡 확인 좀]

그 밑엔 예진이 보낸 메시지가 보였다. 우연이 따로 보낸 메시지는 없었다. 바로 밑에 보이는 건 2-8이라는 이름의 단톡방이었다. 하…. 교실 분위기를 망쳐 놓고 나온 것에 대해선 할 말이 없었다. 아침부터 다른 반 사람들이 몰려와서 정신없었을 텐데 짜증이나 내고 나가 버렸으니. 혜민은 자포자기한 마음으로 덜덜 떨며 2학년 8반 단톡방을 확인했다. 눈을 반쯤은 감은 상태였다.

[충격, 폭풍의 전학생 안혜민. 티볼 대회 때 잘한 이유가 있었음. / 그런 말 하지 말라고- 혜민이가 싫다잖아. / 미안ㅋㅋ 근데 안혜민 오늘 왜 조퇴함? / 쌤이 오늘 티볼 대회 4등 했다고 피자 사 준다 했는데 너 없어서 담 주에 먹기로 했어. / 야 김혁주가 너 없으니까 허전하대ㅋㅋ / 닥쳐라 니는 보고 싶다고 했잖아 / 공개 고백 하지 말라고 안혜민 나가면 어쩔? / 혜민아 저 멍청이들은 무시해 / 담임이 문 앞에 다른 반 학생 출입 금지라고 쓴 종이 붙여 놨음.]

메시지들을 눈으로 훑던 혜민은 휴대 전화 화면을 끄고 얼굴을 베개에 파묻었다. 생각보다… 생각보다 괜찮은 것 같다. 생각보다 아무렇지도 않은 것 같다. 그때, 혜민의 휴대 전화가 울렸다. 예진의 메시지였다.

[내일 황금 사자기 목우연 경기 보러 갈 안혜민 구함]

그 카톡을 본 혜민은 다음 날, 예진과 덧니와 함께 목동 야구장을 찾았다. 비록 길이 막혀서 늦게 도착했지만, 우연을 만나게 된다면 어떻게든 사과하리라 마음먹었다. 사실 확인도 안 한 채로 우연이 소문을 냈다고 오해하고, 모두가 보는 앞에서 무작정 화를 내서 미안하다고. 그렇게 생각하며 야구장 안으로 들어가려는데 저 앞에 운성고 야구복을 입은 익숙한 뒷모습이 보였다. 유니폼에 적힌 이름은, 목우연이었다. 혜민은 침을 꿀꺽 삼켰다. 야구복을 입은 우연의 모습을 보는 건 처음이었다. 갑자기 심장이 빠르게 뛰기 시작했다. 혜민은 긴장해서 그런 거라고 여기며 우연에게 삐걱삐걱 다가갔다. 그 모습을 지켜보던 예진은 덧니를 끌고 뒤로 물러나더니 야구장 입구로 쏙 들어가 버렸다.

우연은 뒤에서 느껴지는 인기척에 몸을 돌렸다. 양산부터 선글라스, 물수건, 휴대용 선풍기까지 야무지게 챙겨 온 혜민이 서 있었다. 시야에 훅 들어온 야구장 고인물 같은 비주얼에 우연은 픕 하고 재채기처럼 웃음을 뱉어 버렸다. 그러다가 영문을 모르겠다는 얼굴을 한 혜민을 보고 표정을 갈무리했다. 아직 안혜민은 나한테 화가 나 있을 텐데, 여기서 웃어 버리다니.

"미안."

"… 뭬?"

우연은 뭐와 왜를 동시에 말해 버렸다. 혜민이 사과를 할 줄은 몰랐다. 혹시 소문을 낸 게 내가 아니라는 것을 알고 있는 건가?

"들었어. 덧니한테."

"아… 어…."

둘 사이에 어색한 공기가 흘렀다.

"들어가 봐야 하는 거 아니야?"

혜민의 말에 우연이 그제야 깨달았다는 듯 선수 전용 입구를
바라보고는 이따 보자며 뒤돌아 걷다가 문득 걸음을 멈췄다.

"네 말이 맞아, 안혜민."

"어?"

"강철의 아들 뒤에 숨어서 지냈고, 나 혼자 정신 승리하며
살아왔다는 거. 네 말이 다 맞다고."

"…."

혜민은 우연이 피하고 싶어 하던 주제를 스스로 꺼냈다는
사실에 어깨를 살짝 떨었지만, 우연의 표정이 화가 난 것처럼 보이지
않아 심호흡을 하며 이야기를 마저 듣기로 했다. 우연은 그녀의
표정이 잠깐 굳었다가 풀리는 것을 보며 다시 입술을 뗐다.

"네가 왜 그렇게까지 화를 낸 건지, 천천히 생각해 보니까
이해가 가더라. 인정하기로 했어. 나에 대한 확신도 없으면서 롤
모델이라는 말 하나로 누군가의 인생을 쉽게 판단하고 나도 그렇게
될 수 있을 거라고 여겨 왔다는 걸."

"아…."

"어제는, 그 말을 해 주고 싶었어. 실제로는 못 했지만."

우연이 쑥스러운 듯 목뒤를 만지작거리다가 쭈뼛쭈뼛 조금씩
뒷걸음을 쳤다. 이만 가 봐야 한다는 몸짓이었다. 혜민이 고개를
끄덕이자 그제야 우연은 마음을 놓고 뒤로 돌아 걷기 시작했다.

"목우연!"

혜민이 우연을 불러 세운 것은 우연이 고작 두 걸음을 뗐을
때였다.

"…."

"그냥 인정하기로 했어. 니가 당장 박지수를 이길 수 없다는

사실을 받아들이고 할 수 있는 일을 찾아 최선을 다하기로 한
것처럼, 나도 인정하기로 했다고. 난 야구가 싫지 않아, 아빠도 싫지
않고. 그냥 탓을 했던 거야."

혜민의 말에 우연은 새삼 그녀의 차림새를 살펴보았다. 그래.
야구가 싫다기엔, 야구장에 정말 자주 와 본 행색이다.

"그리고!

나, 널 좋아하나 봐!"

혜민의 외침에 우연은 손으로 자신의 입을 틀어막았다. 귀와
얼굴이 거의 폭발하기 직전 수준으로 붉어졌다.

"언젠가 네가 프로로 데뷔하면 너의 유니폼을 제일 먼저 살
사람은 나일 거야. 그러니까 네가 할 수 있는 모든 것들을 열심히
해낼 거라고 나랑 약속해."

우연은 혜민이 손에 들려 준 휴대용 선풍기로 달아오른 얼굴을
식히며 더그아웃에 복귀했다. 분위기가 심상치 않았다. 주전 선수
중 누군가가 발목을 다쳤다는 이야기가 들리고 파스 냄새가 코를
찔렀다. 감독과 코치들이 심각하게 이야기를 주고받는 모습을 보며
우연은 벤치에 앉았다. 관중석에 있을 혜민의 모습을 찾기 위해
고개를 이리저리 돌려 보았다. 그때였다.

"목우연."

코치가 우연을 불렀다.

"세컨- 할 수 있지?"

"세, 세컨. 2루요? 네, 네! 그럼요."

그라운드로 나간 우연의 심장이 빠르게 뛰기 시작했다. 평소에
서던 1루 베이스 뒤쪽이 아닌 1루와 2루 사이에 선 우연. 혜민과
예진, 덧니가 그의 이름을 부르며 응원했다. 혜민을 바라보고,

정면을 바라보고, 1루에 있는 지수를 바라본 우연. 이제야 우연은 인정하기로 한 것이다. 자신은 졸업할 때까지 지수의 자리를 뺏을 수 없다는 것을. 그리고 생각했다. 혜민을 좋아하고 있다고. 그러니 할 수 있는 일에 최선을 다하자고.

심판이 '플레이 볼'을 외쳤고 투수가 공을 던졌다. 타자가 배트를 휘두르자, 딱 소리와 함께 빠른 속도로 1루와 2루 사이를 가른 공을 우연이 순식간에 잡아채 지수를 향해 던졌다. 1루심이 주먹을 들어 보이며 큰 목소리로 외쳤다. *아웃ㅡ!*

혜민은 지수에게 엄지를 치켜올리는 우연을 멀리서 바라보며 떨리는 두 손을 모았다. 우연이 원하던 자리, 1루. 그리고 현재 우연이 서 있는 2루. 둘 사이의 거리는 90ft다. 우연이 자신의 부족함을 인정하고 용기를 얻는 데 필요했던 거리는 90ft. 그 거리를 받아들이기까지 우연은 얼마나 아팠을까. 그리고 얼마나 많은 시간이 필요했을까. 혜민 또한 그러했다. 벗어나지 못했던 과거까지의 거리, 90ft. 좀 더 빨리 달렸다면, 용기 내어 조금만 더 빨리 한 발자국 움직였다면, 더 쉽게 과거에서 벗어날 수 있었을지도 모른다. 그러나 혜민은 후회하지 않았다. 걸린 시간은 중요하지 않으니까. 발걸음을 떼어 낸 지금이 중요한 거니까.

"이따가 떡볶이 먹으러 가자, 목우연!"

혜민이 관중석에서 벌떡 일어나 우연을 향해 외쳤다. 목우연에게 새로운 소원이 필요해졌을 거다. 아니, 새로운 목표가 생겼을 거다.

그리고 난 오늘 목우연과 같은 소원을 빌 거야.

내가 좋아하는 그가 또 다른 90ft를 향해 과감히 나아갈 수 있도록.

무촌 사이

이은주

<수행 평가, D-56>

"신청곡으로 들어온 쥬얼리의 〈원 모어 타임〉을 끝으로 2008년
3월 26일 박춘고등학교 교내 점심 방송을 마치겠습니다."

따라라딴 따딴따딴. 베이비 원 모어 타임-. 가요와 뽕짝의
경계, 그 어딘가에 걸쳐 있는 반주가 교내 이곳저곳으로 퍼져
나갔다. 운동장 스탠드에 앉아 베컴 폰[1]으로 사진을 찍던 여학생
무리는 약속이나 한 듯 일어나 미간 앞으로 두 검지를 모아
춤을 추기 시작했다. 흙먼지가 흩날리는 축구 골대에 역전 골을
때려 넣은 남학생의 세리머니도 예외는 아니었다. 2008년 3월,
미국발 서브프라임 모기지 사태로 시작된 금융 위기의 그림자가
대한민국에 드리워진 시기였지만 그것은 결코 10대들의 이야기는
아니었던 것이다.

이윽고, 5교시의 시작을 알리는 종소리가 울렸다. 점심시간

---

1   2000년대 후반 모토로라가 영국 축구 선수 데이비드 베컴을 모델로 내세워 광고한 핸
    드폰. 출시되자마자 국내 핸드폰 시장을 휩쓸었다.

내내 박지성과 제라드에 빙의해 있던 남학생 두 명이 뒷문으로 뛰어 들어오는 동안 영어 선생 김말이가 교탁 앞에 섰다. 김말이는 '김마리아'의 준말로 얼추 추측한바 예수를 탄생시킨 한 여인의 성스러운 이름이 그 유래인 듯했지만, 조롱과 우롱이 일상이며 담 너머 분식을 사랑하는 아이들이 밀집한 고등학교에서 그 의미가 보존될 리 없었다. 역시나 박지성이 작게 한마디를 얹었다.

"아, 갑자기 김말이랑 피카츄 돈가스 존나 땡긴다. 유우진, 오늘 석식 제끼고 콜?"

"아니."

조용히 단어장만 바라보던 우진이 뿔테 안경을 올렸다. 문득 습관처럼 억울함이 몰려왔다. 한 여자의 이름이 식욕으로 이어지는 유치한 대화에 끼지 않으려 집 앞 명문고를 1지망으로 써냈건만, 하늘도 무심하시지. 어떻게 2지망도 3지망도 아닌 11지망에 떨어질 수 있는가. 정말 신이 있다면 대체 어떤 원대한 계획을 세우셨는지 물어보고 싶지만, 하… 아니다, 그나마 여기서 전교 1등 자리라도 유지하는 걸 감사하게 생각해야지. 그래, 긍정적으로 생각하자. 서울대에 가까워지고 있다. 감사하자. 아, 감사하다. 감사, 하다.

"자, 그대들이 고대하고 고대하던 영어 수행 평가 내용이다."

아이들의 야유가 거세졌지만 마리아 선생의 분필은 거침없이 제 갈 길을 갔다. 마치, 독립투사의 그 무엇처럼.

[2008년 박춘고등학교 2학년 1학기 수행 평가]
파트너와 '꿈'에 대해 *english dialogue*를 나누는 *UCC*를 찍으시오.

무촌 사이

UCC는 '유저 크리에이티드 콘텐츠'의 약자로, 꽤 거창해 보이지만 셀프로 만든 동영상이라는 의미다. 논술 준비차 읽고 있는 신문에 자주 나오는 용어였다. 셀프로 동영상을 만들어 올린다니. 퀄리티 높은 방송국 프로그램을 놔두고 그런 걸 왜 볼까 싶지만, 수행 평가 과제로서는 나쁘지 않다. 나야 어차피 1등이라는 목표만 달성하면 되니까. 우진은 과제 파트너의 이름이 적힌 제비를 펼쳤다. 바보만 안 걸리면 된다는 생각이었다. 그 순간,

째깍, 째깍, 째깍.

오후 1시 13분 45초를 지나는 벽시계의 초침 소리가 유난히 크게 귀를 타고 들어왔다. 천천히 눈을 들어 4분단 끝 전신 거울 앞에 자리한 여학생을 응시했다. 그녀의 가슴팍에 달린 노란 명찰에 쪽지에 쓰인 것과 똑같은 이름이 선명히 새겨져 있었다.

*

이름 공성희.

포장육 비닐처럼 타이트한 교복 위에 노스페이스 로고가 새겨진 바람막이를 필수로 걸친다. 마리아 선생이 볼 수 없는 책상의 사각지대에 신중히 거울을 세팅하곤 더페이스샵에서 나온 비비 크림 화사한 1호를 500원짜리 동전만큼 짜내 얼굴에 쫙쫙 펴 바른다. 얼굴이 조커처럼 하얘지면 베네피트 틴트로 화장을 마무리한다. 이어 머리를 묶어서 똥 머리를 만들기 시작한다. 그리고 푼다. 다시 묶는다. 또 푼다. 장인도 울고 갈 만큼 수없이 반복되는 퍼포먼스는 고무줄에 달린 왕관 모양 큐빅 장식이 정가운데에 올바르게 안착하고 나서야 일단락된다.

그녀의 외모는 뒤 구르기를 하면서 봐도 확신할 수 있을 정도로 일진상이었다. 그러나 굳이 그녀의 카테고리를 고르자면 일진보다 상위에 포진한 영쩜오진이었다. 소문에 의하면 입학 초 동족의 기운을 대차게 느낀 몇몇 일진이 그녀에게 먼저 다가간 적이 있다고 한다. 명목은 틴트를 빌리는 것이었지만 늘 그렇듯 그들의 주목적은 서열 정리였다. 이때, 보통의 학생들은 일진이 풍기는 양아치 아우라에 벌벌 떨며 물건을 건네주는 경우가 대다수지만 — 실은 뺏기는 것이었다. — 그녀의 반응은 예상과 달랐다.

보란 듯 틴트를 원 샷 때리는 엽기적인 행각을 벌인 뒤에 쓰윽…, 손등으로 입술을 훔쳤다나? 마치 이제 막 인간의 간을 파먹고 핏물로 범벅된 구미호 같은 인상에 일진들은 겁을 먹었다. 이후 그녀에게 어떤 식으로든 접근하는 사람은 아무도 없었다는데….

잠깐만. 이 정도면 영쩜오진이 아니라 영진 정도 되어야 하는 거 아닌가? 우진은 단어를 외는 척 성희를 힐끔댔다. 그때였다. 분홍색 구르프를 집은 성희가 팔꿈치까지 블라우스 소매를 걷기 시작했다. 백설기같이 하얀 팔이 돋보였다. 하지만 그보다 먼저 눈에 띈 건 팔에 덕지덕지 붙어 있는 대일 밴드들이었다.

'저게 왜 저렇게 많이 붙어 있는 거지?'

이윽고, 무언가 깨달은 듯 우진의 눈이 커졌다. 〈그것이 알고 싶다〉 같은 프로그램을 보면 10대들이 서로 담배빵을 주고받으며 우정을 증명한다던데? 그런 애들은 꼭 교실에서는 조용하던데! 설마…!

우진은 머리를 싸맨 채 책상에 엎드렸다. 예상에 없던 선택지다. 게다가 그녀는 전교 298등이다. — 그녀의 뒤엔 야구부와 사이클부가 있다. — 모든 것을 종합해 본 바 이 충격의 강도는 마치

무촌 사이

집 앞 1분 거리에 위치한 1지망 명문고를 놓치고 30분 거리에 있는 고등학교에 배정된 날에 느낀 것과 흡사했다.

서울대가 아득히 멀어지는 느낌에 격하게 고개를 젓다 이내 눈을 부릅떴다. 이럴수록 긍정적으로 생각해야 한다. 정신 똑바로 차리자, 유우진. 담배빵이 있건 없건 무슨 상관이야. 공성희가 영어만 읽을 줄 알면 이 수행 평가는 금방 끝날 거야. 괜찮아, 괜찮을 거라고! 우진의 결심은 허허벌판에 신도시를 건설하겠다는 공무원의 다짐과 같았고, 실제로 우진은 아주 잠시 원대한 희망에 부풀기도 했다. 그 땅에 알 박기를 하는 존재가 없었다면 아마도 희망은 더 오래 유지되었을 것이다.

"자, 오늘은 25일이니까 25번이…"

교단에 선 마리아 선생이 잠시 말을 멈췄다. 그녀의 눈길이 4분단 뒤쪽으로 향해 있었다.

"25번 뒤에, 뒤에, 뒤에 앉은 공성희가 읽어 보자."

그 무렵 쌍꺼풀 라인을 잡는 막대를 한창 눈 끝에 박고 있던 공성희에게 짝꿍이 팔꿈치로 눈치를 줬다. 공성희는 천천히 일어나 책을 들었다.

"왜앤-, 흠…, 왜앤 아이 웨즈 차일드…"

"웨즈 아니고 워즈. 너, 고딩이 be 동사도 못 읽으면 어떡하니. 그렇게 해서 전지현 같은 배우 될 수 있겠어?"

타박은 성희가 받았건만 굳은 건 우진이었다. 아뿔싸. 저런 참담한 수준이었다니.

"한국 배우는 한국말만 잘하면 돼요."

"할리우드 진출은 안 할 건가 봐?"

"요즘은 자막이 워낙 잘 나와서요. 외국인들도 1cm의 장벽을 넘는 시대가 곧 오겠죠, 선생님."

"아이고, 그렇게 말씀하시는 그대의 국어 점수는 몇 점일까?"

"선생님. 반 전체가 다 보는 가운데 한 학생의 점수를
공개적으로 물어보시는 건 학생의 인권을 침해하는 겁니다. 잘 아실
만한 분이."

"그럼, 구미호처럼 시뻘건 그 입술이 오늘 밤 내 꿈에 나올 것
같은 건? 이건 교권에 좋니, 안 좋니?"

아이들의 웃음이 이어졌지만 공성희의 고개는 여전히
꼿꼿했다. 정말 너무나도 꼿꼿해서 우진은 미칠 판이었다. 수업이
끝난 후 마리아 선생을 찾아갔다. 우진은 그녀가 드라마에 나오는
악덕한 선생처럼 전교 1등을 편애한 나머지 교권을 남용하여
함부로 파트너를 바꿔 주길 바랐지만 현실은 드라마와 달랐다.
친구와 합의를 하면 바꿀 수 있다는 반쪽짜리 답만 돌아왔을 뿐.
그날 저녁, 우진은 박지성과 제라드에게 피카츄 돈가스를 사
주며 회유를 시작했지만 협상은 허무하게 결렬됐다. 공성희가
be 동사조차 못 읽는 일자무식이라 그런 것이 아니었다. 딱 봐도
비협조적인 태도로 나올 게 분명하다는 것이 이유였다. 대사를 한
줄도 외워 주지 않을 거라나. 제라드는 그걸 '공성희다움'이라고
표현했고, 그녀는 정말 딱 그렇게 행동했다.

"안 해."

"안 한다고? 성희야. 이, 이유가 뭐야?"

"알려고 하지 마. 다쳐."

"성희야. 잘 좀 봐 봐. 내가 대본도 쓰고, 단어 밑에 발음까지 다
써 줬는데 이러는 이유가 뭐냐구!"

공성희는 우진에겐 눈길 한 번 주지 않은 채 구르프를 말고

무촌 사이

있었다. 저 플라스틱 덩어리보다 못한 취급을 받다니. 비참하기 짝이
없었다.

"재미가 없어도 웬만큼 없어야 말이지."

"재미?"

"자고로 말이야, 대본엔 기승전결이란 게 있어야 하는 거야.
근데 네가 쓴 거 봐 봐. 그건 이야기가 아니라 음…, 굳이 얘기하자면
나열이랄까. 그래. 듣는 이의 흥미 따위는 전혀 안중에도 없는 백지
위 검은 글씨, 그 이상도 그 이하도 아니라는 거지."

"무, 무슨 소리야. 이, 이걸 내가 어떻게 쓴 건데!"

"그건 네 사정 아닐까? 됐고, 이거나 들어."

우진이 기막혀하는 사이 성희가 우진의 손에 로마 공주나 쓸
법한 거울을 쥐여 줬다. 제대로 들라는 타박과 함께였다.

"그럼… 내가 뭘 해야 협조할 수 있을 것 같아?"

질문을 하는데 그녀의 팔에 있는 대일 밴드들이 또다시 눈에
들어왔다. 아이 씨, 분위기 파악 못 했다고 담배빵 지지는 거 아니야?
우진은 마른침을 삼켰다. 다행히 그녀의 답은 그런 짓과는 거리가
멀었다.

"글쎄…, 답이 있을까 모르겠다. 귀여니 소설을 한 번이라도
읽어 봤다면 이런 대본, 민망해서 나한테 못 들고 올 텐데."

우진의 눈이 돌연 커졌다.

"규연? 그럼 내가 이규연이랑 파트너 바꿔 줄까?"

처음으로 공성희는 우진을 제대로 바라봤다. 폭탄 돌리기를
할 수 있을 거란 희망으로 가득 찬 남학생의 눈을 아주 경멸한다는
눈빛으로.

"됐다, 내가 너랑 무슨 말을 하냐."

알고 보니 그녀가 언급한 건 규연이 아니라 2000년대를 풍미한 '귀여니'라는 인터넷 소설 작가였다. 《그놈은 멋있었다》, 《도레미파솔라시도》, 《내 남자 친구에게》 같은 일곱 글자 제목의 작품을 많이 쓴, 그중 몇 작품은 영화화까지 된 나름의 거장이었다. 우진은 귀여니 작품의 화려한 기승전결을 살피기 위해 난생처음으로 깨비 책 대여점의 문을 열었지만 5분도 머물지 못하고 다시 나왔다. 들어가기 전보다 더 많은 물음표를 품은 채였다. 아니 대체 공성희는 나더러 어떤 대본을 쓰라는 거야? 무엇을 바라는 거지?. 혹시… 이런 거?

Woojin: Hi, what's your dream for the future? 0_0??
Sunghee: Why? -_-^
Woojin: Why…? 0_0?? (민망해서 고개를 떨군다.)
Sunghee: Chu…. (뽀뽀를 한다.)
Woojin: (Chu…???? 0_0….) Oh, my god!!!!!!!!!!!!!!!!!!!!!!! (고개를 들며)
Sunghee: -_-^ Why…. Hmmhmm!! My dream is… to become a Korean actress.

How about my act?!!!!!!!!!!!!!!!!!!!!!!!!

Woojin: 0_0…!
Sunghee : -_-^^^^^^^^Answer!

K k y a a !!! ☆☆☆☆☆★★★★★

어질어질했다. 공성희의 입맛에 맞추려다 김말이에게 이상한 사람으로 비춰질 것이 뻔했다. 수행 평가는 출제자의 주관적 판단이 반영되는 항목이다. 귀여니가 아무리 거장이라도 40대 김말이는 이 감성을 절대 이해할 수 없을 것이다. 그래, 클래식 이즈 베스트지. 모차르트와 쇼팽이 아직까지 존경을 받는 이유가 뭐겠어. 하던 대로 하자고. 우진은 늘 그렇듯 일기를 적으며 하루를 마무리했다.

3월 26일 맑음
왜 하필 공성희일까. 이해할 수 없지만 어떻게든 이 시련을 넘어서야 한다.

*

<D-49>
아침부터 TV에서 흘러나오는 아나운서의 목소리에 우진은 몸을 일으켰다. 삑삑, 전자레인지를 돌리는 사람은 단언컨대 엄마다. 아빠는 매일 밤 야근과 회식의 반복으로 우려질 대로 우려져 찻물이 다 빠진 녹차 티백처럼 침대 한구석에 붙어 있을 것이고, 형은 대학교 기숙사에 있으니. 물론, 대기업 차장인 엄마도 야근의 늪에서 자유롭진 않지만 아빠와 달리 부지런하시다.

우진은 냉장고에서 우유를 꺼내 마시며 뉴스 화면을 응시했다. 통계청에서 발표한 자료에 의하면 2005년 기준으로 가장 높은 비율을 차지한 가구 유형은 부부와 자녀로 이루어진 4인 가구란다. 딱 우진의 집이 그랬다. 엄마, 아빠, 형, 우진으로 이루어진 이 가정은 통계상으로 가장 보편적이지만 한편으론 그렇지 않기도 했다.

TV 받침 위에 올려진 형의 서울대 입학 사진이 그 증거였다. 이제 막 당신들의 후배가 된 자식을 보는 부모님의 표정이 그저 온화했다. 형은 부모님의 길을 향해 예상 답안지와 한 치의 어긋남도 없이 그대로 걸어왔으니 어쩌면 당연한 결과일지도 모르겠다.

　베란다로 나가자 우진이 사는 아파트에서 도보로 1분도 걸리지 않는 곳에 자리한 익숙하고도 낯선 고등학교가 보였다. 학생들이 등교하기엔 아직 이른 시간이라 부모님과 형이 걸었던 교문 주위에서는 경비원만이 홀로 비질을 하고 있을 뿐이었다. 문득 궁금해졌다. 저 경비원은 귀신이 나온다는 소문의 창고에 들어가 본 적이 있는지. 때때로 가족들은 원탁에 둘러앉아 밥을 먹으며 그 이야기를 즐겨 하곤 했다. 자신의 성적을 비관해 대학 입시를 열흘 앞두고 죽었다는 여고생 귀신에 대한 이야기였다. 그러나 같은 원탁에 둘러앉았다고 모든 걸 이해할 수 있는 건 아니었다. 11지망으로 떨어진 고교생은 그저 묵묵히 밥알만 씹었다.

　이젠 잠시간의 이방인 생활을 청산할 때다. OMR 카드에 작은 점들을 올바르게 찍어 제출하기만 하면 내후년에는 TV 위 사진 속 사람들이 세 명에서 네 명으로 변해 있을 것이다. 그러려면 일단…. 문득 성희를 떠올린 우진의 머리가 지끈거렸다.

　지난 일주일은 고요하고 평화로운 인생을 살아왔던 우진의 인내심이 마구잡이로 뒤흔들리는 시간이었다. 공성희가 만만찮은 여자애라는 걸 진작에 깨달았던 우진은 처음엔 좋게 좋게 회유 작전을 썼다. 누가 그랬지. 사람하고 친해지려면 일단 입에 뭘 넣어 줘야 한다고.

　"성희야, 우리 치킨 먹으면서 회의 좀 할까? 나 오늘 용돈 받았거든."

　"우리집 치킨집 해."

　젠장. 해도 꼭 그 업종을.

할 말이 없어 입을 다물자 어디서 "스마-일."이라는 아기 목소리가 터져 나왔다. 셀카를 좋아하는 그녀의 핸드폰에서 나온 소리였다. 공성희는 앞머리를 삼지창처럼 세 갈래로 내린 채 입술을 쭉 내밀곤 마치 고양이가 된 듯 주먹을 볼 옆으로 가져가는 기이한 제스처를 취했다. 대체 저게 뭐가 예쁘다고 저러고 있는 걸까. 너무 나르시시즘이 심한 거 아니야? 온통 이해할 수 없는 것투성이였는데도 우진은 가식적인 미소를 장착했다. 그녀의 모습이 복도에서 사라질 때까지.

하지만 우진이 성희에게 맞춰 주려 할수록 상황은 지각 변동이 일어나는 듯 어긋났다. 여자들만 가득한 에뛰드하우스에서 "어서 오세요, 왕자님."이라는 듣도 보도 못한 인사를 들어 가며 앵두알 맑은 틴트를 사 왔지만 공성희는 베네피트 외엔 취급하지 않는다며 냉정하게 거절했다. 그 거절은 언제나 "스마-일."로 끝났다. 스마일, 스마일, 그놈의 스마일!

"아, 좀 해 주면 안 돼? 난 이번에 점수 잘 받아야 한다고!"

인내심이 바닥났을 때, 모두가 보는 하굣길에서 결국 소리치고 말았다. 이제껏 시냇물이 졸졸 흐르는 풍경처럼 평화롭기만 했던 우진의 마음에 거대한 번개가 내리꽂히는 순간이었다. 영진이든, 영쩜오진이든 알 게 뭐람? 그놈의 틴트, 나도 두 병 세 병 마셔 버리지 뭐! 얼마나 짜증이 솟구쳤는지 남의 시선 따위 느껴지지도 않았다.

마치 자기들만 심각한 드라마를 찍고 있는 여느 커플처럼 두 사람이 서로를 응시하던 상황, 먼저 휙 돌아선 쪽은 공성희였다. 그녀의 등짝이 이렇게 말하는 듯했다. '어쩌라고.' 그리고 어김없이 들려오는 그 소리. "스마-일."

으아아아아악! 우진은 안경을 벗고 머리를 마구마구 헤집었다.

맞바람이 우진의 심란한 마음만큼 불어닥쳤다. 하지만 그 순간에도 스마일 소리는 점점 멀어지기만 할 뿐이었고, 그게 마지막으로 공성희를 본 3일 전의 일이었다.

[그래, 공성희! 나도 안 한다 안 해!]

방 한가운데에 선 우진이 엄지손가락으로 거칠게 핸드폰 자판을 난타했다. 억울했다. 대체 내가 뭘 잘못했길래 이런 수모를 당하는 거지? 치킨도 싫대, 대본도 싫대, 어디 붙어 있는지도 모르는 나라의 왕자가 사 온 틴트도 싫대! 어쩌라고! 이 일 때문에 다른 공부에 지장이 생기잖아! 답답한 마음에 한숨이 새어 나왔다. 이 억울한 일을 단 두 줄의 문자로 끝낼 수는 없다는 생각이 들었다. 우진은 써 두었던 메시지를 지우고 다시 천천히 버튼을 누르기 시작했다.

공성희. 너 진짜 인생 그렇게 사는 거 아니야. 내가 18년을 살았지만 진짜 살다 살다 너 같은 애는 처음 본다. 너는 진짜…

진심을 써 내려가니 응어리진 마음이 슬슬 풀리는 것 같았다. 그렇게 약 열다섯 줄의 LMS[2]를 썼을 즈음이었던가, 핸드폰이 진동했고 화면 위로 세 글자가 떠올랐다.

[담배빵]

공성희의 연락이었다.

*

<hr>

2 핸드폰으로 장문 메시지를 전송하는 서비스, 또는 그 메시지.

무촌 사이

사거리에 위치한 그린프라자 3층. PC방의 문을 열자마자 우진은 소매로 코부터 가렸다. 담배 연기로 가득 찬 PC방 내부는 흡사 증기 기관차 같았다. 어디 있지, 까치발을 하자 드글드글한 고딩과 아저씨들의 머리통들 사이로 분홍색 그루프가 반짝 빛났다. 침을 꿀꺽 삼키며 발걸음을 옮겼다.

"공성희."

"어, 우진아. 빨리 잘 찾아왔네? 여기 앉아."

성희가 빈자리에 놓인 제 가방을 손수 치워 주며 웃었다. 여기서 끼니를 해결한 건지 테이블 위엔 빈 튀김우동 용기와 웰치스 캔이 놓여 있었다. 잠깐만…, 지금 날 우진이라고 불렀어? 게다가 공성희답지 않게 왜 웃어 주는 거지? 어디 아픈가. 평소와 다른 태도에 일순 어색함이 몰려왔지만 공성희는 왜냐고 물을 새도 없이 보여 줄 게 있다며 우진의 의자를 제 쪽으로 당겼다. 순간, 담배 연기조차 통과할 수 없을 만큼 가까워져 서로의 어깨가 닿았다. 우진의 몸이 일시적으로 굳었다. 엄마와 닿아 봤을 때를 제외하고는 처음 느껴 보는 이성의 촉감이다. 얘는 괜찮은 건가, 쓱 눈치를 보았지만 공성희는 키보드만 두드릴 뿐이었다. 쳇, 어깨가 없어져도 아무렇지 않을 아이군. 곧 공성희가 검색창에 '쵸재깅'[3] 이라는 한글을 입력하자 싸이월드로 연결되는 링크가 떴다. 그녀는 이내 자신의 미니홈피를 열었다.

"짠! 방문자 수 봐 봐. 대박, 쩔지?"

기다란 검지손가락 위, 일 방문자는 1641. 오른쪽에 표시된 누적 방문자 수는 51만이라는 숫자에 가까워져 있었다. 알고 보니

3 'cyworld'를 한글로 타자했을 때 나오는 글자.

그녀는 온라인에서 여고생 얼짱으로 나름 유명한 인물이었다. 매일 평균 900명 정도의 방문자가 들어오지만 오늘은 평소의 배에 가까워졌다는 게 그녀의 설명이었다. 가끔은 기획사에서 캐스팅 쪽지도 오는데 워낙 소규모 회사라 무시하고 있다고. 그러거나 말거나. 우진에겐 딴 나라 이야기였다. 아니, 유네스코 세계 유산으로 등록된 석굴암도 아니고 여자애 하나가 뭐가 좋다고 굳이 시간을 내서 이런 곳에 찾아와. 그 이유가 궁금했지만 질문을 입 밖에 내진 않았다. 협상의 1원칙은 진심을 숨기는 거니까.

"그래서, 흠. 뭐. 이, 이거 보여 주려고 부른 건 아닐 거 아냐."

성희의 얼굴을 마주 보니 무슨 이유에서인지 입꼬리가 올라가 있었다. 뭐야, 아까부터 소름 끼치게. 그 순간, 거친 손길이 눈썹까지 덮여 있던 우진의 앞머리를 순식간에 홱 올렸다. 으악! 정신을 차렸을 땐 이미 성희의 손에 우진의 뿔테 안경이 들려 있는 상태였다. 무슨 여자애 손아귀 힘이 그렇게 센지 머리카락 뿌리까지 뽑히는 줄 알았다. 그런데 대체 왜?

"아주 못 쓸 정도는 아니었네?"

이제껏 국어 1등급을 단 한 번도 놓쳐 본 적 없는 우진은 문장의 맥락을 단번에 유추할 수 있었다. 하, 자기가 뭔데 남의 얼굴을 함부로 평가해? 이럴 시간에 도서관 가서 영어 단어라도 하나 더 외우는 게 낫겠어. 괜한 시간 낭비라는 생각에 일어서려 하자 성희가 한 손으로 우진의 어깨를 꾹 눌렀다. 그 바람에 힘 한 번 쓰지 못하고 맥없이 의자에 엉덩이를 붙일 수밖에 없었다. 이게 진짜 미쳤나? 그리고 아까부터 겁 없이 남의 어깨를 자꾸 툭툭!

"봐 봐."

그녀가 가리킨 미니홈피를 향해 억지로 시선을 옮겼다. 한 장의 흑백 사진이 보였다. 정확히 짚자면 그녀의 셀카 한 귀퉁이에 걸린 우진의 사진. 그러니까… 공성희의 무시에 인내심이 바닥나 안경을 벗어 던지고 머리를 마구마구 헤집었던, 거센 맞바람마저 자비 없이 불어 젖혔던 3일 전의 찰나였다. 이게 다 뭐야…? 우진은 미간을 찌푸리며 모니터에 뽀뽀할 듯 가까이 다가갔다. 사진 밑으로 모르는 이들의 댓글이 가득했다.

이수지: 와, 진짜 뒤에 누구예여ㅋㅋㅋㅋㅋㅋㅋㅋㅋㅋ 미간 찡그린 거 오나전 설렘. 엄지척!
연소라: 남친?!! ★★★★ 머시썽 머시썽 머시썽!!! ★★★★★★★
김주미: 양아치와 모범생 사이의 어딘가…. 분위기 남신이다 ㅜㅜ
이은주: 퍼가요~♡

우진이 사태를 파악했을 즈음, 성희가 우진의 의자를 제 쪽으로 돌리며 눈을 마주쳤다. 처음 보는 아주 진지한 눈빛이었다.
"유우진. 앞으로 나랑 사진 열 장만 찍자. 그럼 내가 수행 평가에 적극 협조할게. 콜?"
"사진…?"
우진은 그제서야 알게 되었다. 자신이 이곳에 불려 나온 이유를.

그날 밤, 우진은 TV를 켜고 EBS를 보는 대신 처음으로 컴퓨터를 켰다. 시선은 미니홈피에 아주 오래 멈춰진 채였고, 머릿속은 구르프를 만 어떤 영업 사원의 멘트로 인해 꽤나 시끄러웠다.

유우진, 애들이 알아보는 거? 걱정하지 마. 여기 사진 보이지?
이게 나야. 보다시피 난 호박을 수박으로 만들 수 있는 포토샵
능력자야. 응? 아니, 자격증은 없어. 하지만 난 이 결과물이
자격증이나 마찬가지라고 생각해. 너랑 친한 박지성이랑 제라드도
못 알아볼 훈남으로 만들어 줄게. 아, 그런 건 필요 없어? 음⋯.
우진아, 그럼 우리 잘 생각해 보자, 응? 이 한 번의 결정이 네 인생에
어떤 영향을 미칠지 말이야. 박지성이 그러던데 너 서울대 가는 게
꿈이라며? 그럼 나의 도움이 좀 절실히 필요한 부분이 있지 않을까?
영.어.수.행.평.가.라.든.지.말.이.야.

그녀의 입에서 서울대라는 단어가 나온 순간 우진의
머릿속에서는 상상이 꼬리에 꼬리를 물고 이어졌다. 우진은 한
경기장에서 파란 과잠을 입은 채 아카라카 칭 아카라카 쵸를
외쳤다. 상대편에 있는 시뻘건 무리를 주적으로 인지하며 피 터지게
목소리를 내고 있던 그때, 경기장 내에 그림자가 드리워졌다. 우진은
하늘을 향해 고개를 들었다. 서울대 과잠을 입은 사람들이 아래쪽을
보며 애쓴다는 듯 웃고 있었다. 엄마와 아빠 그리고 형이었다.
이런 젠장. 우진은 마우스에서 뗀 손을 핸드폰으로 옮겼다. 이윽고,
거침없이 메시지를 완성했다.

[하자. 사진인가 뭔가 아무튼 그거.]

*

<D-47>
엄마- [야근 때문에 저녁 같이 못 하겠다. 주말에 형이랑 넷이서

무촌 사이

맛있는 거 먹자. 생일 축하해, 아들.]

곧 저녁 급식이 시작되는 시간, 몇몇 여자아이들은 TV 장 뒤에 숨어 고데기로 머리를 말고 있었다. 수업용 컴퓨터를 이용해 지뢰찾기 게임을 하던 제라드와 박지성은 게임이 싱겁게 끝나자 이내 서로의 탓을 하며 우진의 근처로 다가왔다. 그들이 가장 먼저 관심을 보인 것은 우진의 책상 위에 놓인 최신형 PMP였다.

"오, 씨발. 이거 뭐냐?"

"미친, 간지 작살."

이곳저곳 만져 대던 그들은 우진의 PMP로 DMB 수신이 가능하다는 사실을 파악하고는 야자 시간에도 축구 경기를 볼 수 있다는 희망에 들떴다.

"니네 엄마 쩐다. 아 씨, 우리 엄마 이런 거 절대 안 사 줘."

제라드의 말에 단어장을 펼치던 우진이 멈칫거렸다. PMP는 우진이 전날 엄마에게 받은 용돈으로 부평 지하상가에 들러 사 온 것이었다. 언제부턴가 밤이 되어야 볼 수 있게 된 엄마 아빠는 해가 갈수록 생일이 다가오면 선물을 주는 대신 지갑을 열었다. 처음엔 좋았다. MP3나 엠씨스퀘어 등등 평소에 갖고 싶었던 것들을 살 수 있었고, 친구들의 부러움을 한 몸에 받았으니까. 하지만 몇 해가 지나고 나니 부모님이 지갑을 열 때마다 입에서 이상한 쓴맛 같은 게 느껴졌다.

생일날 가족들과 둘러앉아 케이크같이 달콤한 것을 먹어 본 게 언제였더라. 미간을 찌푸리던 우진은 기억을 떠올리길 그만두고 다시 단어장에 눈을 박았다. break away from… 일탈하다. break away from… 일탈하다. 잡생각이 많아서인가 유난히 외워지지 않는

숙어를 두 번이고 세 번이고 눈에 담아야만 했다. 그즈음, 새로운 문자가 왔다.

　　성희 - [가방 챙겨서 박춘역으로 오삼.]
　　우진 - [성희야, 너 야자 안 해?]
　　성희 - [아, 그딴 걸 웨 하삼.]
　　우진 - [넌 아니지만 난 해야 하는 사람이야. 이런 제안, 너무 갑작스러워.]
　　성희 - [됐고. 이미 김말이한테 너 아파서 병원 간다고 말혜 놨삼.]

　　그녀가 무슨 말을 하든 쳐 내고야 말겠다는 기세로 문자를 치던 엄지가 의지를 상실한 순간이었다. '에이, 설마 장난이겠지.'라는 부정과 '공성희가 한 말이 진짜인가?'라는 의문이 교차되기도 전에 지나가던 김말이가 몸은 괜찮냐며 안부를 물어 왔다. 정말이지, 공성희는 실행력 하나는 죽여줬다. 상대에게 동의만 얻었으면 금상첨화였을 텐데. 하지만 그때까지도 우진은 알지 못했다. 두 시간 뒤, 자신이 패션의 메카 동대문 밀리오레 앞에 서 있게 될 줄은.

　　밀리오레 남성 잡화 매장으로 올라가는 에스컬레이터 옆 거울에 비친 우진의 모습이 어딘가 느슨했다. 언제나 세트처럼 붙어 있던 안경과 가방 그리고 교복 상의는 현재 지하철역 코인 로커에 갇힌 신세였다. 남아 있는 건 교복 바지에 반팔 티뿐인데 그 차림에 모자를 씌워 버리니 좀처럼 학생티가 나지 않았다. 성희의 말에 따르면 얼짱 사진을 구성하는 요소 중 80%를 차지하는 건 핫한

무촌 사이

패션인데, 그것은 노력을 요하는 보정 불가능의 영역이라며 쇼핑을
권유 — 라고 쓰고 강요라고 읽는다. — 했다. 거울 너머의 그녀 역시
교복을 벗어 던진 지 오래였다.

"성희야. 근데… 그렇게 피 안 통하는 바지 입은 것도 노력인
거야?"

"야, 요즘 돌청 스키니 없어서 못 사거든? 이거 스타일난다
베스트야."

"…."

"왜."

"아니, 그냥…. 그거 입고 혈압 재면 딱 좋을 것 같다는 생각이
들었어."

"네가 잘 모르나 본데 원래 그런 게 패션이란다. 조금만 있어 봐.
너 나한테 고마워할걸?"

"그럴 일 없을 것 같은데…. 아, 맞다. 성희야."

"왜."

"오늘…"

"뭐어."

"… 협조하면 대본 진짜 외워 주는 거지?"

긴장감에 입술이 빠르게 말라 갔다. 그도 그럴 것이 한동안
우진과 성희 사이에선 대본 논쟁이 수없이 이어졌다. 그저 남들이
하는 것처럼 두 학생의 평범한 대화나 찍자는 우진과는 달리, 성희는
지금까지 본 여러 뮤직비디오와 영화 그리고 드라마를 종합해 본
바 클리셰만큼 대중을 홀리는 건 없다면서 보스의 여자를 사랑한
남자의 이야기라든가, 평범한 여자를 사랑한 깡패의 이야기들을
제시했다. 그 끝은 언제나 여주인공의 비극적인 죽음이었다. 이해할

수 없는 것이 한두 가지가 아니었다. 여주인공은 죽는 순간까지
왜 그렇게 쫑알쫑알 말이 많은지, 남주인공은 여주인공을 구할 수
있는 시간이 아주 충분함에도 불구하고 왜 붙박이처럼 서서 남의
이야기를 다 듣고 있는지.

그녀는 그게 이 시대의 감성이라고 했다. 아니, 어떻게 한
생명이 죽는 게 트렌드라는 거지? 하고 싶은 말이 많았지만 우진은
단념했다. 다시 생각해 보면 공성희와 대본을 가지고 논의를 해
본다는 것 자체가 장족의 발전이었기 때문이었다.

"외워 주는 거지?"

하지만 어디로 튈지 모르는 그녀이기에 이제 와서 '노'라는 답이
나오는 건 아닌지 걱정이 앞섰다. 립글로스를 잔뜩 발라 튀김같이
번들거리는 성희의 입술이 제대로 벌어지길 잠자코 기다리는데
어딘가에서 벨 소리가 울렸다. 그녀가 돌청 스키니 뒷주머니에서
힘겹게 꺼낸 핸드폰 화면엔 '아저씨'라는 발신자가 표시되어
있었다. 커다란 벨 소리는 그녀의 손가락이 가뿐히 종료 버튼을
누르자 바로 멈췄다. 이윽고, 성희가 우진에게 어깨동무를 하며 눈을
맞췄다.

"내가 고른 옷, 불평 없이 입으면 외울게."

밀리오레엔 우진이 엄마와 가곤 하는 백화점과 다른 특유의
분위기가 존재했다. 바지와 티셔츠 옆엔 반드시 연예인의 이름이
붙어 있었다. 가령 '지디 st'나 '소지섭 st' 같은. 성희는 상인들의
호객에 대답 한 번 제대로 하지 않은 채 빼곡하게 걸린 옷가지를
들추는 카리스마를 발휘했다. 네가 뭐라 하든 내 갈 길을
가겠다는 줏대가 나름 멋있었지만 그녀가 고르는 옷들은 한결같이

우진의 취향과는 너무 멀었다.

역시나, 거울을 보니 괴물이 서 있었다. 다리엔 피가 안 통할 만큼 꽉 끼는 바지, 발엔 답답하기만 하고 실용성은 하나도 없어 보이는 하이 톱 슈즈, 머리엔 마치 입대 예정자라고 쓰여 있는 듯한 밀리터리 모자. 혹시 이거 벌칙인가. 교복이 눈물 나도록 그리운 적은 처음이었다. 구석에 있던 남자 점원의 박수 소리가 점차 가까워졌다.

"이야, 이 티셔츠 네 거다. 네 거! 이거 오늘 들어온 신상인데! 죽이지?"

"어… 괜찮은 것 같기도 한데요,"

"얼만데요."

칭찬을 싹둑 자르는 성희의 가위 같은 질문에 잠시 매장에 적막이 흘렀다. 쩝, 소리와 함께 점원이 한숨을 쉬자 담배 쩐 내가 났다.

"6만 원, 싸지?"

점원은 가격을 말하는 동시에 우진이 입고 왔던 바지를 봉지에 담았다. 그때였다. 성희가 봉지를 가로챘다.

"거짓말."

1초 정도, 분명 열이 오른 듯한 점원의 표정을 우진은 분명히 읽었다. '성희야, 그만해…. 저 남자 왠지 일진이었을 것 같아.'라는 말이 턱 끝까지 차올랐을 즈음 점원이 가소롭다는 듯 피식, 웃었다. 그 순간부터 성희와 점원의 실랑이가 시작됐다. 네가 남자 옷에 대해 뭘 아냐는 점원의 힐난조에 성희는 그건 몰라도 아까 누군가가 같은 옷을 3만 원에 사 갔다는 건 안다는 말로 응수했다. 일진 위에 자리한 영진의 하악질 때문이었을까, 남자의 여유 있던 얼굴이 일순

콘크리트처럼 굳었다.

"야, 너 내가 옷 가지고 사람 속이는 양아치로 보여?"

"보여."

예고 없는 반말에 사람들의 시선이 모이는 게 느껴졌지만 성희는 그런 것 따위 안중에도 없는 듯했다. 퉤, 점원이 씹던 껌을 쓰레기통에 뱉으며 성희 앞에 섰다.

"근데 머리에 피도 안 마른 게 왜 반말이실까?"

"너는 처음부터 했잖아. 뺑튀기에도 정도가 있지. 우리가 만만해?"

퍽. 성희가 아까 뺏은 봉지를 점원의 얼굴에 날렸다. 이어 성희의 주머니에서 나온 3만 원이 남자 직원의 눈앞에 흩날렸다. 점원의 시야가 가려진 사이 성희와 우진은 도망쳤다. 성희가 우진의 손을 잡았다.

"야, 뛰어!"

그들은 밀리오레의 좁고 좁은 복도를 누비며 뛰었다. "이 미친 것들!" 곧 우당탕 소리와 함께 점원이 뒤쫓아 오기 시작했다. 도망치다 상행 에스컬레이터를 타게 된 성희와 우진은 사람들을 요리조리 피하며 무조건 아래로 돌진했다. 이윽고, 건물을 벗어나 사람이 가득한 명동 거리로 나왔다. 댄스 퍼포먼스 무대를 즐기는 수많은 관중들 사이로 거친 숨소리를 내며 뛰어든 그들의 모습은 제법 튀었다. 얼마나 지났을까, 한참이나 가쁜 숨을 몰아쉬던 우진의 시야에 성희와 맞잡은 자신의 손이 보였다.

'어…. 언제부터 잡고 있었던 거지?'

이걸 놓아야 하나, 그대로 두어야 하나. 5초에 100번쯤 고민하고 있는데 성희와 눈이 마주쳤다. 이내 그녀가 우진을 향해 하하, 웃어

무촌 사이

보였다. 이가 훤히 드러나는 시원한 웃음이었다. 기분이 미묘했던 것도 잠시, "픔." 하고 짧은 공기가 새어 나왔다. 아주 웃긴 개그 콘서트를 둘이서만 본다면 이런 기분일까. 하하하, 갈비뼈가 둥둥 울렸다. 생일날 도망이라니. 진짜 웃겼다.

이후, 그라피티가 그려진 어느 청계천 다리 앞에서 그들은 한 시간 가까이 사진을 찍었다. 성희는 우진이 무심코 하는 행동을 죄다 막았다. 내추럴이 콘셉트니까 렌즈를 보지 말고 브이도 하지 말라나. 사진을 찍다 보니 금세 배고파졌다. 아주머니 혼자 하시는 포장마차에 들어가 어묵 하나씩을 집었다. 성희의 팔에 붙어 있는 대일 밴드들이 우진의 눈에 새삼 들어온 건 그때쯤이었다. 오랜만에 보았더니 문득 의문이 들었다. 공성희에게서 담배 냄새가 난 적이 있던가.

"그건 무슨 상처야?"

우진의 물음에 성희는 어묵을 먹다 말고 흘깃 팔을 응시했다.

"아. 기름 튄 거."

"기름?"

그녀는 가끔 치킨집을 운영하는 엄마를 도와주려고 닭을 튀긴다고 했다. 그녀가 대수롭지 않다는 듯 대담한 말이 새로 산 바지만큼이나 낯설었다. 종일 변장술에만 빠져 있는 것 같았던 공성희가 어른들도 힘들어하는 가게 주방 일을 할 수 있는 아이였다니. 본인 말에 의하면 닭뿐만 아니라 닭똥집도 튀긴단다. 라면 물조차 제대로 못 맞춰 음식물 쓰레기를 제조하는 우진과는 클래스가 달랐던 것이다. 우진에게는 오늘따라 성희가 아주 큰 존재처럼 보였다. 우진은 괜히 주변을 둘러봤다. 휘황찬란한 건물

위 전광판에 배우 김태희의 화장품 광고가 떠 있었다. 하얀 얼굴에 앞머리를 이마까지 내린 모양새가 성희와 비슷했다.

"성희야. 나 뭐 하나 물어봐도 돼?"

"오늘따라 질문이 많네, 유우진?"

"넌 왜 배우가 되고 싶은 거야?"

"TV에 나오고 싶어서. 유명해지면 좋잖아."

"뭐가 그렇게 좋은데? 혹시 돈 많이 벌어서?"

"그건 기본이고."

그녀는 아주 잠시 머뭇거렸다.

"미국에 있는 우리 아빠가 딸 얼굴 좀 보면 좋잖아."

"…."

"우리 엄마랑 아빠 이혼했거든."

아, 이런 류의 대답을 들으려고 했던 건 아닌데. 당혹감에 눈치가 보였다. 쟤는 뭐 저런 걸 점심 메뉴를 말하듯이 아무렇지도 않게 이야기해? 속으로 물음을 삼키고 있는데, 성희가 말했다.

"눈치 볼 것 없어. 나 이런 거 아무렇지도 않아."

여섯 살 무렵부터 주욱 엄마하고만 살던 그녀는 2년 전부터 엄마의 남자 친구라는 아저씨와 셋이서 살기 시작했다. 그 이후로 집이 집 같지 않아 친아빠의 연락처를 물어봤지만 엄마는 곧 죽어도 가르쳐 주지 않겠다고… 아니, 영원히 가르쳐 주지 않을 거라고 했단다.

그리움은 때론 오기가 된다. 성희는 아빠의 흔적을 찾아 집 안을 전부 다 뒤져도 보고 인터넷으로 검색도 해 봤지만 아빠는 그 흔한 미니홈피조차 만들지 않았다. 엄마의 힘을 빌리지 않고 온전히 아빠에게 안부를 전할 수 있는 방법이 무엇일까, 그녀는 고민했단다.

무촌 사이

답은 유명한 배우가 되는 것뿐이었다. 그녀는 언젠가 미니홈피를 통해 아주 큰 기획사나 영화사에서 연락이 올 거라고 믿고 있었다. 그런 회사에 들어가 여러 작품에 출연하다 보면 자연스럽게 자신의 존재가 미국에도 알려질 거라고 했다. 미국 한인 타운에서는 한국 드라마와 예능을 쉽게 접할 수 있다면서.

"난 사극 찍을 거야. 〈왕과 비〉 같은 거."

"〈왕과 비〉? 그거 진짜 옛날 드라마 아니야?"

"응. 근데 우리 아빠가 진짜 좋아했거든."

"아…."

"나는 우리 아빠만 사극 좋아하는 줄 알았는데 남자들은 사극 다 좋아하더라? 진짜 웃겨. 유우진. 너도 그래?"

"아니, 난 TV를 안 봐. TV는 수능 보고 나서도 볼 수 있잖아."

잠시간 정적이 흘렀다. 아이 씨, 그냥 좋아한다고 말할 걸 그랬나. 그래도 그건 거짓말이잖아. 평소 우진은 침묵이 어색하다고 말하는 사람들을 이해하지 못하였으나 이상하게도 오늘만큼은 그게 무슨 뜻인지 알 것 같았다. 어떤 말을 해야 하지, 고민 끝에 입을 뗐다.

"넌 분명히 유명해질 거야."

성희가 말없이 고개를 들었다.

"그러니까 수행 평가 좀 열심히 해. 입국 절차 통과해야 미국 땅을 밟기라도 하지."

성희는 어묵을 입에 집어넣을 뿐, 별다른 답을 하지 않았다. 혹시 무슨 말실수라도 한 걸까, 우진이 괜히 신경 쓰여 그녀를 바라본 순간 바람이 불었다. 이내 성희의 입가를 가리던 검은 머리칼이 젖혀지자 달걀같이 갸름한 윤곽의 얼굴이 그대로 드러났다.

성희의 입가엔 어렴풋한 미소가 걸려 있었다. 왜 웃는 거지. 이유는
모르겠지만 실수를 하지 않았다는 안도감과 함께 이상하게 속이
간질거리는 느낌이 들었다. 우진도 어묵을 한 입 베어 먹었다. 음,
동대문 어묵 맛있네. 그도 역시 미소를 지었다.

그날, 우진은 싸이월드에 가입해 미니홈피를 개설했다.
성희의 미니홈피에 둘의 사진이 어떻게 올라오는지 지속적으로
모니터링할 필요가 있다는 게 나름의 이유였다. 그러려면
일촌이라는 관계를 맺어야 하고, 일촌명[4]도 정해야 했다. 우진은
성희의 미니홈피 메인 화면에 남겨진 다른 이들의 수많은
기록들부터 살펴보았다. 성희의 일촌명은 형용사에 '일촌'을
붙인다는 규칙을 따르고 있었다. 예를 들면 '귀여운 일촌', '예쁜
일촌'처럼.
우진은 검지로 책상을 반복하여 두드렸다. 자신과 성희의
사이는 어떤 수식어로 규정될 수 있을까. 남들처럼 흔해 빠진 이름을
짓기는 싫었다. 그렇다면… 수행 평가 같이 하는 일촌? 암묵적인
계약으로 얽혀 있는 일촌? 그녀의 대일 밴드 안에 어떤 상처가
있는지 아는 일촌? 하지만 이 모든 표현들은 글자 수 초과인 데다
구리기까지 했다. 문득 우진은 과거 기술·가정 시간을 떠올렸다.
그때 배운 바에 의하면 성희와 우진은 일촌이 될 수 없다. 남남으로
만난 부모님이 그렇듯이. 생각이 그 지점에 미친 순간, 우진은
망설임 없이 키보드에 손을 올렸다.

---

4   미니홈피 주인의 승인을 받은 팔로워('일촌')가 미니홈피 주인과 자신에게 각각 붙이는
    별명.

무촌 사이

무촌 공성희

무촌 유우진

마우스 버튼을 누르려다 말고 우진은 제 손바닥을 봤다. 불현듯 궁금증이 일었다. 공성희가 오늘 잡은 손은 이쪽이었던가.

4월 4일 흐림

공성희, 어쩌면 괜찮은 애일지도. 구르프만 안 말면.

*

<D-34>

동대문에서 찍은 사진의 반응이 매우 좋았다. 안경 너머 우진의 얼굴을 알지 못하는 반 아이들이 성희에게 누구냐 물을 정도였고, 그럴 때마다 마주친 우진과 성희의 눈은 초승달처럼 휘었다. 비록 너무 심한 보정 탓에 피부가 조선백자마냥 허예졌고, 검은자의 크기는 인간을 넘어 시츄에 가까워져 약간의 거부감이 일었지만 높아진 코와 베일 듯한 턱선은 볼 만했다. 둘의 모습을 지나 스크롤을 내리면 나오는 성희의 사진은 묘하게 색다른 분위기를 풍겼다. 그 흔한 브이 포즈는 없었고 대신 표정이 다양한 편이었다. 왜 사람들이 유네스코 세계 유산 대신 이걸 보러 오는지 아주 조금은 이해가 되었다.

대본 연습은 이곳저곳에서 했다. 가끔 석식 시간에 빠져나와 떡볶이와 튀김을 먹으면서, 박지성과 제라드가 공을 차고 있는 운동장 한편의 스탠드에서, 때론 각자가 사는 아파트 안 놀이터에서 나란히 그네를 타며.

연습 중 성희가 가장 많이 하는 말은 단연 "잘 찍어라."였는데, 그 이유인즉슨 우진이 찍은 캠코더 영상 속 자신을 마음에 들어 하지 않았기 때문이다. 한번은 격론이 벌어지기도 했다. 우진은 영상이 잘 나오는 건 어떻게 찍느냐의 문제가 아니라 보정이 적용되느냐 마느냐의 문제라고 주장했고, 성희는 그건 연구와 노력의 영역이라며 영화 〈내 머리 속의 지우개〉를 참고하라고 했다. 억울했다. 지가 손예진도 아니면서. 손예진이면 나도 이렇게 스트레스 안 받는다고.

　　그렇게 툴툴거렸지만 우진의 모범생 기질은 어디 가지 않아서 결국 제 의지로 〈내 머리 속의 지우개〉를 몇 번이나 반복해서 감상했다. 처음엔 손예진과 성희의 차이만 발견되어 욕을 하며 봤는데, 세 번째부터는 손예진의 모습에서 성희와 닮은 부분이 발견됐고, 네 번째엔 성희도 저 각도로 찍으면 꽤 괜찮을 것 같다는 생각이 들기 시작했다.

　　그러다 어느 순간엔 대체 왜 수행 평가 하나에 이렇게 공을 들이고 있나 싶어지긴 했지만, 그럴 땐 찍어 놓은 동영상의 재생 버튼을 거침없이 눌렀다. 그냥 잡생각을 하기 싫어서. 아니, 혹시라도 만에 하나, 공성희가 배우가 된다면 방송국 놈들이 이 UCC를 자료 화면으로 쓸 수도 있으니까. 그럼 이 영상이 미국에도 건너가지 않을까 싶어서. 그런 생각을 해서였을까, 가끔 영어 단어가 눈에 들어오지 않으면 우진은 초록 창에 이런 내용의 검색어를 넣곤 했다.

　　[캠코더로 인물 영상 예쁘게 찍는 법]

　　4월 17일 맑음

무촌 사이

오늘도 EBS 대신 〈내 머리 속의 지우개〉를 봤다.

벌써 열 번째 감상이지만 영어 수행 평가와 관련된 일이니 괜찮겠지?

*

<D-32>

지난밤 내린 비 때문일까, 자전거 페달을 밟을 때마다 짙은 흙냄새가 콧속으로 들어왔다. 으, 찝찝해. 우진은 코를 훔치며 자전거를 멈춰 세우고 간판에 '공치킨'이라 쓰여 있는 가게로 들어갔다. 공치킨은 주말에만 집을 찾는 형의 소울 푸드였다. 가게 한편에서는 커다란 봉투 안으로 다량의 치킨 박스가 쌓여 가는 중이었다. 봉투에 매직으로 쓴 '단체'라는 글자를 보고 나서야 왜 이 가게가 한참 동안이나 전화 주문을 받지 않았는지 이해가 갔다. 우진은 아주 잠시, 전단지의 메뉴를 누르면 자동으로 배달이 되는 세상을 상상해 보다가 고개를 저었다. 배달이 되는 메뉴라고 해 봤자 겨우 치킨이나 짜장면 정도가 다일 텐데 어느 미친 기술자가 그런 수요도 없는 전단지를 만들겠나 싶었다. 온 세상에 전염병이 퍼져서 사람들이 음식점에 못 가게 되어 배달 외에는 답도 없는 상황이 온다면 모를까. 아무리 상상이라도 그렇지, 그런 세상이 올 리가 없다.

20분 정도는 더 기다려야 한다는 직원의 안내에 화장실에서 일을 보고 나온 우진은 잠시 벤치에 엉덩이를 붙였다. 시계를 보니 어느 정도 시간 여유가 있는 상황. 심심해서 가방 안 캠코더를 꺼내어 켰다.

곧이어 네모난 프레임 안에 성희가 나타났다. 축구 골대 앞에 앉아 "마이 드림 이즈… 어… 어…" 하다가 우진이 한숨을 쉬자 괜히 "나 한국어 연기는 잘하거든?!"이라며 버럭 화를 냈다. 픔, 웃음이 나왔다. 성희는 뭔가가 잘 안되면 소리부터 지르곤 했다. 처음엔 무서웠지만 그게 화가 아닌 민망함의 표현이라는 것을 알게 된 후부터 우진은 그런 순간을 자연스레 넘어갈 수 있게 되었다. 그저 엄지를 척 치켜들고는 맞아, 네 한국어 연기는 볼 만해, 라고 답해 주는 것이다.

'앞으로' 버튼을 누르자 더 이전의 영상으로 넘어갔다. 이때는 〈내 머리 속의 지우개〉를 보기 전이라 그런지 확실히 영상의 질이 별로다. 성희는 둥그런 이마에서 코로 이어지는 선, 특히 오른쪽 옆얼굴이 더 매력적인데 이를 잘 잡지 못했다. 다음엔 노을을 성희의 어깨 정도에 걸고 찍어 봐야겠다는 생각을 하고 있는데,

"저번엔 미안해요. 성희 아빠가 집까지 찾아올 줄은…. 맘 상했죠?"

우진의 귀에 익숙한 이름이 들려왔다. 자연스레 신경이 곤두섰다. 말소리는 상가 뒤쪽으로 이어지는 치킨집 뒷문에 선 두 중년으로부터 흘러나온 것이었다. 우진은 혹시나 하는 마음이 들었지만 성희란 이름이 너무나 흔하기에 이내 대수롭지 않게 여겼다. 그런데 그 순간, 치킨집 입간판에 적혀 있는 '닭똥집'이라는 단어가 눈에 들어왔다. 문득 닭뿐만 아니라 닭똥집까지 튀길 수 있다던 공성희의 말이 떠올랐다.

"나야 괜찮은데, 성희 때문에 그렇지. 미국에 있다는 제 아빠가 한국에서 산다는 거 알면 실망하지 않겠어?"

"어떻게 해야 할지… 모르겠어요."

무촌 사이

"다음에 그 사람 오면, 나한테 바로 연락해요. 사람이 예의가
있어야지."

우진은 숨을 죽였다. 이어지는 어른들의 대화를 들으니 어차피
숨을 쉬려야 쉴 수가 없었다.

"하긴, 처자식까지 버린 도박 중독자한테 애초에 그런 게 있을
리가, 쯧."

집으로 향할 땐 자전거를 끌고 갔다. 세찬 바람이 우진의
머리카락을 마구 헤집었다. 하지만 정작 제대로 뒤엉킨 건
생각이었다. 확률 때문이었다. 하필이면 가게 이름이 '공'치킨, 그
주인의 딸 이름이 '성희', '미국에 있다'는 아버지. 이게 우진이 아는
성희의 이야기가 아닐 확률이 얼마나 될까. 로또 2등이 한 103명쯤
나올 확률보다 낮지 않을까. 그날 원탁 앞에 앉아서 먹은 공치킨에선
아무 맛도 느낄 수 없었고, 왜 이렇게 못 먹냐는 엄마의 말에 우진은
별일 아니라며 고개를 저을 뿐이었다.

즐거웠던 수행 평가 연습 시간도 괴로워졌다. "나 공성희는
대한민국 최고의 배우가 될 겁니다. 시청률이 50% 이상으로 나오는
드라마를 반드시 찍을 거예요. 제 드라마는 한국을 넘어 미국에
수출될 거랍니다. 그만큼 유명해지기 전에 저라는 사람을 알게 된
당신은 진정한 럭키 가이입니다. 사인을 해 드릴까요?"

실없고 재밌기만 했던 문장들이 의미 있고 불편한 내용으로
들리기 시작했다. 우진은 대사를 외다가 처음으로 버벅거렸다.
성희는 제 미니홈피에 우진의 칭찬 댓글이 쌓였기 때문에 그런
거라며 우진이 은근히 사람들의 관심을 바라면서 그렇지 않은
척한다고 놀리곤 했다.

그렇게 혼란스러운 일주일이 지나고, 다시 우진의 형이 집에 오는 주말이 되니 원탁엔 또 공치킨이 놓였다. 솔솔 치킨 냄새가 올라오자 다시금 그날이 떠올랐다. 공성희는 이 사실을 알고 있을까? 아니다. 평일 내내 공성희를 지켜봤지만 아무런 변화가 없었다. 고민의 조각 때문에 정작 평소 좋아하던 닭다리 조각은 하나도 입에 들어가지 않았다. 그렇게 멍하니 원탁만 지키고 있는데, 갑자기 핸드폰이 울렸다. 힘없이 문자를 확인하던 우진이 돌연 의자를 박차고 일어났다.

"엄마, 나 좀 나갔다 올게요."

몇 시에 들어올 거니, 뒤따라 붙는 엄마의 물음을 무시한 채 겉옷을 챙기고 급히 신발을 신었다. 가야 할 곳이 생겼다.

*

[나지금울것같아.]

열 글자도 되지 않는 문자였다. 자전거 페달을 전속으로 밟자 심장이 터질 것처럼 뛰었다. 봄비의 잔해를 머금은 흙냄새가 또다시 우진을 강타했지만 찝찝함을 느낄 겨를이 없었다. PC방 안에 들어가 보니, 성희는 모니터 불빛 아래 엎드려 있었다. 터벅터벅 의자들 사이를 걸어가 성희 옆에 앉자마자 한숨이 나왔다. 어떤 말을 건네야 할지 몰랐기 때문이었다. 살면서 단 한 번도 다른 이에게 위로라는 걸 건네 본 적이 없었으니. 우진은 말없이 성희의 작은 뒤통수에 손을 뻗었다. 얼마나 맘고생이 심할까, 차마 가늠조차 못 하겠다고 생각한 그때. 획!

"유우진!"

무촌 사이

"으악!"

성희가 예고 없이 상체를 일으키는 바람에 우진은 말 그대로 자빠질 뻔했다. 더욱 놀라웠던 건 공성희의 표정. 눈물이 가득한 눈과 그 어느 때보다 올라가 있는 입꼬리가 기이한 조화를 이루고 있었다. "유우진, 나 어떡해." 하며 그녀가 우진을 안았다. 성희의 체온이 한순간 우진의 상체를 잠식했다. 곧, 귓바퀴에 그녀의 뜨거운 숨결이 닿았다.

"나, 미국에 갈 수도 있을 것 같아."

성희가 운 건 한 영화사가 미니홈피로 보내온 쪽지 때문이었다. 우리나라의 유명 감독이 미국 올 로케이션으로 찍는 차기작에 출연할 신인 아역 배우들을 뽑으니 오디션에 참가해 달라는 제안이었다. 성희는 기분이 좋은지 PC방 의자를 빙그르르 돌리며 장난을 쳤다. 의자가 돌아가는 횟수만큼이나 우진도 돌아 버릴 지경이었다.

"LA! 예전에 엄마가 그랬는데, 아빠가 LA에 있다고 했어. 왜, 너도 알지? 미국 영화 촬영은 대부분 LA에서 하는 거. 내가 이 영화 찍는다고 하면 엄마가 아빠 주소 가르쳐 주겠지? 아, 진짜 나한테 이런 일이 생기다니. 대박."

"성희야, 진정해. 아직 오디션 본 것도 아니잖아."

찬물을 끼얹는 우진의 발언에 의자의 회전이 멈췄다.

"이게 진짜! 걱정 마. 난 무조건 될 거니까."

"근데… 그게 검은 머리 외국인 역할이면 어떡해? 그럼 원어민하고 전혀 다를 게 없잖아."

"그러니까 넌 지금 내가 영어를 못한다는 말을 하고 싶은 거지?"

성희의 물음에 우진은 긍정도 부정도 하지 않았다. 성희는 미간을 찌푸리며 덧붙였다.

"그럴 수도 있겠지. 그치만, 비행기가 추락해서 하루아침에 미국 바닥으로 떨어진 한국인일 수도 있어. 김새는 소리 하지 마."

"성희야, 비행기 추락하면 다 죽어."

"안 죽으니까 영화지! 너 아까부터 왜 그렇게 초 치는 소리를 해? 넌 이게 안 기뻐? 내가 배우가 될 수도 있다고!"

기쁘다. 분명 기쁘고 축하해 줘야 할 일이다. 하지만 그보다 걱정이 앞섰다. 성희는 트루먼이 아니다. 바다 너머에는 아버지가 없다는 걸, 자신이 지금까지 알아 왔던 세상과 완전히 다른 현실이 존재한다는 걸 알게 되는 순간 그녀가 실망감에 어디까지 추락할지 모를 일이었다. 우진은 그녀의 인생에 반전이 없었으면 했다. 추락하는 비행기에 탄 승객이 살아남을 수 없는 이곳은 현실 세계다. 그렇다면 지금 우진이 할 수 있는 유일한 일은 그녀를 비행기에 태우지 않는 것뿐이었다.

"성희야, 너 그럼 오디션 준비하느라 이제 바빠지겠네."

"그렇겠지."

"그럼… 우리 수행 평가는 어떻게 되는 거야?"

훅 들어오는 질문에 금세 성희의 얼굴에 난감한 기색이 비쳤다. 그도 그럴 것이 그동안 우진은 그녀의 요구대로 사진을 찍어 줬다. 치명적인 척 렌즈를 쨰려보라 하면 그렇게 했고, 가슴께까지 파인 브이넥 티를 입혀도 불만 한마디 뱉지 않았으며, 어느 힙합 스타가 즐겨 쓰는, 경찰청 쇠창살이 입혀진 듯한 플라스틱 선글라스를 씌워도 그러려니 했다.

"혹시나 해서 하는 말이지만… 너 배우 준비한다고 나 몰라라

무촌 사이

하는 거 아니지? 나한테는 이거 엄청 중요한 문제라는 거 알잖아."

평소의 성희라면 그래서 나보고 어쩌라는 거냐, 적반하장 격으로 화부터 낼 법했지만 그녀는 웬일인지 조용히 핸드폰만 만지작댔다. 텔 미, 텔 미, 테테레테레 텔 미, 하필이면 무언갈 자꾸 말해 달라는 원더걸스의 노래가 내내 PC방 안을 휘돌고 있었다. 우진은 침묵했다. 그녀가 일말의 죄책감 때문에라도 오디션을 포기하기를 바라며. 얼마나 지났을까, 한참 후 그녀의 입에선 의외의 답이 나왔다.

"유우진. 우리 수행 평가 그대로 하자."

"어, 그래…. 응? 뭐, 뭐?"

이게 무슨.

"생각해 보니까 네 말이 맞아. 감독님한테 내가 영어도 할 수 있는 애라는 걸 보여 줘야 할 것 같아. UCC 찍는 걸 떠나서 수행 평가 내용 그냥 통째로 외워 버릴래. 그럼 너도 좋고, 나도 좋고. 어때, 괜찮지?"

… 천잰가? 우진은 가끔 성희가 달리 보일 때가 있었다. 그녀는 아무리 생각해도 답이 나오지 않는 상황의 빈틈을 어떻게든 찾아내 메워 버리고 마는 대단한 능력의 소유자였다. 케이크를 삼등분하면 하나의 조각은 전체의 약 33%가 되는데, 나머지 1%의 케이크는 어디 있냐는 물음에 표정의 변화 없이 '칼'이라 답할 정도였다. 지금 한 대답도 그런 식이었다. 하…. 어쩌면 성희가 be 동사도 제대로 읽지 못하는 건 콘셉트가 아니었을까. 그나저나 이를 어쩐다? 우진은 한동안 침묵을 지켰다. 빅뱅의 〈거짓말〉이라는 노래가 끝을 달릴 무렵, 우진은 성희가 미국에 갈 수 없게 만들 방법 하나를 떠올렸다. 물론, 수행 평가 점수는 조금 깎일지도 모르겠지만… 지금은 그게

중요한 게 아니니까.

"알겠어. 그렇게 하자."

"헐, 진짜?!"

우진이 조용히 고개를 끄덕거렸다. 그리고 꿀꺽, 마른침을 삼키며 성희의 커다란 눈을 바라봤다.

"내가 너 영어 발음도 봐주고, 최초의 시청자로서 연기도 봐줄게. 좋은 일이니까."

"헐! 야, 유우진!"

성희가 고맙다며 불쑥 손을 잡고 눈을 마주쳐 왔다. 우진은 어색하게 웃으며 눈을 피했다. 어쩔 도리가 없었다. 외면할 수밖에.

4월 19일

지금부터 나의 목표는 성희의 오디션을 망치는 것이다.

*

<D-19>

"아이 띵크 피쁘올 윌-(I think people will-)"

"공성희. 삐뽀을 아니고 피플."

"피이. 프올."

"그래, 그렇게 정직하게."

"잠깐만. 유우진. 저번엔 피플이라고 발음하지 말라며. 피플은 피쁘올, 애플은 애쁘올이라며."

우진은 성희의 미국행을 막기 위한 작전을 세웠다. 일명 '오디션 망치게 하기'. 그 첫 번째 미션은 바로 정직한 발음. 그런데 젠장,

공성희는 생각보다 기억력이 좋았다. 저 머리로 왜 공부는 하지 않았던 걸까.

"영, 영국식이야. 김말이는 영국식 영어를 더 선호하거든."

"… 그래?"

"응. 맨날 〈브리짓 존스의 일기〉에 나오는 휴 그랜트 얘기만 하잖아. 기억해. 점수를 잘 받으려면 출제자의 취향을 잘 파악해야 한다는 거."

말도 안 되는 소리를 말이랍시고 내뱉으며 눈치를 봤다. 성희는 잠시 생각에 빠지더니 오디션은 미국에서 열리는데 괜찮냐는 꽤 뾰족한 질문을 했고, 우진은 영어권에선 영국식 영어를 하면 매력적으로 보는 편이라 오히려 차별화 전략이 될 거라는 개소리로 답했다. 역시 전교 1등이라 발상부터 다르다는 성희의 칭찬에 우진의 어깨에 잔뜩 힘이 들어간 것도 잠시, 그녀는 출제자의 취향이 아니라 출제 의도가 중요한 거 아니냐고 다시 질문했다.

이런 제길. 우진은 고민 끝에 답을 내놨다. 중간고사나 모의고사에 나오는 문제를 풀 때는 출제 의도를 파악해야 하지만 수행 평가는 출제자의 주관적 판단이 들어가는 항목인 만큼 취향도 당연히 고려해야 한다고. 추가 질문을 차단하기 위해 우진은 지금 최우선으로 신경 써야 하는 건 무엇보다 연기할 때만큼은 앞머리에 구르프를 말지 않는 것이라고 했다. 그건 김말이는 물론이고 감독의 취향일 리도 없으므로. 잠시 말이 없던 성희는 잠자코 구르프를 빼 주머니에 넣었다. 후, 잘 넘어갔어. 우진의 입 밖으로 뜨거운 안도의 숨이 빠져나왔다.

두 번째 미션은 그녀의 연기력 죽이기였다. 성희는 작년에 만화 대여점 아르바이트를 해서 모은 돈으로 잠깐 연기 학원을 다녔다.

비록 엄마의 반대로 그만두긴 했지만 그곳에서 사귄 친구들과의 교류와 나름의 독학 덕분에 연기를 아주 못하는 편은 아니었다. 이 미션의 가장 어려운 점을 꼽자면 연기의 연 자도 모르고 공부만 했던 한 인간이 어떻게 배우 지망생에게 훈수를 둘 수 있을지 궁리해야 한다는 점이었다. 매일 점심시간, 우진은 학교 도서관 심리학 코너에 들렀다. 그렇게 연구에 연구를 거듭해 찾아낸 건 바로 '후하 전략'이었다. 그 전략의 실행 방법은 다음과 같다.

(연기 중) "My dream is to become a Korean actress. What about you?"

(성희를 보다가) "후…."

"뭐야…. 유우진. 왓 어바웃 유, 라고 묻잖아."

"하…."

성희가 연기를 시작하면 우진은 허리춤에 손을 얹은 채 돌아섰다. 그리고 아무 말도 하지 않았다. 그저 한숨만 후, 하, 후, 하 쉴 뿐. 책에서 그랬다. 인간은 상대의 말보다 리액션에 신경을 쓰기 마련이라고. 또, 침묵은 백 마디 말보다 더 효과적으로 자신의 행동을 돌아보고 자문하게 만든다고. 성희는 내가 뭐 잘못했나, 내 연기의 어떤 지점이 잘못되었는가 돌아볼 게 뻔했다. 심리학책을 보니 이런 걸 가스라이팅이라 하던데… 그거 나쁜 거 아닌가. 하지만 그렇다 해도 계획을 바꿀 순 없었다. 그의 목표는 반드시 이뤄져야만 했으므로.

세 번째 미션은 흘리기 작전. 이 작전의 시작은 '내가 어디서 들었는데'다. 가령 이런 식이다.

"성희야, 내가 어디서 들었는데…."

"뭘 들어?"

"에이, 아니다. 이런 말 굳이 해서 뭐 해. 괜히 초만 치지."

이어 잠자코 캠코더만 만지작거리면 성희는 100% 이렇게 물었다.

"아, 뭔데. 나 이런 거 제일 싫어."

"됐어…."

"니가 무슨 말을 하든 내가 다 알아서 거를 테니까 그냥 말하라고, 유우지인!"

이제 흘릴 타이밍이다. 우진은 자세를 고쳐 잡고 입을 털기 시작한다. 내가 어디서 들었는데 말이야, 배우들이 그렇게 고생이란 고생은 다 한다고 하더라. 특히, 톱 배우가 되기 전에 겪어야 하는 아주 기나긴 무명의 설움이 장난 아니래. 길면 20~30년 정도라는데 너 악플보다 무서운 게 뭔지 알아? 바로 무플이래. 근데 무플 기간이 길어지잖아? 그럼 어떤 나쁜 사람들이 막 그 무명 배우한테 접근해서…. 우진은 온갖 카더라에 두 배 세 배 겹칠을 하여 쏟아 냈다. 말하면서 생각하건대 이런 위험한 직업은 세상 어디에도 없었다. 차라리 '본 시리즈'나 〈미션 임파서블〉에 나오는 스파이 노릇을 하든가 고층 빌딩에서 외줄 타기를 하는 게 더 나을 지경이었다. 그러나 돌아오는 답은 매우 허무했다.

"그럼 네가 나 지켜 주면 되지. 이왕 이렇게 된 거 네가 내 매니저 할래?"

컥, 운동장 스탠드에 앉아 포카리스웨트를 입에 털어 넣던 우진은 사레가 들렸다. 누가 누굴 지켜? 콜록콜록, 목이 아프도록 기침을 하던 우진의 얼굴이 순식간에 시뻘게졌다.

"매, 매니저는 무슨…. 나 서울대 갈 거야."

우진의 포카리스웨트를 낚아채 한 모금 시원하게 넘긴 성희가 말했다.

"유우진. 너 맨날 서울대 서울대 하는데, 대체 거기 졸업하고 뭐 할 건데?"

성희 앞에서 소나기처럼 말을 토해 낼 땐 언제고, 지금은 가뭄이 온 것마냥 입안이 바싹 말랐다. 그러고 보니, 한 번도 그런 건 생각해 본 적이 없다. 서울대 가서 뭐 하지.

"몰라, 그래도 최소 대기업 회사원은 되겠지. 우리 엄마 아빠처럼."

우진을 무안할 정도로 빤히 쳐다보던 성희가 쯧, 혀를 차며 어깨동무를 했다.

"회사원이면 회사원이지 대기업은 왜 붙냐?"

"돈을 많이 벌잖아."

"돈이라…. 너 그럼 내 매니저 해라. 5:5로 딱 나눠 줄게. 그거 생각보다 크다? 1억만 벌어도 5000만 원이 네 거라는 얘기야."

"5000…?"

지금 받는 일주일 용돈이 5000원인데 5000만 원이라니. 그런 돈을 벌 수가 있나? 그럼 공치킨이 몇 마리야. 우진은 아주 잠시 해 볼 만하다는 생각을 하면서 망상에 빠졌다. 레드 카펫 앞에서 멈춘 차. 기깔 나는 양복을 입은 우진이 문을 열어 주자 빨간 리본을 두른 듯한 드레스를 입은 성희가 차에서 내린다. 곧, 둘은 팔짱을 끼고 레드 카펫 위로 걸어가는데… 기자 하나가 묻는다.

"서울대를 포기하시고 공성희 배우의 매니저가 됐다는 게 사실입니까?!"

그 순간 플래시가 반짝거렸다. "스마—일." 찰칵. 정신을 차려 보니 구르프를 만 성희가 멍한 표정의 우진과 셀카를 찍고 있었다.

무촌 사이

세상에, 미쳤어. 하마터면 넘어갈 뻔했다. 가스라이팅의 귀재는 우진이 아니라 공성희인 게 분명하다. 빼액, 우진이 소리를 질렀다.

"미쳤어! 내, 내가 네 매니저를 왜 해!"

5월 2일
계획대로 잘 되어 가고 있다.

*

벚꽃이 만개한 분홍의 풍경이 초록으로 변해 가는 동안 우진의 일상도 차츰 바뀌어 갔다. 가장 큰 변화는 성희의 앞자리에 앉게 된 것이었다. 그 탓에 우진은 그녀가 구르프를 말거나, 화장품 마개를 열거나, 머리를 묶고 푸는 일련의 과정들을 실시간으로 감지할 수 있었다. 가끔 성희가 우진의 등 뒤에 '박춘고 얼짱'이라고 적힌 포스트잇을 붙이는 초딩 같은 장난을 쳐서 집중력이 흐트러지긴 했지만 그것은 나름대로 성희에게 별일이 없다는 신호와 같아서 안심이 되었다.

바깥 풍경과 우진의 일상은 변했지만, 변하지 않은 것도 있었다. 우진은 여전히 성희에게 영국인이 쓰지 않는 영국 발음을 가르쳐 줬고 말도 안 되는 기준으로 정성스레 그녀의 연기를 지적해 줬다. 그런데 어째 날이 갈수록 일이 꼬여 갔다. 이제 성희의 영어 발음과 억양은 눈을 감고 들으면 정말 매력적인 영국인이 쓰는 것과 같았다. 그뿐만이 아니었다. 촬영이 시작되기만 하면 성희의 눈빛은 고요한 바다처럼 깊어져 마치 고현정을 보는 듯했다. 후하를 포함한 여타 다른 전략들도 힘을 잃어 가긴 마찬가지였다.

오히려 상대를 바보로 만들기 위해 바보인 척했던 우진의 우스꽝스러운 모습만 영상 안에 연일 기록되고 있었다. 혹시 성희가 영어 과외라도 받는 거 아닐까, 계획이 예상대로 진행되지 않는 사이 의문은 계속 늘어났다.

*

\<D-6\>

그날은 수정된 사진을 보여 주겠다며 성희가 PC방으로 우진을 부른 날이었다. 늘 붙박이처럼 붙어 있던 자리에 성희가 없는 걸 보니 고데기를 쓰러 화장실에 간 모양이었다. 성희 자리의 모니터를 응시하던 우진은 저 멀리 닫힌 화장실 문을 흘깃 봤다. 문득, 작업 표시줄에 떠 있는 인터넷 창의 내용이 궁금해졌기 때문이었다.

얼른 자리에 앉아 포토샵 창을 최소화하자 검색 흔적이 남아 있는 포털 사이트 창이 보였다.

[water의 영국식 발음]

우진이 씨익 웃었다. 아, 이래서 발음이 날로 좋아졌던 것이군. 그럼 그렇지. '뒤로' 버튼을 누르자 서울에서 LA까지의 비행시간에 대한 검색 결과가 나왔고, 한 번 더 같은 버튼을 클릭하자 '연모'라는 카페 사이트가 나왔다. 알고 보니 이곳은 대한민국에서 연기자를 지망하는 학생들이 모이는 인터넷 커뮤니티였다. 그들의 글 중 반은 〈하얀 거탑〉의 김명민을 찬양하는 내용이었고, 나머지 반은 〈커피 프린스 1호점〉에 나오는 공유가 했던 '네가 남자든 외계인이든 상관없다'는 대사에 미쳐 버리겠다는 내용이었다.

우진은 MBC 드라마보다는 EBS 수능 방송과 친하기에 그들의 열띤 반응이 딱히 인상적이지도, 재미있지도 않았다. 굳이 떠오른 생각을 꼽자면… '성희도 도깨비 오라비같이 생긴 그 공유라는 놈을 좋아할까' 같은 질문 정도? 우진은 다시 한번 화장실 쪽을 흘깃 보고는 [내가 쓴 글]을 클릭했다. 하지만 기대했던 도깨비 오라비와 관련된 게시물은 하나도 없었다. 말이 많은 성희의 평소 성향과는 달리 글은 외로이 딱 한 개뿐이었다.

[제목: 고민…]

잠깐만…. 공성희한테 고민이 있다고? 작성 일자를 보니 불과 며칠 전이다. 특히나 그냥 '고민'이라면 모를까 고민 뒤에 점이 세 개나 붙었으니 꽤 진지한 내용일지도 모른다. 이상했다. 적어도 같이 수행 평가를 준비하는 동안은 그런 흔적 따위 발견할 수 없었는데. 클릭할까, 말까…. 검지손가락으로 마우스를 쓸던 우진은 '에라, 모르겠다.'라는 생각으로 클릭했다.

요즘 좀 우울. 잘하고 싶은데 노력해도 잘 안되서.

내가 잘되야 한다는 것도 이유지만, 내가 잘해야 같이 연습하는 친구도 잘   수 있거든.

좀, 미안하네. 슬럼프는 어떻게 극뽁해야 돼? 댓글 달아 주삼.

19개의 댓글 대부분은 응원이었지만, 개중엔 정신과 병원에 가서 상담을 받으라는 조언도 있었다. 이제껏 올라가 있던 우진의 입꼬리가 순간 축 처졌다. 이게 다 뭐지. 다시 스크롤을 올렸다. 우울, 슬럼프. 성희와는 어울리지 않는 단어들이 유독 거슬렸다. 이어 그동안 그녀가 어떤 연기를 하던 별로란 티만 팍팍 내던 제 모습이 주마등처럼 스쳐 갔다. 우진은 꼭 트루먼 쇼에 고용된 배우가 된 기분이었다. 그때, 화장실 문이 열리는 소리가 들렸다. 우진은 재빨리 원래대로 화면을 돌려났다. 왔어? 익숙한 하이 톤으로 인사하며 다가오는 성희를 가만히 쳐다봤다.

"왜 이렇게 쳐다봐, 오늘따라 예뻐 죽겠냐?"

저 밝은 얼굴 뒤로 성희는 어떤 표정을 감추고 있는 걸까. 목구멍에서 심장이 뛰는 것 같았다. 뭐든 답을 해야 하는데 차마 입이 떨어지지 않았다. 이내 겨우 나온 말은 미안, 나 약속 있어서, 라는 비겁한 도망이었다. 우진은 무작정 가방을 들고 PC방을 빠져나왔다. 늦은 밤, 목적지도 없이 쉬지 않고 뛰었다. 혼자 하는 도망은 매우 별로였다.

그날 밤, 우진은 차마 잠들지 못했다. 모르는 사람들이 보면 〈엑소시스트〉의 한 장면인 줄 알겠다 싶을 만큼 누웠다가 일어나길 반복했다. 모든 건 성희가 잘되기를 바라고 했던 일인데…. 우진은 결국 스탠드 조명을 켜고 종이에 선택지를 적었다.

하나, 공성희에게 솔직하게 내가 들은 모든 걸 이야기한다.
둘, 지금 그대로 간다.

맙소사. 어떤 선택지든 뫼비우스의 띠처럼 성희의 불행으로 귀결됐다. 머리를 식히기 위해 주방으로 나갔다. 늦은 시간이라 아무도 없을 거라 생각했는데 예상외로 엄마를 마주쳤다. 엄마는 식탁에서 업무 자료를 보고 있었다.

"물 마시려고요."

묻지도 않은 말에 답하며 냉장고 앞에 섰다.

무촌 사이

"뭐, 걱정 있니."

우진은 냉장고를 열다 말고 엄마를 응시했다.

"너 걱정 있을 때 하루 종일 초콜릿 먹잖아."

식탁 한 귀퉁이의 병 안에 가득했던 초콜릿이 반이나 사라져 있었다. 우진은 잠시 머뭇거리다 엄마의 맞은편에 앉았다. 두 손을 저도 모르게 비볐다. 어떻게 말해야 할까. 그래, 비유. 이럴 땐 비유를 써먹자.

"친구네 엄마가요, 음…. 강아지를 키웠는데 너무 입질이 심해서 미국에 있는 친척한테 보냈대요. 친구는 그동안 강아지가 너무너무 그리워서 미국에 갈 비행깃값을 번다고 했거든요. 근데 제가 알아보니까 그 강아지가 한국에 있었더라고요."

아무리 그래도 인간을 강아지로 비유한 건 좀 심했나, 싶었을 즈음 엄마가 물었다.

"여전히 입질이 심하다니?"

"네. 엄청 심하대요. 친구네 엄마는 벌써 몇 번 물렸다 하던데요."

"그래서 걱정되니?"

"네. 다른 것보다… 그 친구가 상처받을 것 같아서요."

엄마는 업무 자료에서 눈을 떼고 우진을 쳐다봤다.

"그래, 그 친구는 언제 어떻게 알게 되든 상처를 받을 수밖에 없겠구나. 네가 아무리 애쓴다고 해도 그건 어쩔 수가 없는 일이야."

불안감에 계속 움직이던 우진의 손이 그제야 멈췄다. 아, 역시나. 내가 할 수 있는 일은 없는 건가. 어른에게도 마땅한 해결책이 없다는 사실을 확인하자 절로 한숨이 나왔다. 그런 우진을 보며 엄마가 안경을 벗었다.

"그럼 우진이 네가 옆에 있어 줘야겠는데?"

"제가요?"

"우산을 줄 수는 없어도, 같이 비를 맞아 줄 수는 있잖아."

*

<D-5>

학교에 가 보니 성희의 자리는 비어 있었다. 담임이 아이들에게
그녀의 소식을 묻는 걸로 봐선 단순 지각이 아니라 무단결석인
모양이었다. 의외였다. 비록 공부와는 거리가 멀지만 한 번도
학교 수업을 빠지지 않은 녀석이었다. 그러고 보니 지난밤 수차례
성희에게 문자를 보내 봤지만 답이 오지 않았다. 우진은 주인이
없는 뒷자리를 셀 수 없이 돌아봤다. 사실, 오늘 말하려 했다. 수행
평가에는 참여 안 해도 되니까 앞으로 우진은 신경 쓰지 말고 연기
연습에만 매진하라고. 그리고 꼭 오디션에 붙었으면 좋겠다고.
그러나 전해야 할 말은 점심시간이 다 지나도록 들어 줄 사람을 찾지
못했다.

5교시 국사 시간이 시작될 즈음, 우진은 교과서가 없다는
사실을 알아챘다. 하, 한숨이 나왔다. 오늘은 없는 게 참 많구나.
교과서, 그리고…. 느리게 가방을 뒤적거리던 우진은 천천히 눈을
감았다. 마지막으로 국사책을 손에 쥐었던 때를 떠올리기 위해.

어제, 도서관에서 국사 수행 평가 과제 작성을 마치고 성희의
부름에 PC방으로 향할 때까지만 해도 우진의 손엔 국사책과 수행
평가 자료와 그리고… 스케줄 다이어리가 있었다. 자주 일기를
끄적거리곤 했던. 하지만 지금은 없다. 왜? PC방에 놓고 왔으니까.

"헐…."

상황을 인지한 순간 캄캄했던 눈앞이 더욱 캄캄해졌다. 다이어리에 쓰인 문장들이 파노라마처럼 스쳐 지나갔다.

3월 26일- 왜 하필 공성희일까. 이해할 수 없지만 어떻게든 이 시련은 넘어서야 한다.

4월 19일- 지금부터 나의 목표는 성희의 오디션을 망치는 것이다.

5월 2일- 계획대로 잘 되어 가고 있다.

"우진아, 괜찮니?"

지나가던 국사 선생이 심상치 않은 표정으로 물었다. 이마에서 식은땀이 줄줄 흐르는 게 누가 봐도 괜찮지 못한 모양새였다. 우진은 보건실에 다녀오겠다고 말한 뒤 교실을 빠져나갔다. 찬찬했던 걸음이 금세 빨라졌다. 찾아야 한다. 그녀가 어디 있든. 반드시.

교문을 벗어난 우진은 수많은 곳의 출입문을 열어젖혔다. 직원이 열심히 닭을 튀기던 공치킨, 아이들 하나 없이 백수 중년들만 빼곡한 한낮의 PC방, 성희가 자주 가던 스티커 사진집 '블링블링', 김말이를 함께 먹던 분식집까지. 그러나 어디에서도 성희의 흔적을 찾을 수 없었다. 마치 이 지구에 그런 사람은 원래 없었던 것처럼.

터벅터벅, 저녁이 될 때까지 동네 곳곳을 돌아다니던 우진은 교차로 한가운데에서 돌연 걸음을 멈췄다. 목적지가 있는 사람들은 모두 확신에 차 길을 건너고 있었고, 우진만이 우두커니 서 있었다. 고개를 숙여 핸드폰을 봤다. 너, 어디야. 수없이 반복된 물음에도 여전히 성희는 묵묵부답이었다. 우진은 고개를 떨궜다.

어딨어. 공성희. 나, 할 말이 있단 말이야.

*

<D-1>

성희가 사라진 뒤로 며칠이 지났을까. 화장품 뚜껑을 여닫는 소리도, 포스트잇을 등에 붙이는 장난도 없어졌다. 단어장에 눈을 박아 봐도 영 집중이 되지 않았다. 결국 아프다는 핑계로 야자를 빠지고 집으로 향했지만 딱히 할 게 없어 컴퓨터로 EBS 동영상을 돌려 봤다. 분명 화면 속 사람은 움직이고 소리도 나오는데 뭐라고 하는지 하나도 귀에 들어오지 않았다. 빈 공책에 의미 없는 선을 끄적거리다 샤프심이 툭, 하고 부러진 순간 우진은 마침내 하던 일을 그만두었다.

대신 매일 습관처럼 들르던 성희의 미니홈피에 접속했다. 안 봐도 뻔하다는 걸 알면서. 마음먹고 잠수를 탄 사람이 게시물을 올릴 리가 없다는 것을 알면서. 과거에는 아무 힘이 없다는 것을 알면서.

"어?!"

거의 의자에 눕다시피 했던 우진의 상체가 모니터에 빠져들 듯이 기울어졌다. 나흘 만에 못 보던 사진이 올라온 것이었다. 아주 어두운 사진 속, 후드를 덮어쓴 성희는 손으로 얼굴을 반 정도 가린 채였다. 눈에는 눈물이 어룽어룽하게 고여 있는 듯했고, 사진 밑으로는 글이 적혀 있었다.

젖은세상안,
웅덩이에빠진것이내눈물인가빗방울인가햇갈리곤한다.
그래도갠찬타. 누구에게도우는모습을들키지않아서.
비가더왔으면 좋겠다. 그래야,

무촌 사이

그 남 하 남 은 자 존 심 이 뭉 게 지 지 않 을 테 니.

한참 동안 사진 속 성희의 얼굴을 살피던 우진의 눈썹이
꿈틀거렸다. 사진 한쪽의 전광판이 눈에 들어왔다. 김태희의 화장품
광고. 잠깐만, 저거 어디서 봤는데… 어디였더라. 기억을 추적하던
우진이 별안간 헉, 숨을 들이켰다. 명동. 명동으로 가야 한다.

*

명동역 출구로 나오자마자 포장마차 방향으로 달려갔다. 턱턱
막히는 숨을 고르며 주머니에서 사진을 인쇄한 종이를 꺼냈다.
전광판이 찍힌 각도로 볼 때, 성희의 위치는 어느 건물의 옥상쯤인
듯싶었다. 다른 단서는 없을까. 화질이 좋지 않은 사진을 뚫어져라
살피다 보니 한 건물에 사우나 기호 네온사인이 보였다. 고개를
들자 운 좋게도 우진이 서 있는 곳 옆 건물에 '대광사우나'라고 적힌
간판이 보였다. 주저하지 않고 뛰어 들어가 엘리베이터 버튼을
눌렀다. 그러나 13층을 가리키는 빨간 숫자는 내려올 생각을 하지
않았다.

비상구로 향한 우진은 한 치의 망설임도 없이 문을 열고는
계단을 한 번에 세 단씩 올라갔다. 입고 있던 티셔츠 전체가
땀으로 젖었을 무렵 힘겹게 옥상 문을 통과했다. 쉴 새 없이 가쁜
숨을 몰아쉬면서도 우진의 눈은 성희의 옷자락 하나라도 찾으려
움직이고 있었다. 그때였다. 우진의 발이 바닥에 붙은 듯 순식간에
굳은 것은.

금방이라도 떨어질 것처럼 난간 위에 위태로이 서 있는 저

사람은…!

　　우진의 안경알에 돌청 스키니를 입은 한 소녀의 모습이 비쳤다.
성희의 어깨 너머엔 우진이 늘 머릿속으로 그려 왔던 장면처럼
주황색 노을이 걸려 있었다. 아, 이 장면을 이런 식으로 보고 싶은 건
아니었는데. 덜덜, 이가 떨려 왔다.

　　"성희야. 뭐, 뭐 하는 거야."

　　"역시 서울대 학생보다는 내 매니저 체질이야. 사진 하나만
보고도 용케 찾아오고."

　　"하…. 지금 무슨 말을 하는 거야. 위험해. 거기서 내려와."

　　휘잉 휘잉, 구르프를 만 그녀의 앞머리가 바람에 살짝 흔들릴
때마다 우진은 불안감에 휩싸였다. 성희 뒤에 펼쳐진 계란 노른자
같은 노을은 이제 더 이상 아름다워 보이지 않았다. 도리어 그녀를
삼킬 듯 위협적으로 느껴질 뿐.

　　"유우진. 너 글씨 예쁘더라."

　　"…!"

　　"근데 그 예쁜 글씨로 왜 그런 걸 남겨 놨어."

　　굳은 몸에서 숨이 밀려 나왔다. 아무래도 그녀는 일기를
전부 다 본 모양이었다. 다시금 하얀 종이 위 활자들이 떠올랐다.
수행 평가의 파트너 공성희를 원망했던 마음에서부터 공성희의
아버지가 어디 있는지에 대한 정보, 그리고 우진의 수많은
생각들까지. 다이어리에 적었던 유치하고 치졸한 계획들을
생각하니 심장이 쿵 바닥에 떨어지는 것 같았다.

　　"아예 기록을 남겨 놓지 말지 그랬어. 그럼 아무것도 모른 채로
바보같이 살았을 텐데…. 내가 연기를 못하는구나, 내 발음은 꽤
구리구나. 우리 아빠는… 미국에 있구나. 그냥, 그렇게."

무촌 사이

"공성희. 그게 말이야,"

"우진아."

"응?"

"혹시 너, 나 좋아해?"

예상치 못한 질문이었다. 뭐라는 거야. 죽기 전에 저런 질문을 하는 애가 어딨냐고. 우진은 고개를 저으며 흐르는 눈물을 쓱 훔쳤다.

"그럼 대체 어떤 마음이었던 거야?"

"잘 모르겠어. 근데 널 싫어해서 그런 건 아니야. 절대로!"

"나에 대해서 별생각이 없었구나."

그녀가 내린 결론에 우진은 잠시 주춤했다. 아무런 감정이 없었던 건 아니다. 근데 이게 죽기 전에 들어야 할 만큼 중요한 얘긴가? 우진은 수많은 고민 앞에 서 있다가 결론을 내렸다. 이왕 이렇게 됐으니 솔직히 말하자.

"아니, 어쩌면 아주 조금은 널 좋아했던 걸 수도 있을 것 같아. 그, 그냥 이게 뭐랄까. 자꾸 신경 쓰이고, 그냥 너라는 존재가 계속 생각나면, 그게 좋아하는 거라면 그러면 그게 맞을 수도 있고. 근데 지금 그게 중요해? 성희야, 제발 내려와. 거기 위험하다고."

그러나 성희의 발은 여전히 말뚝을 박은 것처럼 움직이지 않았다. 그저 눈물이 그렁그렁한 눈으로 희미한 미소를 띠며 우진을 바라보고 있을 뿐이었다.

"고마워. 네가 왜 그랬는지 알려 줘서."

"성희야. 하아, 성희야. 너 대체 왜 그래."

영화사에서 성희에게 오디션을 제안했던 날 PC방에서 본 표정이었다. 그때는 울음과 웃음이 섞인 얼굴이 기이하다고 생각했는데 지금은 아니다. 더 보고 싶다, 저 표정. 그러나.

"잘 있어. 유우진."

그때까지 우진을 뒤덮고 있던 성희의 그림자가 사라진 건 순식간이었다. 이윽고, 기다란 노을빛이 그대로 우진의 얼굴을 잠식했다. 잠깐만…. 이거 진짜야? 안 돼! 절규하며 난간으로 달려갔다. 건물 밑 도로에서 빵빵거리는 경적 소리가 들려왔다. 차마 처참한 꼴을 볼 수 없어 눈을 감자 목구멍이 조여 오는 고통과 함께 눈물과 콧물이 후두둑 떨어졌다.

"미안해, 미안해. 성희야…."

시간을 돌리고 싶다. 한 달 전으로 돌아간다면 성희에게 그런 우울감을 안겨 주는 계획 따위 세우지 않을 것이다. 아니, 10분 전으로 돌아간다면 정말 미안하다고 진심으로 사과할 것이다. 우진은 서러운 다섯 살 아이처럼 *끄윽끄윽*거렸다. 그때였다.

"스마일 – 찰칵."

익숙한 소리가 들렸다. 미쳤나 보다. 사람이 극한의 상황에 몰리면 헛소리가 들린다는데 지금이 딱 그 상황인가 싶었다. 이어 동영상 녹화를 종료하는 핸드폰 효과음까지 연이어 계속 우진의 귓가를 때렸다.

뭐지, 천천히 눈을 떴다. 몇 번 깜빡거리자 눈물로 얼룩진 시야가 점점 선명해졌다. 우진은 소리의 출처를 찾아 아래를 내려다봤다. 허무하게도(?) 사람이 충분히 안전하게 착지할 수 있는 반 층 높이 아래에 하늘 공원이 조성되어 있었다. 푸른 잔디 위로 거짓말처럼 성희가 서 있었다. 우진에게 카메라를 들이댄 채였다.

"킥…. 유우진. 너 진짜 못생겼다!"

무촌 사이

"뭐, 뭐?"

그동안 수능 공부를 그렇게 열심히 했건만 우진은 지금 누군가 1 더하기 1이 뭐냐고 묻는다면 대답할 수 없을 것 같았다. 이내 성희가 빠른 걸음으로 다가오더니 우진의 옆에서 셀카를 찍기 시작했다. 그러든 말든, 여전히 귀신을 목격한 사람처럼 얼이 빠져 있는 우진이었다.

"내가 그랬지, 여주인공이 죽는 게 트렌드라고!"

그렇게 말하며 그녀는 웃고 있었다. 방실방실. 봉실봉실. 샤방샤방. 서글서글. 우진은 살면서 처음으로 안도감과 화가 4 대 6으로 차오르는 기이한 기분을 느꼈다. 그건 뭐랄까, 말하자면 좀 서럽다는 감정에 가까웠다. 우진은 울음 섞인 목소리로 빼액, 소리를 질렀다.

"야 이 나쁜 년아! 흐윽…. 연기할 땐… 이 씨…. 구르프 빼라고 했잖아!"

*

"어? 뭐야! 왜 바뀌었지?"

명동역에서 박춘역으로 가는 두 시간 내내 말없이 성희의 뒤를 따르던 우진은 처음으로 고개를 들었다. 성희가 자주 가던 스티커 사진점 '블링블링'이 '또와분식'이라는 가게로 바뀌어 있었다. 성희는 이 동네에 마지막으로 남은 스티커 사진 가게가 자기에게 말도 없이 사라져 버렸다며 발을 굴렀다. 왜 폐업할 때 성희에게 말을 해야 하는지 이해가 가지 않았지만 우진은 본인이 한 잘못이 있기에 그저 발끝으로 보도블록만 톡톡 칠 뿐이었다.

하기야, 요즘 누가 저런 사진을 찍는다고? 날이 갈수록 진화하는 핸드폰이 카메라의 존립을 위협하는 판에, 망하고 싶은 게 아닌 이상 어떤 미친놈이 그런 사업에 손을 대겠어. 성희에겐 미안하지만 우리가 죽을 때까지 대한민국에 스티커 사진점이 늘어날 일은 다신 없을 거라고 우진은 확신했다.

그때, 젊은 아주머니가 끓이고 있는 떡볶이가 눈에 들어왔다. 평소라면 눈길도 주지 않았겠지만 하루 종일 아무것도 먹지 않은 터라 고추장에 버무려진 떡의 고운 빛깔이 유난히 먹음직스럽게 느껴졌다.

"꼬르륵."

하…. 이런 본능적인 소리가 나오는 타이밍에 성희와 눈을 마주칠 건 뭐람. 우진이 괜히 날씨가 좋다는 둥 엉뚱한 소리를 하며 눈을 돌리는데 손목에 탁, 따뜻한 감촉이 느껴졌다. 성희의 손이었다. 지금 뭐 하는 거냐, 라고 눈으로 물어봤지만 그녀는 대답도 일말의 주저함도 없이 우진을 [선불]이라 쓰여 있는 떡볶이 가게로 끌고 갔다.

우진은 떡볶이를 기다리며 나흘간 이어진 성희의 여정을 듣게 되었다. 우진의 일기를 보고 나서 아빠가 한국에 있다는 사실을 알게 된 그녀는 그길로 엄마를 찾아가 난리를 피웠단다. 왜 사람을 속이냐고. 도박 중독자니 뭐니 하는 건 모르겠고, 내가 직접 아빠를 만나 두 눈으로 확인할 테니 주소를 달라고. 몇 년을 모은 돈이 들어 있는 저금통을 깨 무작정 택시를 타고 찾아간 곳엔 정말 평생 동안 보고 싶어 했던 아빠가 있었단다. 흑백 사진 속 미남은 마른 오이처럼 쪼그라든 모습으로 반지하 창 아래에서 살고 있었다. 더군다나 그는 술이 사람을 먹은 건지 사람이 술을 먹은 건지 알 수 없을 만큼 알코올에 젖은 채 돈을 내놓으라며 한 여자와 싸우는 중이었다.

성희보다 더 어려 보이는 남자아이가 그 상황을 성희와 함께 목격하고 있었는데 본능적으로 알겠더란다. 저 아이는 아빠의 아들이구나. 그리고 깨달았단다. 아빠의 인생에서 나라는 존재는 가스가 다 빠진 버너의 불빛처럼 아주 희미해졌구나. 불을 제대로 켜려고 아무리 노력해 봤자 소용없는 일이겠구나. 그길로 돌아 나와 가장 빨리 출발하는 무궁화호의 티켓을 끊고 목적지 없이 전국을 돌아다녔다고 한다.

울다가 배가 고파지면 삶은 계란과 바나나우유를 사 먹었고, 그러다 또 울면서 잠에 들기를 반복했다. 성희는 그때 처음으로 극한 상황에 몰려도 수면욕과 식욕은 사라지지 않는다는 걸 알게 됐단다.

마지막으로 탄 기차의 종착역은 서울역이었다. 더 이상 남은 돈이 없어 계단에 앉아 가방을 뒤지다가 발견한 건 우진의 일기였다. 신기했단다. 이 사달을 일으켜 성희를 울린 것도, 집을 나온 지 나흘 만에 처음으로 픗, 웃음을 짓게 만든 것도 두께가 1cm도 안 되는 우진의 종이 꾸러미라는 게.

"한 번 읽었을 땐 네가 그냥 미웠는데, 두 번 읽으니까 네가 왜 그랬는지 알겠더라. 세 번 읽으니까 네가 보고 싶어졌고."

다소 미니홈피 게시물 냄새가 나는 말에 손발이 오글거렸다. 그렇다고 그녀의 말이 싫은 건 아니었다. 우진은 입을 열었다.

"그래도 그러면 안 됐어. 미안해."

지금은 마음이 어떻냐는 우진의 물음에 젓가락으로 떡볶이를 뒤적거리던 성희는 회복 중, 이라 했다. 대답을 듣던 우진의 입가에 힘이 들어갔다. 이런 게 바로, 엄마가 말한 '누군가와 함께 비를 맞는 일'인가 싶었다. 말없이 그녀가 좋아하는 어묵을 찾아 주자 성희는 그제야 젓가락을 입에 가져갔다.

"그나저나 유우진. 어떡하냐. 내일이 UCC 발표일이잖아."

"어쩔 수 없지."

"뭐가 어쩔 수 없어. 캠코더 있지? 꺼내. 지금이라도 하게. 너, 이거 망해서 서울대 떨어지면 내 탓 할 거 아냐."

"네 탓은 안 해."

성희의 동그란 눈이, 이게 돌았나, 라고 말하고 있었다. 그러든 말든 우진은 또다시 어묵을 찾아 성희 쪽으로 밀어 놓을 뿐이었다.

"생각해 봤는데 내가 서울대 출신의 대기업 회사원이 된다 쳐. 근데 너라든가, 어…. 아님 너 같은 애가 갑자기 하루아침에 도망가서 사라지면 잘 시간이 없을 거 아냐. 아니, 잡기는커녕 평생 생일날 케이크도 못 줄걸. 맨날 미안하다면서 '주말에 보자, 맛있는 거 사 줄게.' 둘러대겠지."

"존나 오글거리는데 뭔 소린지 하나도 모르겠다."

지는. 한 번이니 두 번이니 세 번이니 이상한 소리로 사람 기분 이상하게 만들어 놓고서.

"아, 그런 게 있어. 몰라. 그냥… 지금이 더 좋다고 말하는 거야."

"뭐가 좋은데? 내가 좋다고?"

고개를 들자 성희가 꽃받침을 하고 있었다. 떡볶이집의 전등이 유난히 밝아 그녀의 광대에 속눈썹 그림자가 졌다. 너무 빤히 봤나 싶어 우진은 괜히 헛기침을 했다.

"뭐, 뭐라는 거야."

"뭐라는 건지 요거 한번 틀어 볼까?"

성희가 테이블 위에 놓인 핸드폰을 들자 우진이 물을 먹다 말고

무촌 사이

손을 뻗었다. 운동 신경, 특히나 유연성을 타고난 성희를 이기기란 쉽지 않았지만 불과 몇 시간 전 사나이답지 못하게 (네가 좋다고) 울어 댔던 모습을 재생시키는 건 눈 뜨고 볼 수 없어 죽을힘을 다해 사수해 버리고 말았다. 미션을 겨우 끝내고 헉헉거리는 우진을 보고선 성희는 배가 아프도록 웃었다. 남은 힘들어 죽겠는데, 왜 웃고 난리야. 아니다. 맘껏 웃어라, 웃어. 우진은 한숨을 쉬며 그녀의 웃음소리가 잦아들 때까지 기다렸다가 끝내 묻고 싶었던 이야기를 꺼냈다.

"그나저나 넌?"

"나, 뭐. 내가 너 좋아하냐고?"

"아니…! 그 배우 되고 싶었던 거… 그거 여전한지 궁금해서."

성희는 질문의 의도를 완전히 파악한 듯했다. 혹시 불편한 물음인가 하는 우려가 무색하게도 성희는 당연하다는 듯 앞으로도 계속 배우가 되기 위해 준비할 거라고 했다.

"무엇 때문에 시작했건 계속하려고. 연기, 그거 재밌거든. 그리고 이렇게 생겨 먹었는데 배우가 안 되는 건 좀 국가적 손실인 것 같기도 하고. 알다시피 나처럼 예쁘고 연기 잘하는 애는 드무니까. 어쩌겠어. 해야지."

하, 참. 당찬 대답에 힘 빠진 웃음이 저절로 나왔다. 그래, 저게 우진이 알던 성희였지. 그때였다. 우진의 품으로 무언가 툭, 날아 들어왔다. 잡고 보니 매직이었다. 그녀는 목소리를 한참 낮추어 말했다.

"야, 우리 여기 벽에다 뭐 좀 쓰자."

"뭘 쓰는데?"

"음…. 뭐 소원이라든가. 아무거나."

우진은 당황스러운 눈으로 가게를 살폈다. 개미도 미끄러질 만한 하얀 벽만 가득한데 대체 뭘…? 그러나 그런 걱정 따윈 우진만의 몫이었나 보다. 그녀는 정말 소원을 쓰기로 작정했는지 거침없이 벽 위에 '소원의 벽'이라는 글자를 적고 있었다.

"성희야, 그만하자. 이 가게 완전 새 집 같은데."

"그러게 누가 여기에 개업하래! 블링블링은 내가 초딩 때부터 스티커 왕왕 찍었던 덴데, 아이 씨, 무슨 떡볶이 공화국도 아니고 널린 게 분식집인데 왜 이런 게 또 생겨서는. 야, 빨리 써."

"대체 아까부터 뭘 쓰라는 거야."

"소원 적으라고!"

실랑이를 하는 사이, 성희가 매직을 든 우진의 손을 잡고 흔들었다. 찌익, 하얀 벽에 선명한 선이 그어졌다.

"이제 너도 공범이다."

"너 진짜 왜 그래, 나한테!"

우진은 제발 이러지 말라고, 우는소리를 내어 봤지만 그러든 말든 성희는 힘차게 소원을 써 내려갔다. 여기에 소원 쓰면 다 이루어짐, 대배우가 되게 해 주세요, 영어 수행 평가 일주일만 뒤로 미뤄 주세요, 스티커 사진점이 다시 대유행하게 해 주세요 등등. 주방을 보니 떡볶이 아줌마는 잠시 자리를 비운 상태였다. 아이 씨, 우진은 벽 앞에 쪼그려 앉았다. 매직 뚜껑을 입에 물고 무엇을 쓸까 아주 잠시 고민하던 우진은 성희에게 물었다.

"야, 우리 여기 다신 안 올 거지?"

"당연하지."

우진은 곧 결심한 듯 글자를 적기 시작했다. 심장이 저 혼자 거세게 부풀었다 쪼그라들기를 반복했다.

무촌 사이

"야, 아줌마 등장! 뛰어!"

뭐라고? 이런 젠장! 우진이 일어서다 테이블에 머리를 쿵 박아 신음을 흘리고 있는 사이 성희가 불쑥 손을 내밀었다. 우진은 주저 없이 하얀 손을 잡았고, 아줌마가 치켜든 뒤집개 아래로 유연하게 허리를 구부리며 빠르게 또와분식을 빠져나갔다.

맑았던 하늘에서 거짓말처럼 소나기가 내리기 시작했다. 머리카락과 교복이 순식간에 젖었지만 우진은 지금 이 순간만큼은 아무래도 좋다고 생각했다. 건넬 우산은 없어도 같이 비를 맞는 사람이 존재하니까.

헉헉, 달리느라 숨이 차오르는 가운데 성희의 앞머리에 내내 붙어 있던 분홍색 구르프가 떨어졌다. 우진이 어딘가로 굴러가는 플라스틱을 향해 고개를 돌렸다.

"공성희, 저거!"

"그냥 가자!"

성희가 주저 없이 우진의 손을 잡고 끌어당겼다. 구르프 없이 환히 웃는 성희의 얼굴을 보자 가슴이 터질 듯 두근거렸다. 머리칼 새로 들어오는 시원한 비바람과 달리 맞잡은 손은 뜨거웠다. 그렇지, 도망은 이런 맛이지.

<소원의 벽>

대배우가 되게 해 주세요.
영어 수행 평가 일주일만 뒤로 미뤄 주세요.
스티커 사진점이 다시 대유행하게 해 주세요.

.

.

.

성희 ♥ 우진
우리 사랑하게 해 주세요.

무촌 사이

작가의 말

쌍방 과실
김사라

    사랑을 하면 사람이 달라진다는 소리를 많이 들었을 거다. 실제로 사람이 사랑을 하면 도파민, 페닐에틸아민, 옥시토신, 엔도르핀이라는 호르몬이 나와 신체를, 특히 뇌를 지배한다. 너무 어려운 용어들이 나오니 머리가 지끈거리는가? 하하.(사실 나도 어디서 주워들은 것이다.)

    그럼 이렇게 생각해 보자.

    사랑은 사실 인류의 종족 번식을 위해 일어나는 욕망이다. 우리는 단지 인류의 지속을 위해 누군가와 사랑에 빠진다는 것이다. 인간은 그저 유전자가 시키는 대로, 나의 DNA를 남길 수 있게 해 줄 최적의 상대를 찾아 나선 사람들은 그 상대에게 사랑을 느껴 종족 번식에까지 도달한다.

    전혀 로맨틱하지 않다고 생각할 수 있겠지만, 사실은 굉장히 로맨틱한 이야기다. 우리가 사랑에 빠지는 걸 무엇도 막을 수 없다는 뜻이니까. 누군가를 좋아하고, 생각하고, 아끼고, 걱정하고, 결국 사랑까지 하게 되는 것은 인류에겐 축복이다. 그게 인류가 다른 생물들과는 다른 포지션으로 지구에 자리 잡을 수 있었던 이유이고, 단순히 생존하는 것이 아니라 삶을 살아갈 수 있게 해 주는 이유라고 난 생각한다.

사랑은 강력하다. 가히 불가항력이다. 우리는 사랑을 거절할 수 없는 존재로 태어났다. 그러니 누구라도 이 강력한 사랑의 힘을 무시해서는 안 되며, 이 감정을 받아들이고 잘 이용하며 삶을 영위해 나가야 한다.

사람이 사랑을 하게 되면, '바라는 게' 많아진다. 예뻐지고 싶어 하고, 더 좋은 몸매를 갖고 싶어 하고, 저 사람이 나랑만 연락하기를 원하고, 어디서 뭘 하고 어떤 감정을 느끼고 있는지 일거수일투족을 알려 주기를 원한다. 그리고 무엇보다… 그 사람이 '행복'하기를 바란다.

그렇게 우리에게는 소원이 생긴다. 내가 행복하기를, 그리고 그 사람이 행복하기를. 내가 사랑하는 모든 이들이 행복하기를. 우린 행복해지기 위해 사랑한다. 그러니, 인류가 남긴 초강력 무기인 '사랑'을 안 할 이유가 없다.

여러분이 사랑 가득한 세상에서, 소원이 가득한 삶을 살길 바란다. 거부할 수도, 거절할 수도 없는 이 본능적인 축복을 한가득 품길 바란다. 어느 날 사고처럼 일어나는 그 짜릿하고 신비한 현상 속에서 무의미하게 경위를 조사하고, 원인을 밝혀내고, 과실을 따지지 말자. 당신의 삶에 언젠가는 반드시 일어날 사고를 예방한답시고 쓸데없이 소원을 빌지 말자. 그저, 서로 사랑하며 살아가게 해 달라는 소원 하나면 충분하다.

작가의 말

90ft

차신환

질풍노도라고 불리는 시기에도 마음대로 할 수 없는 것들이 있다. 사랑과 재능, 그리고 미래가 그 예다. 그리고 우리는 마음대로 할 수 없는 것들을 '바라기' 시작한다.

그것을 바라기 전에 해야 할 가장 중요한 일은, 마음대로 할 수 없는 것들이 존재한다는 사실을 인정하는 것이다. 인정하지 못하면 같은 자리에 계속 머물러 있어야만 한다.

인정하는 것은 매우 어려운 일이다. 나의 부족함을 마주하고 나를 객관적으로 바라보아야 하는 일이니. 인정은 자신을 포기하는 것이 아니다. 내가 옳다고 고집부리며 버텨 왔던 시간 동안 어떠한 것들을 놓쳤는지 살펴볼 수 있는 기회를 스스로에게 주는 것이다. 그래서 나도 인정하기로 했다. 모든 걸 내 마음대로 할 순 없다는 것을. 그렇다고 인정하는 순간부터 더 나은 길을 찾을 수 있을 테니까.

혜민이는 소원을 쓸 수 있는 기회를 우연에게 넘겼고, 우연은 소원을 쓰는 대신 질문을 했다. 자신의 상황을 인정하지 못했던 두 사람의 소원은 결국 흐지부지 사라졌다.

그러나 혜민이 '탓'을 하며 타인에게 책임을 전가했던 날들을 인정하고, 우연이 강철의 아들에 '집착'하며 지내 온 날들을 인정했을 때,

비로소 그들에게는 진짜 소원이 생겼을 것이다.

작가의 말

무촌 사이
이은주

"왜요? 은주 씨는 평범한 사람이잖아요."

4년 전, 글을 쓴다고 사직서를 내던 날, 회사 전무님이
만류랍시고 했던 말이다. 그도 그럴 것이 내가 대학교 졸업 후 6년간
성실히 회사 생활을 하였다는 것을 그분도 알고 있었기 때문이다. 난
속으로 답했다.

이제부턴 평범하게 살지 않으려고요. 그러다 죽을 것 같아서.

돌이켜 보면 내 인생엔 수많은 선택지가 있었다. 인문계가
아닌 예술계 고등학교에 지원할 수도 있었고, 행정학이 아닌 문예
창작학을 전공할 수도 있었으며, 정장을 입고 출근하는 회사원이
아닌 프리랜서로 근무할 수도 있었다.
　　남 탓처럼 들리겠지만 수많은 선택지 뒤에 '내 이유'는 없었다.
그저 언니가 인문계가 좋다길래, 아버지가 공무원이 그렇게
안정적인 직업이라기에, 동창들 모두 대한민국에 존재하는

직업이 회사원밖에 없는 것처럼 굴길래 그 순간 최선의 선택을 한 것뿐이었다.

그리고 4년 전, 난 우울증에 걸렸다.

하루하루가 고달팠다. 강남역에서 '예수 천국 불신 지옥' 팻말을 들고 다니는 사람에겐 미안하지만 난 신과는 관계없이 지옥 같은 현재를 사는 평범한 직장인이었다. 이상했다. 남들이 가장 좋다고 말하는 선택지만 골라 가며 살았는데 왜 이렇게 1분 1초가 힘들까.

누가 그랬지? 직장인에겐 연봉 인상과 승진이 최고의 보상이라고? 개소리였다. 돈은 그저 그런 숫자에 불과했을뿐더러 난 사무실 한구석에 거만하게 앉아 있는 박 부장 같은 사람은 되고 싶지 않았다. 결국 사직서를 냈다.

자책이란 말을 참 싫어하지만 그래도 나라는 사람의 인생이라 책임 소재를 스스로에게 묻는다면 이렇게 답해야 하지 않을까. *진짜로 좋아하는 게 무엇인지 생각하지 않은 죄. 내 판단 하나 없이 남들 틈에 휩쓸려 인생을 살아간 죄.*

나는 적어도 우진만은 그렇게 살지 않기를 바랐다. 서울대 출신인 형과 대기업을 다니는 부모님이 행복할 거라 착각한 나머지 마음속 나침반 바늘이 그곳으로 향하지 않기를. 인생은 수학이 아니라서 최선의 선택이 최고의 결괏값으로 연결되지 않으니.

그보다 10대의 우진이 지금 좋아하는 순간과 물건, 어떤 이에게 느끼는 설렘을 충분히 만끽하며 살아갔으면 싶었다. 그러다 보면 소원의 벽 앞에 서서 펜을 쥐는 순간 누구의 말에도 흔들리지 않을 굳건한 '내 소원'과 '내 이유'를 떠올릴 수 있다고, 이 세상을 살아가는 우진들에게 꼭 한 번 말하고 싶었다.

프로듀서의 말

2022년 연말, 저는 하이틴 로맨스 장르의 이야기를 찾고 있었습니다. 10대 시절의 가슴을 설레게 했던 사랑 이야기의 힘은, 성장한 이들에게도 여전히 유효하다는 믿음으로요. 그러한 이야기를 가장 잘 구성해 주실 작가님을 찾다가 카야 PD님의 강력한 추천으로 웹 드라마의 판도를 바꿨던 작품, 〈에이틴〉의 김사라 작가님께 섭외 메일을 보내게 되었습니다. 그 메일을 기점으로 '사라있네 작가 팀과의 하이틴 로코 앤솔로지'라는 프로젝트를 시작할 수 있게 되었죠.

그렇게 탄생한 《9교시 소원》은 하이틴 로맨스 장르에 유쾌함을 담아 본 앤솔로지입니다. 전교 3등만 하던 학생이 전교 1등이 되리란 꿈을 꾸며 전교 1등과 2등의 사랑을 응원하게 되는 사연을 다룬 김사라 작가님의 〈쌍방 과실〉, 야구라는 스포츠에 트라우마를 가진 소녀가 최고의 야구 선수를 꿈꾸는 소년을 만나 함께 성장하는 과정을 담은 차신환 작가님의 〈90ft〉, 서울대만이 목표였던 전교 1등과 공부와는 담을 쌓은 배우 지망생이 서로를 이해하게

되는 이야기 〈무촌 사이〉 등의 세 작품에 그 시절의 향수와 사랑,
우정까지 꽉꽉 눌러 담아 보았습니다.

　　이 이야기들은 앤솔로지의 제목에 드러나 있듯이 '소원'을
다루고 있습니다. '소원'이라는 9교시 과목을 통해 학생인
주인공들이 무엇을 배우고 어떻게 성장해 가는지가 수록작들을
엮어 주는 가장 큰 줄기라고 볼 수 있습니다. 유쾌한 원고들을 읽다
보니 문득 생각해 보게 되더라고요. 저는 10대 때 어떠한 소원을
빌었었는지, 지금의 나는 어떤 소원을 빌고 싶은지를 말이에요.
그리고 '어떤 소원을 빌어야 하지?'라는 질문의 답을 찾기가
예상외로 어려운 일이라는 것을 깨달았습니다. 어릴 때의 저는 늘
성취하고 싶은 것을 소원으로 빌었어요. 좋은 대학에 간다거나,
꿈꾸던 직업을 얻는 일 같은 것 말이에요. 목표와 소원을 혼동하지
않았나 싶기도 합니다. 요즘 저의 가장 큰 소원은 제게 다가오는
모든 것들을 받아들일 수 있는 힘, 그리고 원하는 바를 이룰 기회를
얻고 싶다는 것입니다. 제가 조금 더 단단해졌으면 좋겠거든요. 이번
앤솔로지를 통해 독자분들도 어떤 소원을 빌고 싶은지 생각하는
시간을 가져 보시면 좋겠습니다. 또와분식에 있는 소원의 벽에
어떠한 소원을 적고 싶으신가요?

　　이번 앤솔로지 프로젝트에 담은 제 소원은 크게 두
가지였습니다. 지금까지의 안전가옥 작품에는 없었던 하이틴
로맨스 장르의 이야기를 풀어 내어 보는 것이 첫 번째 소원이었고,
다수의 작가님과 하나의 팀을 이뤄 세계관을 공유하는 앤솔로지를
만드는 것이 두 번째 소원이었습니다. 《9교시 소원》은 10대의

사랑을 다룬 작품집이고, 소원을 이뤄 주는 분식집 '또와분식'은 모든 수록작에 등장해 세 단편을 하나의 세계로 묶어 주고 있죠. 이번 프로젝트를 끝마치고 돌아보니, 제가 기획 초기에 품었던 소원들을 모두 이룬 것 같습니다. 함께해 주신 사라있네 작가 팀의 김사라 작가님·이은주 작가님·차신환 작가님과, 기획부터 피드백까지 함께 진행해 주셨던 코프로듀서 카야 PD님께 감사의 말을 전합니다.

지금까지 또와분식을 찾아온 학생들의 이야기를 읽어 주신 독자분들께도 감사합니다. 이번 책의 마지막 장에 준비된 소원의 벽이 독자분들의 소원들로 빼곡해지길 바랍니다.

안전가옥 스토리 PD
고혜원 드림

당신의 소원은 무엇입니까?

소원(所願)

명사

어떤 일이 이루어지기를 바람. 또는 그런 일.

> 바라고 있다는 것은 아직 이루어지지 않았다는 것이다.
> 우린 많은 것들을 바라며 산다. 그리고 이루어지지 않았을
> 때 절망과 좌절을 느낀다.
>
> 하지만 거꾸로 생각해 보면,
> 이루어지지 않았다는 것은 아직 바랄 수 있다는 것이다.
>
> 이루어지지 않았기에 바랄 수 있다.
> 따라서 바라는 것은 이루어질 수 있다.
>
> 여러분의 인생에서 아직 이루어지지 않은 것들이 많길,
> 그래서 이루어질 것들이 여러분을 기다리고 있길 바란다.
>
> 그것이 나의 소원이다.

"당신의 소원은 무엇입니까?"

소원의 벽

* 당신의 소원은 무엇인가요?
직접 적어 보세요.
이루어질 것입니다.

9교시 소원

기획　안전가옥
프로듀서　고혜원
　　　　　　김보희, 신지민, 윤성훈
　　　　　　이수인, 이은진, 임미나
퍼블리싱 박혜신, 임수빈
편집 이혜정
디자인 금종각
서비스디자인 김보영
비즈니스 이기훈
경영지원 홍연화

펴낸이 김홍익
펴낸곳 안전가옥
출판등록 제2018-000005호
주소 04779 서울특별시성동구뚝섬로1나길 5,
　　헤이그라운드성수시작점 202호
대표전화 (02) 461-0601
전자우편 marketing@safehouse.kr
홈페이지 safehouse.kr
ISBN 979-11-93024-54-6 03810
초판 1쇄 2024년 2월 29일 발행